겐지이야기源氏物語 병풍도

德川家康

도쿠가와 이에야스

3부 천하통일

31

고성낙월 孤城落月

야마오카 소하치 대하소설 이길진 옮김

德川家康

3부 천하통일

31 고성낙월 孤城落月

도쿠가와 이에야스

솔

『도쿠가와 이에야스』를 바로 읽기 위해

1. 본문 중 °표시가 된 용어는 용어 사전에서 풀이하였다.

2. 본문 중 *표시가 된 용어는 용어 사전 외에 부록 및 지도 등에서 설명하였다(다른 권 포함).

3. 인명과 지명은 원음 표기를 원칙으로 하며, 된소리를 피하고 거센소리로 표기하였다. 단 도쿠가와와 도요토미만은 원음과 차이가 있지만 일반인에게 익숙한 이름이기에 외래어 표기법에 따랐다. 장음은 생략하였다.

4. 인명, 지명 및 고유명사는 처음 나올 때 원어를 병기함을 원칙으로 하였으며, 강과 산, 고개, 골짜기 등과 같은 지명 역시 현지 음대로 강=카와(가와), 산=야마(잔, 산), 고개=사카(자카), 골짜기=타니(다니) 등으로 표기하였다.

5. 성과 이름 중간에 나오는 것은 대부분 관직명과 서열을 나타내는 것인데, 그 당시의 관습에 따라 이름과 혼용하여 쓰이는 경우도 있다. 각 관청 및 관직에 대해서는 부록에서 설명하였다.
   ex) 히라테 나카츠카사노타유 마사히데 → 히라테 마사히데(이름) + 나카츠카사노타유(나카츠카사의 장관), 아마노 아키노카미 카게츠라 → 아마노 카게츠라(이름) + 아키노카미(아키 지방의 장관)

6. 시간과 도량형은 에도 시대에 쓰던 것을 그대로 따랐으며, 역시 부록에서 설명하였다.

차례

《에도 부근 주요 지도》

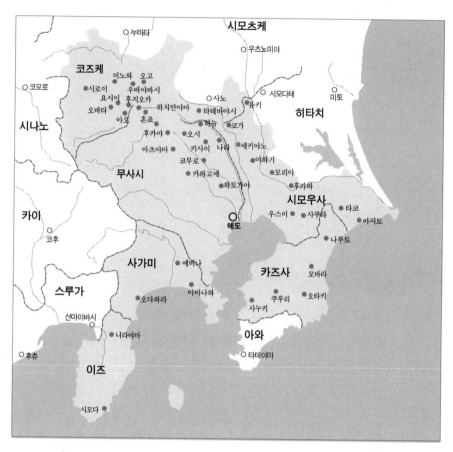

시모츠케

○ 누마타

○ 우츠노미야

코즈케

○ 코모로

미노와 ● ● 오고
● 시로이 ● 우바야바시
요시이 ● ● 후지오카
● 오바타 ● ● 하치만야마 ● 사노
● 아오 ● 혼죠 ● 타테바야시 ○ 시모다테
● 유키

시나노

히타치

○ 미토

사가미

후카야 ● ● 오시
● 마츠야마 키사이 ● 나라 ● 코가
● 코무로 ● 세키야노
● 카와고에 ● 야하기
● 하토가야 ● 모리야

무사시

● 후카와

시모우사

카이

우스이 ● ● 사쿠라 ● 타코
○ 코후 ● 나루토 ● 아시토

에도 ○

● 에바나

카즈사

● 모바라

스루가

● 아마나와

● 쿠루리 ● 오타키
● 사누키

● 오다와라

● 산마이바시

● 니라야마

아와

○ 후츄

● 타테야마

이즈

● 시모다

---------- ········ **지역 경계선**

———— ········ **강**

동심 속심童心俗心

1

그날 아침 이에야스家康˚는 눈에 띄게 기분이 좋았다.

전투의 희생은 결코 적지 않았다. 그러나 본성이 불탈 때 화염 속에서 죽은 줄로만 알았던 히데요리秀賴 부처가 살아 있었다⋯⋯ 아니, 다만 살아 있는 것만이 아니었다. 센히메千姬는 이미 사카자키 데와노카미坂崎出羽守의 손에 의해 혼다 마사노부本多正信의 진지에 실려왔고, 이에야스가 이미 생각하고 있던 대로 남편 히데요리와 요도淀 부인의 구명을 청하고 있었다.

"내게 이의는 없다. 잘했다고 칭찬해주고 싶다⋯⋯ 그러나 나는 지휘권을 모두 쇼군將軍˚에게 맡기고 은퇴한 몸. 그대들이 쇼군에게 잘 말해주기 바란다."

혼다 마사노부와 오노 하루나가大野治長의 중신 요네무라 곤에몬米村權右衛門에게 이렇게 말했다.

'이것으로 문제는 마무리되었다⋯⋯'

이렇게 이에야스가 마음놓고 있을 때 다시 니이二位 부인이 생존자들의 명부를 가지고 왔다. 그 의미는 전쟁터의 관습으로 보아 말할 나위도 없는 '항복'이었다.

생존자 가운데 누구누구를 살리고 누구누구에게 책임을 지울 것인가, 이것만 결정하면 모든 일이 끝난다. 이에야스는 안도하고 책임자의 지명은 일부러 히데타다秀忠*에게 맡기기로 했다.

"사도佐渡, 내가 너무 간섭해서는 안 될 것일세. 그러나 우리 쪽도 많이 죽었어. 슈리修理나 하야미 카이速水甲斐는 용서할 수 없겠지. 그리고 모리 카츠나가毛利勝永도……"

말하다 말고 이에야스는 애석한 듯이 혀를 찼다.

"정말 무의미한 전투였어. 사나다眞田도 모리도 모두 훌륭한 사람들이었어."

혼다 마사노부는 정중히 그 뜻을 히데타다에게 전하겠다는 약속을 하고 물러났다.

그로부터 얼마 후 히데타다가 도이 토시카츠土井利勝를 대동하고 챠우스야마茶磨山로 인사하러 왔다. 이때 이에야스는 센히메를 만나고 싶어 계속 그 생각만 하고 있었다.

격식대로 인사가 끝났을 때 이에야스는 다시 마사노부를 불러 센히메와 함께 탈출한 교부쿄刑部卿 부인을 데려오라고 일렀다.

"오오, 그대가 오쵸보おちょぼ인가?"

교부쿄 부인이 나타났을 때 이에야스는 눈을 크게 뜨고 오쵸보를 바라보며 한숨을 쉬었다.

"과연 훌륭한 여사로 사랐군. 그러니 내가 나이를 먹을 수밖에. 아무튼 수고가 많았다! 센히메가 바라는 대로 히데요리 님이나 요도 부인도 목숨을 건지도록 주선할 것이니 안심하도록."

눈앞이 흐려짐을 느끼면서 이에야스는 직접 그녀에게 단검 한 자루를 주었다.

"어떤가, 센히메는 기뻐하고 있겠지?"

"예…… 아, 아닙니다……"

"예, 아니……라니 어느 쪽인가? 아직도 전투의 충격이 가시지 않았다는 말인가?"

"저어, 작은 마님은 주군이 자결하실 것이라고……"

"뭐, 히데요리 님이 자결한다…… 그런 생각을 하고 우울해하고 있다는 말인가?"

"예…… 예."

"하하하…… 염려할 것 없어. 히데요리 님은 말이야, 아시다芦田 성곽의 벼 창고에 있다더군. 그래서 그 벼 창고를 이이 나오타카井伊直孝가 경호하고 있어. 나도 코즈케노스케上野介를 보냈는데, 안도 시게노부安藤重信와 아베 마사츠구阿部正次 같은 젊은이들이 협력하고 있으니 걱정하지 말라고 전해왔어. 으음, 센히메는 그처럼 남편을 염려하고 있다는 말이지."

잠시 노인다운 감개에 젖어 있다가―

"그렇군, 내가 맞으러 가야겠어!"

눈을 빛내면서 말했다.

2

오쿄보인 교부쿄 부인은 어린아이 같은 이런 이에야스를 본 적이 없었다.

오쿄보의 기억에 있는 이에야스는 언제나 주위에 무거운 위압감을 주어 그 자리에 있는 동안에는 입을 다물 수밖에 없게 하는 존재였다. 그런데 지금은 바람에 불려 날아다니는 민들레 홀씨와 같이 부드러운 느낌을 주고 있었다. 그 부드러운 느낌에 힘을 얻은 오쵸보는 떨쳐버릴 수 없는 자신의 불안한 마음을 이에야스에게 필요 이상 자세하게 털어놓을 수 있었다.

"오고쇼大御所° 님의 뜻은 잘 알고 있습니다. 그러나 쇼군 님은 작은 마님을 무섭게 꾸짖었습니다."

"허어, 뭐라고 꾸짖었나?"

"아내는 남편을 따라 죽어야 하는 것, 어째서 히데요리 곁에서 자결하지 않았느냐……고. 작은 마님은, 만약 이 일이 알려지면 주군은 살아 있지 않을 것이다, 역시 나는 주군 곁을 떠나지 말았어야 했어…… 오쵸보, 나는 너를 원망한다……고."

"으음, 센히메가…… 그런 갸륵한 말을 했나?"

오쵸보의 말을 들으며 이에야스는 자기도 모르게 눈물을 흘렸다. 그리고는 자신도 쑥스러웠는지 ──

"오쵸보, 내 눈물은 슬퍼서 나오는 게 아니야. 나이 탓으로 눈에 힘이 없어졌어. 하하하……"

이렇게 변명하고 나서 혼다 마사즈미本多正純를 불렀다.

"지금 시각은?"

"예, 넉 점 반(오전 11시)입니다."

"그래…… 히데요리가 사쿠라몬櫻門으로 나오는 것은 정오로 약속되어 있지?"

"그렇습니다."

"좋아, 사쿠라몬으로 마중을 나가겠어. 나는 말로 가겠지만 따로 가마 하나를 준비시키도록."

"알았습니다."

혼다 마사즈미는 준비할 가마의 쓰임새에 대해서는 묻지 않았다. 물을 것도 없이 그 가마에는 요도 부인을 태워올 생각임을 짐작할 수 있었기 때문이다.

"그럼, 오쿄보. 너는 돌아가서 센히메를 위로하도록. 센히메 대신 이에야스가 마중하러 갔다고. 곧 세 사람이 손을 잡고 무사함을 기뻐하게 될 거라고 말이야."

교부쿄 부인으로서는 이에야스에게 응석삼아 다시 물어야 할 일이 한 가지 있었다.

"그러시면, 오고쇼 님. 주군과 작은 마님을 위해…… 그 야마토大和로의 영지이전은 그대로……?"

"아, 그것은 말이다……"

이에야스는 잠시 쓸쓸한 표정을 지었다.

"야마토……에는 가지 않을 것이야. 워낙 히데요리가 고집을 부리기 때문에. 에도江戶와 가까운 시모우사下總 근처가 될지 몰라…… 그러나 그런 일까지 센히메가 염려할 필요는 없다고 일러라."

"예…… 예."

"그럼, 가도록 하세."

이에야스는 혼다 마사즈미를 비롯하여 하타모토旗本° 50여 기를 거느리고 사쿠라몬으로 향했다.

사쿠라몬은 오사카 성大坂城의 정문, 다다미疊° 천 장이 깔리는 현관으로 통하는 정문이었다.

히데요리는 반드시 이 문으로 나오겠다고 할 터…… 이렇게 생각하고 그리 나오도록 주선한 것도 이에야스였다.

오사카 성 내부는 모두 불탄 들판처럼 되어 있었다. 그러나 성 정문만은 위용을 자랑하며 그대로 남아 있었다.

이에야스는 사쿠라몬 앞에 이르러 말에서 내렸다. 그리고는 걸상에 앉으며 물었다.

"지금 시각은?"

바로 그때였다.

문제의 아시다 성곽 방면에서 뜻하지 않은 총성이 울렸다……

3

"지금 그 소리는 무엇이냐?"

이에야스는 가볍게 고개를 갸웃거렸다. 그러다가 사태의 심각성을 깨달은 듯——

"지금 그 소리는 뭔가, 마사즈미?"

무릎을 치며 눈썹을 곤두세웠다.

"글쎄요, 분명 총성이라고 들었습니다마는."

"총성인 줄은 알고 있어. 벼 창고에 숨어 있는 자들이 총포를 가지고 있었나?"

"글쎄요……"

마사즈미는 반쯤 시치미를 뗐다.

"설마 그렇기야……"

"그렇다면 총을 쏜 것은 이이 군이란 말인가?"

"무언가 불온한 움직임을 보였기 때문이겠지요, 히데요리 님이."

"어서 확인해보아라!"

참다못해 이에야스가 소리질렀다.

"성급한 나오타카 녀석이! 내가…… 내가 마중을 나왔는데도……"

"그럼, 가서 확인을……"

"잠깐!"

"예……"

"마사즈미! 설마 그대들은 쇼군의 특별한 밀령을 받고…… 그 밀령을 내게 숨기고 있진 않겠지."

"아니, 그런 일은 다른 사람이라면 몰라도 저는."

"그런가. 그럼 어서 가라. 가서 엄하게……"

여기까지 말했을 때 또다시 —

"탕탕탕."

일제사격을 퍼붓는 2, 30정의 총성이 들려왔다.

혼다 마사즈미도 그만 깜짝 놀라 얼굴을 들었다.

"실례하겠습니다!"

마사즈미는 그대로 일어나 달리기 시작했고, 4, 5명의 가신들이 그 뒤를 따랐다.

이에야스는 걸상에서 일어나 무서운 눈으로 전방을 노려보았다.

그때 다시 세번째 총성이 일었다. 세번째는 단발이었다.

'이렇게 총성이 거듭되다니 무슨 일일까?'

벼 창고 안에서 당황하던 자들이 공격해나왔을까, 아니면 히데요리 측근 중에서 이이 군을 향해 난폭한 행동을 한 자가 있었을까……

약속된 정오가 되어도 구름은 걷히지 않았다. 그러나 머리 위의 태양은 상반신을 마구 태우는 듯한 느낌이었다.

이에야스는 몇 번이나 토시로 땀을 닦아내면서 허공을 노려보며 생각에 잠겼다.

'……히데타다가 이 이에야스의 뜻과는 상관없이 히데요리를 살려둘 수 없다고 생각하고 있다면……?'

그리고는 결심을 굳히고 이이 나오타카나 아베 마사츠구에게 명령을 내렸다면 그 결과……?

히데요리가 창고에서 나온다. 나오타카가 그를 쏜다. 모두 소란을 일으킨다. 그래서 다시 사격한다…… 오사카 성 한 모퉁이에서 일어난, 보고 있는 자가 이이 군 외에는 없는 조건에서 일어난 사건이다.

"히데요리가 끝내 공격해왔기 때문에."

할 수 없이 쏘았다고 하면 그만 아닌가……

이에야스는 손톱을 깨물었다.

74세란 나이로 출진한 전쟁터에서 설마 이와 같은 의외의 종말이 그를 기다리고 있을 줄은 상상조차 못했다. 현기증 같은 분노와 초조가 그의 가슴 가득히 소용돌이치고 있었다.

"이, 얼빠진 놈들이……"

이에야스는 벌떡 일어나 우리 속에 갇힌 맹수처럼 걸상 주변을 빙빙 돌기 시작했다……

4

혼다 마사즈미가 이이 나오타카의 막사에 도착했을 때, 이이 군 여기저기서는 큰 웃음소리가 들려왔다.

어디에도 적의 모습은 보이지 않았다. 전방 7, 80걸음쯤 떨어져 있는 벼 창고와의 중간에는 데쳐놓은 듯 후줄근한 잔디밭이 공간을 차지하고 정적에 싸여 있었다.

'이렇게까지 서툰 짓을……'

마사즈미는 혀를 차면서 막사 안으로 뛰어들어갔다.

'이러다가 히데요리 모자는 정말 구출될지도 모르겠군……'

혼다 마사즈미로서는 그야말로 견딜 수 없도록 화가 치밀었다.

이에야스가 사쿠라몬께서 바중을 나왔다…… 그렇다면 쇼군 히데타다의 뜻은 어떻든지 이미 누구도 손을 댈 수 없다.

"무슨 일인가, 지금 총성은?"

막사 안에서는 바깥의 이러한 긴장과는 전혀 상관없는 얼굴들로 이

이 나오타카, 안도 시게노부, 아베 마사츠구 세 사람이 웃으면서 찬물로 땀을 식히고 있었다.

"오고쇼가 기다리시다 못해 일부러 사쿠라몬까지 나오셨어. 무슨 일을 그렇게……"

말하다 말고 마사즈미는 혀를 찼다. 그 이전에 왜 일을 처리하지 못했는가 책하는 암시적인 힐문이었다.

"아니, 오고쇼가……?"

안도 시게노부가 놀랐다는 듯이 말하고 히죽 웃었다.

"으음, 나오셨군요."

"오쵸보를 만나, 센히메 님이 히데요리 공은 자결할 것이라고 걱정하는 말을 듣고 가만히 계실 수 없었던 거야. 아까 그 총성은?"

"약속 시각이 되어 재촉했을 뿐이오."

이이 나오타카가 무뚝뚝하게 대답하고, 그 뒤를 이어 안도 시게노부가 다시 웃었다.

"전직 우다이진右大臣°은 말이오, 가마가 아니면 나오지 못하겠다는 것이었소. 많은 사람들 앞에 옥안을 드러내는 일은 생각조차 못했던 모양이오. 생모님 것까지 합해 가마 둘을 준비하라…… 마치 천자라도 된 것처럼 말이오."

"가마라면……"

말하다 말고 혼다 마사즈미도 얼굴에서 긴장을 풀고 말했다.

"으음…… 우마차를 준비하라는 말은 하지 않던가?"

"말은 준비할 수 있다, 생모님에게는 하다못해 대나무 가마라도……
그것으로도 좋은지 어떤지 물어보고 오라고 담판하러 왔던 하야미에게 일러보냈소."

이이 나오타카가 설명했다. 그 뒤를 이어 아베 마사츠구가 비로소 신중하게 입을 열었다.

"하야미 카이는 돌아간 채 좀처럼 대답을 해오지 않아요. 약속한 시각은 정오. 약속시각이 되어 재촉하는 의미로 발포를 해보면…… 하고 제안한 것은 이 마사츠구입니다."

"으음."

마사즈미는 애매하게 웃으며 고개를 끄덕였다.

"약속시각을 무시했다……고 하면 그냥 둘 수는 없겠지. 아베 님의 시도는 전쟁터의 이치에 맞아…… 좋아! 아직 나올 기색이 없다, 그렇다면 이번에는 이 코즈케노스케가 제안하겠네. 이이 님, 다시 한 번 재촉을……"

마사즈미는 딱 잘라 말했다. 그리고 그 역시 빙긋이 의미 있는 웃음을 떠올렸다.

5

이미 그들 네 사람 사이에는 분명히 상통하는 '의사'가 있었다.

가마냐 말이냐의 문제로 일단 교섭을 중지하고 돌아간 것은 상대편. 그런데 약속한 시각에 대답을 않는 것은 충분히 공격의 구실이 될 수 있는 잘못이다.

"더 이상 기다릴 필요 없어."

마사즈미가 말했다.

"오고쇼가 일부러 사쿠라몬까지 마중 나오셨는데 언제까지나 여기서 기다릴 수는 없는 일이지. 다시 한 번 충성으로 재촉하는 게 좋겠네, 이이 님."

"알았습니다."

이이 나오타카는 막사 밖으로 나가면서 —

"무례한 놈들, 약속을 무엇으로 안다는 말인가."

일부러 한마디 내뱉었다.

가장 신중한 편인 아베 마사츠구가―

"부득이한 일이오."

이렇게 말하고 한숨을 쉬었다. 그 말에 안도 시게노부도 연신 고개를 끄덕였다.

"정말 부득이한 일이오…… 비록 상대가 누구라 해도 이런 무례를 방치한다면 천하에 법도가 서지 않지요. 더구나 여기는 전쟁터가 아닙니까. 전쟁터에는 전쟁터의……"

그때 네번째 총성이 그의 말을 지웠다.

세 사람은 깜짝 놀라 서로 얼굴을 마주보고 의논이라도 한 듯이 밖으로 나갔다.

여전히 벼 창고에서는 아무런 응답도 없다……고 생각한 순간 창고 오른쪽으로 약간 경사진 곳에 있는 버드나무 그늘에서 그림자 하나가 꼬리를 끌듯이 창고 옆으로 사라졌다.

"누굴까? 밖에서 안으로 들어갔는데."

"글쎄, 도망간다면 또 모르지만, 들어간다는 것은……?"

아베 마사츠구는 고개를 갸웃하다가―

"아뿔싸!"

작은 소리로 외치는 것과 혼다 마사즈미가 손을 들어 이이 나오타카를 부른 것은 동시의 일이었다.

"이이 님, 창고에서 수문으로 가는 비밀통로가 있는지도 몰라. 더 이상 주저할 것 없어."

"알았소."

이때 벼 창고 안으로 숨어들어간 그림자는 오쿠하라 신쥬로 토요마사奧原信十郎豊政˙였다. 공격군 쪽에서는 신쥬로가 무엇 때문에 성안에 들어가 활동하고 있는지 알 리 없었다.

이이의 손이 또 올라갔다.

"탕탕."

다시 총성이 산발적으로 울렸다. 그와 함께 공격군이 함성을 지르며 머리를 숙이고 일제히 땅 위를 기기 시작했다.

거의 벌거벗은 몸에 갑옷을 입고 총포를 든 기묘한 차림이었다. 고함 소리만큼 용맹스러워 보이지는 않았으나 일단 움직이기 시작한 대열은 멈추지 않았다.

여전히 벼 창고에서는 아무런 반격도 없었다. 서서히 땅을 기는 총포 대 뒤에서 창부대가 창끝을 나란히 하고 움직이기 시작했다.

이쪽은 철저히 준비를 갖춘 붉은 갑옷의 용사들, 아무도 어제까지의 전투처럼 저돌적으로 움직이려고는 하지 않았다.

'창고 안에 히데요리 모자가 있다……'

그러한 배려……에서보다 이미 반항이 없는 전투임을 본능적으로 알고 있었기 때문이다.

그래도 창부대는 창고에서 30걸음 정도 되는 위치에서 총포대와 교대하고 다시 함성을 질렀다. 그리고 그대로 투구를 내려쓰고 응답이 없는 벼 창고로 돌격했다.

6

창부대 신두가 벼 창고로 돌격해들어가는 모습을 네 사람은 막사 앞에서 잔뜩 노려보고 있었다. 이이 나오타카는 물론 혼다 마사즈미나 아베 마사츠구, 안도 시게노부도 숨을 죽인 채 한참 동안 까딱도 하지 않고 지켜보고 있었다.

'이 전투의 마지막 초점이 된 작은 건물 안에서 지금 어떤 일이 벌어지려는 것일까……?'

그 작은 건물은 지금 돌격하고 있는 병졸들만큼, 아니 그 이상으로 그들 네 사람에게 숨막히는 상상과 기대의 과녁이 되어 있었다. 새삼스럽게 말할 필요도 없이 네 사람 모두 결코 히데요리의 생존을 원하지 않았다.

그들은 지금까지 저마다 희생을 강요당하고 격심한 증오와 적개심을 쌓아올려 왔다. 아니, 그보다 지금 그들을 이렇게 사납게 만들고 있는 것은 쇼군 히데타다의 의사가 어디 있는가를 잘 알고 있다……는 자신감이었다. 그런 의미에서 그들은 이에야스보다 훨씬 더 히데타다와 가까운 시대와 감정 속에서 살아가고 있었다.

'눈에 거슬리는 오사카의 횡포!'

오사카를 용서하고 어떻게 천하에 본보기를 보이겠는가. 구실은 어떻게도 붙일 수 있다. 기회만 있으면 제거해야 한다…… 말로는 하지 않았으나 이런 뜻은 그들의 가슴에 서로 통하고 있었다.

선두의 일대를 집어삼킨 벼 창고는 뜻밖일 정도로 조용했다.

이이 나오타카가 성큼성큼 창고를 향해 걷기 시작했다.

하늘은 아까보다 더욱 낮게 깔려 뜨겁게 달아오른 대지에 다시 가랑비가 내릴 것 같은 날씨였다.

"아, 비가 내리기 시작하는군."

다음에 걷기 시작한 것은 혼다 마사즈미. 마사즈미는 아직 살아 있는 오노 하루나가나 하야미 카이, 모리 카츠나가 형제들이 다시 공격군과 교섭을 벌이고 있다……고 생각했다.

"이제 와서 또 무엇을……"

그보다 앞서 간 이이 나오타카가 여남은 걸음이면 창고에……라고 생각한 순간 다시 뜻밖의 함성이 올랐다.

벼 창고에서가 아니었다. 쿄바시京橋 어귀였다. 마사즈미는 걸음을 멈추고 돌아서서 그 함성을 자세히 들었다.

함성을 지른 것은 물론 아군일 터. 그러나 그 소리에는 무수한 비명이 섞여 있었다. 남자들만이 아니라 여자들의 필사적인 비명이……

'쿄바시 어귀를 돌파했구나.'

마사즈미는 생각했다.

성안에서 미처 죽지 못하고 도망갈 곳도 찾지 못한 병졸과 일꾼들, 늙거나 어린 여자들의 무리가 벌벌 떨며 한데 모여 있었다……

전쟁이 끝나면 모두 해방시켜주겠다고 했건만……

히데요리가 좀처럼 나오지 않아서 공격군은 화가 치밀어 거꾸로 밖에서 쳐들어갔는지도 모른다.

'그렇다면 눈뜨고는 보지 못할 학살이 자행될 터인데, 큰일이다.'

다시 시선을 벼 창고로 보냈다가 마사즈미는 숨을 죽였다.

"앗!"

지금까지 죽은 듯 기척이 없던 벼 창고 입구에서 하얀 연기가 소용돌이를 이루며 뭉클뭉클 솟아올랐다.

'저질렀구나!'

마사즈미는 그 솟아오르는 연기 밑으로 정신 없이 달려갔다.

7

인간의 상상력…… 그것은 때때로 익살스러울 정도로 과녁에서 빗나가는 빈약함을 드러낸다.

혼다 마사즈미 정도나 되는 사람이 연기 속으로 뛰어들 때까지 벼 창고 안의 상황을 상상하지 못했다니 이 얼마나 어리석은 일인가.

이이 나오타카가 맨 먼저 발포했을 때 벼 창고 안에서는 당연히 생각하지 않으면 안 될 최후의 사태……를 맞이하고 있었다. 두번째 총탄이 창고의 지붕이나 벽에 꽂혔을 때는 벌써 안에서는 반 이상이 죽은 뒤가 아니었을까…… 그것도 모르고 네 사람은 오랫동안 멋대로 상상하고 있었다.

창고 안으로 뛰어들었던 마사즈미가 잔뜩 연기를 마시고 기침을 하며 뛰어나왔을 때—

"불을 꺼라! 불을 끄지 못하겠느냐!"

이이 나오타카가 밖에서 고함지르고 있었다. 아니, 그 불도 벌써 안에서는 붉은 화염으로 변했음을 알고는—

"불을 끄기보다 먼저 시체를 끌어내라. 시체를 태우지 마라."

몹시 당황하며 명령하고 있었다.

그로부터 얼마 동안은 그야말로 아비규환의 수라장. 내부 상태를 어느 정도 정확하게 파악할 수 있게 되었을 때는 가랑비 속에 탈 만한 것은 모두 타고 겉모양만 남은 창고 앞 빈 터에 34구의 시체가 아무렇게나 놓인 후였다.

"어떻게 된 일이냐? 처음 뛰어들어갔을 땐 불이 나지 않았어!"

망연히 시체를 내려다보고 있는 마사즈미의 귀에 이이 나오타카의 성난 목소리가 들려왔다.

"예, 처음에는 불기가 없었으나 시체 수를 세고 있는 동안에……"

"아군 중에 방화한 자가 있었다는 말이냐?"

"아니, 없습니다. 자결한 자 가운데 아직 숨이 붙어 있는 자가 있어 그들이 방화한 것이 확실합니다."

"그때 확인한 시체의 수는?"

"분명히 서른다섯이라고…… 그런데 지금 세어보니 서른넷, 잘못 세었던 모양입니다."

"멍청한 놈들. 오고쇼 님의 검시가 있을 것이니 서둘러 시체를 깨끗하게 해놓아라."

이런 말을 등뒤로 들으면서, 그때 마사즈미의 솔직한 심정은 이것으로 만사가 끝나지는 않으리라는 생각이었다.

오기노 도키荻野道喜라고 얼굴을 알고 있는 중머리의 주검이 손에 쥐고 있던 종이쪽지를 집어들고 마사즈미는 니이 부인이 적어준 인원수와 대조해보았다. 그런데 주검과 그 인간의 죽음이 이상하게도 연관되지 않았다.

도키가 남긴 종이쪽지에는──

"주군은 스물세 살, 그 목은 모리 카츠나가 님이 잘랐다. 생모님은 마흔아홉 살, 오기노 도키가 찔렀다……"

이렇게 씌어 있었다.

그 내용대로 히데요리의 주검 옆에 목이 놓여 있고, 가슴이 찔린 요도 부인의 주검은 반쯤 눈을 뜬 채 가랑비를 맞고 있었다.

목과 동체가 분리된 히데요리의 주검도, 가슴을 찔려 반쯤 눈을 뜨고 있는 요도 부인의 주검도 생전에 그토록 시끄럽게 굴던 사람이라고는 생각되지 않았다. 전혀 별개의 물체로밖에 보이지 않았다……

8

"당신이 정말 요도 부인이오?"

마사즈미는 소리내어 중얼거렸다.

물론 주검이 대답할 리 없었다. 그러나 반쯤 눈을 뜨고 허옇게 살찐 하나의 주검이, 칸토關東의 지혜주머니들을 십여 년 동안이나 격분시키고, 이에야스와 히데타다를 농락거리로 삼기를 즐기던 요부……

그렇다, 마사즈미가 요도 부인을 히데요시秀吉도 미츠나리三成도 이에야스도 하루나가도 미친 것같이 보이도록 현혹시킨 희대의 요부로 보고 있다……고는 생각도 못할 허무한 모습이었다.

아무리 큰 업인業因을 가진 요부라 해도 역시 죽고 보면 한 마리 죽은 물고기와도 같다. 후텁지근한 가랑비를 맞고 있는 주검 주위를 감도는 것은 한없는 무상감뿐이었다.

석류처럼 벌리고 있는 가슴의 상처는 이미 덮여 있었다. 살며시 열린 입술 사이로 새까맣게 물들인 앞니가 반짝여 보이고, 그 안에 동그란 혀가 보였다. 피를 토한 탓인지, 묘하게도 붉은 혀끝에서 빗물이 묽은 피가 되어 목덜미로 흘러내리고 있었다.

"이 근처 어딘가에 겉옷이 있을 것이다. 덮어주도록 하라."

마사즈미는 시동에게 지시를 하고 히데요리 주검 앞으로 가서 거칠게 땅을 찼다.

'이 사나이가 도요토미 타이코豊臣太閤˚의 아들이란 말인가……?'

히데요리는 결코 사나이로서 존경할 수 있는 대상이 아니었다. 6척이 넘는 거구는 탄력 없는 군살뿐, 동체와 떨어져 있는 목은 지금까지 본 일이 없을 정도로 심하게 마마로 얽은 얼굴이었다.

"어머니 하나도 안심시키지 못한 불초자식."

그 어디에도 날카로웠던 타이코의 면모는 없고, 죽은 얼굴은 보기 흉한 풋내기 씨름꾼처럼 나약해 보였다.

히데요리를 둘러싸듯이 오른쪽에 사나다 다이스케眞田大助와 카토 야헤이타加藤彌平太, 왼쪽에 타카하시 한사부로高橋半三郎와 쥬사부로十三郎 형제의 주검이 나란히 누워 있었다. 그들 모두 똑바로 보기가 민망할 정도로 준수하고 아름다운 소년들의 얼굴이었다. 아니, 죽은 얼굴이 아름답게 보이는 것은 이들 소년들만이 아니었다……

오노 하루나가도 그의 아들 하루노리治德도, 모리 카츠나가 형제도,

하야미 카이와 그의 아들 데키마로出來麿도…… 과연 굳게 각오한 무인답게 가슴을 울리는 비장미를 지니고 있었다.

"으음, 이 사람이 키무라 시게나리木村重成의 어머니인가……"

30여 구의 시체를 세어가면서 끝에 놓인 8구의 유해 앞에 이르렀을 때 마사즈미도 넋을 잃은 채 두 손을 모으지 않을 수 없었다. 하루나가의 생모 오쿠라大藏 부인을 비롯해 시게나리의 어머니 우쿄노타유右京太夫 부인, 요도 부인의 최고위 여관女官 쿠나이宮內 부인, 아에바饗庭 부인, 오타마阿玉 부인 외에 마사즈미가 모르는 여자의 주검이 셋 있었다. 모두 누군가에게 찔러달라고 했을 터. 턱밑에 두 손을 모은 채 한칼에 찔려 죽은 자도 있고, 두 번 세 번 찔린 자도 있었다. 그러나 한결같이 죽은 얼굴들은 평화로워 이미 괴로운 이승에서는 벗어나 있는 표정들이었다.

"아룁니다."

등뒤로 코쇼小姓°의 말이 들렸다.

"오고쇼 님은 심기가 불편하셔서 진중으로는 돌아가시지 않고 그대로 니죠 성二條城으로 귀환하신다고 합니다."

"뭐, 뭐라고?"

마사즈미는 자제력을 잃고 소리질렀다.

9

"누……누가 이 일을 오고쇼께 보고했느냐?"

마사즈미가 다그치듯 소리쳤다.

"제가 말씀 드렸습니다."

뒤따라와서 역시 주검들을 조용히 내려다보고 있던 아베 마사츠구가 옆머리의 빗방울을 털면서 대답했다.

"저는 일의 전말을 쇼군께 보고할 의무가 있습니다. 일부러 마중 나오신 오고쇼 님께 말씀 드리지 않는다면 이것은 잘못……"

"이 마사즈미를 제쳐놓고 말인가?"

"사정을 헤아려주십시오. 저항하지 않고 모두 자결, 자세한 것은 코즈케노스케 님이 보고 드릴 것이라고만."

"에잇, 주제넘게!"

마사즈미는 평소의 그라고는 생각할 수 없는 미친 듯이 격한 모습으로 소리쳤다.

"내가 검시를 끝내기 전에…… 오고쇼와 쇼군 님 사이에 혹시 충돌이라도 생기면 어떻게 할 셈인가?"

"그런 일은……"

아베 마사츠구는 나직하게, 그러나 분명한 어조로 반박했다.

"지휘 일체를 쇼군 님께 일임하셨을 터…… 쇼군 님이 하신 일에 이의를 제기하실 오고쇼 님은 아닙니다."

자신감 넘치는 대답에 그만 마사즈미도 입을 다물 수밖에 없었다.

"말씀 드립니다."

또다시 코쇼가 말했다.

"코즈케노스케 님은 서둘러 니죠 성에 돌아올 필요가 없다, 뒤처리를 정중히 하고 돌아오도록, 또한 장례문제는 오구리 타다마사小栗忠政를 보내 우선 잇신 사一心寺 대사에게 부탁해놓았다…… 이렇게 전하라는 말씀이십니다."

"기다려."

돌아서려는 코쇼를 당황한 마사즈미가 불러세웠다.

"나도 뒤따라갈 것이다. 그런데 오고쇼 님은 이미 사쿠라몬을 출발하셨느냐?"

"예. 몹시 안색이 언짢으셔서……"

"병환이신 것 같더냐?"

"예…… 아니."

"어느 쪽인지 분명히 말해라."

코쇼는 깜짝 놀라 쭈뼛거리며 말했다.

"모두…… 나를 속였다……고 하시며 크게 격분하셨습니다."

"들었겠지, 아베. 모두 나를 속였다고……"

"속인 것이 아닙니다."

아베 마사츠구는 낯빛도 변하지 않았다.

"코즈케 님도 아시다시피 우리를 속이고 시각을 끌다가 자결한 것은 히데요리 쪽입니다."

"아니, 이제 됐어! 그런데 오고쇼 님 곁에는 누가 있느냐?"

"예. 이타쿠라板倉 님 부자가 경호하시므로 니죠 성까지는 아무 불안도 없다고 생각합니다."

"그래, 알겠다. 곧 나도 뒤따르겠다. 부디 조심하라……고 이타쿠라 님에게 전하도록."

"알겠습니다."

코쇼가 달려갔다. 혼다 마사즈미는 주검들을 한 번 둘러보고 나서 멍하니 비 내리는 하늘을 쳐다보았다. 모두가 현실이 아닌 것 같은, 무엇하나 손에 잡히지 않는 망연한 상태였다.

10

그 무렵 이에야스는 타고 왔던 말은 하인에게 끌게 하고 준비해온 가마에 올라 넋이 나간 듯이 모리구치守口로 향하고 있었다. 갑자기 니죠 성으로 돌아가겠다……고 했으므로 배를 준비할 겨를이 없어 모리구치까지 육로로 갈 수밖에 없었다.

챠우스야마의 진지는 아직 철수를 끝내지 않았다. 아니, 도리어 히데요리, 요도 부인과 같이 돌아갈 생각에서 그들을 맞이하도록 준비를 명하고 왔다…… 불길 속에 타다 남은 잇신 사의 한 방에는 센히메와 교부쿄 부인도 와서 그들의 도착을 기다리고 있을 것이다.

한편, 이에야스는 문제의 벼 창고에 불길이 올랐을 때.

"이타쿠라를 불러라! 카츠시게勝重를."

안색이 변해 소리질렀고, 달려온 카츠시게에게 ─

"네놈도 같은 무리냐!"

무서운 분노를 터뜨렸다.

"히데요리 모자를 구하라고 했어. 그런데도 총포를 쏘아대고…… 그러면서 상대가 불을 지르고 자결했다고 꾸며대다니…… 너희들이 하는 짓을 내가 모를 줄 아느냐!"

카츠시게는 대답할 말이 없었다. 그 역시 마음 한구석에서는 그렇게 되지 않을까…… 우려하고 있었기 때문이다.

'진정으로 구출할 마음을 가지신 분은 오직 오고쇼 님뿐……'

아니, 히데타다로서도 자기 딸이고 사위. 마음속으로는 살려주고 싶지 않았을 리 없다. 그러나 그는 천하를 맡은 쇼군으로서 추호도 사사로운 감정을 개입시키려 하지 않는 괴로운 입장이었다.

그러나 측근은 그렇지 않았다. 그들은 모두 코마키小牧 전투 이후 얼마나 가혹하게 도요토미 가문의 괴로움을 받아왔는지에 대해 할아버지나 아버지의 이야기를 들으면서 자란 사람들이었다…… 먼 옛날부터 이어진 두 가문의 원한이 아직도 사라지지 않고 꼬리를 끌고 있으며, 그 원혼들이 덤벼들어 이에야스의 뜻을 짓밟았다.

"잠자코 있는 것을 보니 네놈도 한통속임이 틀림없어. 용케도 이 이에야스를 속였어. 그냥 둘 수 없다."

느닷없이 채찍을 쳐들었다. 그러나 이에야스는 카츠시게를 후려치지는 않았다.

심한 분노로 몸의 균형을 잃은 것 같기도 하고, 생각을 다시 한 것 같기도 했다. 비틀거리며 쓰러지듯이 걸상에 앉아 어깨로 숨을 몰아쉬며 팔을 축 늘어뜨렸다.

"물…… 물을 가져오너라."

서둘러서 코쇼가 물을 바쳤다.

이에야스는 그 물을 한 모금 마시고 이번에는 넋을 잃은 사람처럼 움직이지 않았다.

"카츠시게, 아직도 불타고 있느냐?"

얼마 후 이렇게 물었을 때는 이미 분노는 가라앉은 듯했다.

"예. 연기는 차차 옅어지고 있습니다마는."

"알겠다. 나는 이대로 니죠 성으로 돌아가겠어."

"그러나 떠나시면 쇼군께서……"

"멍청한 것. 지금 만나면 눈을 뜨고 볼 수 있을 것 같으냐! 여러 사람 앞에서 내가 쇼군의 머리채라도 끌어당기면 어떻게 하겠느냐?"

그리고는 다시 한참 동안 눈도 깜박이지 않고 깊은 생각에 잠겼다.

11

이에야스의 생애에서 이처럼 비참하고 뼈에 사무치는 고독을 맛본 적은 없었다.

'이 나이가 되어…… 이런 고독을.'

지금까지는 어떤 경우에도 그는 결코 혼자가 아니었다. 어려서는 수

많은 옛 신하들과 함께 있었고, 그 이후에는 가문의 무게와 패기만만한 투지와 희망이 뒷받침되어 언제나 무거운 짐으로 느낄 정도로 많은 사람들의 운명의 중심을 이루어왔다.

만년에는 그 자손의 훈육에 심혈을 기울여 나름대로 신뢰를 받기도 하고 효과도 올렸다고 믿고 있었다. 그런데 이 모두 자기도취였던 듯. 그는 스스로—

"나는 이미 죽은 것으로 알라."

이런 말을 하면서 실은 지나칠 정도로 강한 자아 속에 살고 있었다. 모든 면에서 사후의 일까지 내다보고 지시할 생각이었다. 그러나 자신의 이러한 태도는 지금 확인된 바로는 히데타다나 그 측근의 젊은이들에게 별로 존중되고 있지 않았다. 아니, 존중되지 않는다는 정도가 아니었다. 히데요리 모자의 일로 완전히 무시당하고 말았다.

'내가 그토록 간곡히 말했는데도……'

사람은 인간인 이상 전혀 인정을 무시하고는 살지 못한다.

난세를 평화로운 세상으로 바꾸기 위해서는 물론 새로운 질서가 필요하고, 또 질서의 바탕이 되는 '법도'를 엄히 지켜야 한다. 그렇다고 법도가 있기 때문에 인간이 있는…… 것은 아니다. 법도 역시 결국은 어떻게 하면 사람들을 보다 잘살게 하는가 하는 궁리의 산물에 지나지 않고, 그 위에는 더욱 중요한 천지 자연의 '이치'가 있다.

"내가 히데요리 모자를 구하려는 것은 그 천지 자연의 이치 때문이다. 나는 히데요리도 센히메도 모두 사랑스러워. 그리고 타이코는 내게 여러 가지를 가르친 선배이고 스승이기도 했어…… 그러므로 이 경우 사사로운 정을 짓밟으면서까지 법질서의 유지를 생각한다면, 천지 자연의 이치를 벗어난 억지가 된다. 억지는 사람을 겁에 질리게 만들거나 위축시킬 뿐 결코 영속하는 것이 아니야. 법도가 인간을 지키려고 하는 것인 이상 완전히 인정을 떠나서는 안 되는 거야."

기회 있을 때마다 히데타다에게 가르치고, 히데타다도 충분히 알고 있다……고 보아 이에야스는 ―

"나는 죽은 것으로 알아라."

이러한 선언과 함께 지휘를 맡겼다. 그런데 이 생각은 이에야스의 지레짐작이었을 뿐, 히데타다나 그 측근에게는 이치와 법도, 법도와 인정의 관계 같은 것은 전혀 이해되지 않고 있었다. 아마 그들은 ―

"오고쇼는 망령이 드셨다."

그런 마음으로 조소하고 있었는지도 모른다.

'그렇다, 나는…… 혼자가 된 거야.'

히데요시가 병상에서 기묘한 푸념을 되풀이하고 있을 때는 이미 고독의 수렁에 깊이 빠져 있었는데, 그와 똑같은 말년이 이에야스에게도 다가오려 하고 있는 것일까……?

"카츠시게, 가겠다."

내뱉듯이 말하고 가마에 오른 순간 이에야스의 눈에는 가득 눈물이 고여 있었다……

12

이에야스는 사쿠라몬에서 그대로 돌아가지는 않았다.

"가마를 성안으로 돌려라. 그리고 쿄바시 어귀로 나가도록."

길에 나온 사람들에게 혼자 돌아오는 자기 모습을 보이지 않겠다는 이에야스의 뜻이었다. 그 뜻 말고도, 성안을 일단 조사하고 니죠 성으로 철수했다는, 마음속의 울화나 히데타다와의 불화를 눈치채지 못하게 하려는 조심성에서이기도 했다.

이타쿠라 카츠시게는 눈치를 채고 이에야스 행렬이 성안을 통과하게 했다. 그리고는 쿄바시를 건넌 후 노다野田, 사카구치坂口를 지나 히가시노에東野江로 길을 잡았다.

행렬이 동쪽 관문에 이르렀을 때였다. 이미 전쟁이 끝난 줄 알고 성을 향해 돌아오는 상인들을 만났다. 이에야스는 넋이 나간 듯 여전히 말이 없었다.

하인에게 말을 끌게 하고 자신은 도보로 가마 곁을 걷고 있던 이타쿠라 카츠시게는 —

"이제는 전쟁이 끝났다. 모두들 서둘러 집으로 돌아가 열심히 생업에 종사하도록."

마주친 상인들에게 덕담을 하고, 이에야스에게 말을 건넸다.

"모두 안도한 표정으로 집에 돌아가고 있습니다."

이에야스는 대답하지 않았다.

"오고쇼 님, 아직 노여움이 풀리지 않았습니까?"

"……"

"아무리 생각해도 쇼군 님의 지시가 아닙니다. 무슨 착오입니다."

"천치 같은 놈."

이에야스는 힘없이 혀를 찼다.

"착오이건 아니건 죽은 히데요리는 다시 돌아오지 않아."

"쇼군 님은……"

카츠시게는 눈짓으로 가마꾼의 걸음을 늦추게 했다.

"오고쇼 님의 뜻을 거역할 분이 아닙니다. 그리고 측근에는 혼다 마사노부 노인도 계시므로 역시 무슨 착오일 것입니다."

"잠자코 걷기나 해."

"예……"

"이것으로 이에야스는 인생의 마지막 오점을 남겼어…… 나의 외로움을 너희들은 알 리가 없어."

카츠시게는 가마 곁을 떠났다. 그리고 과연 이에야스의 고독을 자기는 이해할 수 없는 것일까 자문해보았다.

'모르지는 않는다.'

타이코의 아들로 이제는 힘이 없는 히데요리를 억지로 무참하게 죽였다…… 그렇게 되면 센히메의 탈출마저도 인정을 모르는 자의 교활한 책략이 된다. 아니, 그보다 이에야스는 피도 눈물도 모르는 냉혹한 질서의 악마였다고 평가될지도 모른다…… 세상의 인정은 언제나 약자의 편을 들게 마련……

"카츠시게."

이번에는 이에야스가 불렀다.

"히라카타枚方에 도착하거든 쇼군에게 사자를 보내도록."

"알겠습니다."

"나는 피곤하니 아이들과 놀고 싶다. 토토우미노츄죠遠江中將와 오와리尾張의 재상을 곧 니죠 성으로 보내라고……"

그러고 나서 다시 한마디 덧붙였다.

"참, 에치고越後의 타다테루忠輝*도 보내라고 해라. 모두가 마음을 놓을 수 없게 되고 말았어."

카츠시게는 안도했다. 아마도 이에야스의 평상심平常心이 어린아이들의 교육으로 방향을 돌린 모양이었다.

13

"알겠습니다. 곧 사자를 보내겠습니다."

카츠시게는 히라카타에 도착하기도 전에 곧 오카야마岡山의 히데타다 진영으로 사자를 보냈다. 그 길에 챠우스야마에서 이에야스가 돌아오기를 기다리는 자기 아들 시게마사重昌에게도 되도록 빨리 니죠 성으로 오라고 전하도록 했다.

이때 이에야스의 일행은 카츠시게 휘하의 부하까지 합쳐 300명 남짓이었다…… 그러나 일행 모두가 탈 수 있을 만한 배가 없었고, 배 안에서도 이에야스와 카츠시게는 손이 맞닿을 만큼 가까운 자리에 마주앉아야만 했다.

이에야스는 카츠시게와 가까이 마주앉았으면서도 얼마 동안은 그얼굴도 보려 하지 않았다. 가랑비가 내리는 하늘에 잔잔한 시선을 던진채 계속 허탈상태에 빠져 있었다.

카츠시게는 비로소 뼈가 얼어붙는 묘한 고독감에 사로잡혔다.

'전투에서는 보기 좋게 이겼으나……'

이에야스의 가슴에는 씻을 수 없는 상처를 남기고 말았다.

"카츠시게."

이에야스가 카츠시게를 불렀을 때는 배를 끄는 밧줄이 팽팽해져 있었다. 배는 상당한 속력으로 강을 거슬러올라 힘찬 구령과 함께 쿄토京都 관할의 강줄기로 접어들려 하고 있었다.

"예…… 예. 말씀하실 일이 계십니까?"

"뒤처리 문제야. 그대는 오사카 일을 모두 쇼군에게 맡겨도 불안하지 않으리라 생각하는가?"

"예. 이제…… 더 이상 무슨 불안이 있겠습니까?"

"그런가, 그렇다면 내가 지나치게 간섭을 한 것이 되는군."

"하지만…… 부자간의 정으로서…… 아니, 하실 말씀이 계시다면 사자를 보내겠습니다마는."

"됐어. 생각해보니 하지 않아도 될 말까지 했는지 모르겠군. 성안의 금은은 아베 마사츠구, 아오야마 타다토시青山忠俊, 안도 시게노부 세 사람에게 감시케 하라거나, 성은 마츠다이라 타다아키松平忠明에게 지키게 하라는 등…… 역시 늙은이의 잔소리였어."

"황송합니다마는 그렇지 않습니다. 당연하신 배려……라고 쇼군께서도 그렇게 분부를 내리셨습니다."

"자네는 쇼군을 어떻게 보는가, 훌륭하게 천하를 다스릴 수 있는 기량을 가지고 있다고 보는가?"

카츠시게는 비로소 가슴에 쌓인 울적한 기분을 토해냈다.

'이제 노여움이 가라앉았다.'

"예. 매사에 오고쇼 님의 공적을 더럽히지 않으려고 필사적으로 노력하시는 효심, 다시없는 후계자라고 생각합니다."

"그런가…… 그렇다면 나는 다시 한 번 죽어야 하겠군."

"다시 한 번 돌아가신다……고 하시면?"

"살아 있는 동안에 숨을 거둔다…… 어려운 일이야, 살아 있으면서 죽는다는 것은."

카츠시게는 비로소 크게 고개를 끄덕였다.

이에야스 정도나 되는 인물, 이에야스 정도의 나이가 되어도 역시 '아집'을 버렸다는 자신감은 계속 흔들리는 것.

"좋은 말씀을 들었습니다. 이 카츠시게도 마음에 새기고 수양을 위해 노력하겠습니다."

"카츠시게."

"예."

"나는 쇼군을 꾸짖지 않기로 하겠어. 그 대신 니죠 성에 도착하거든 토도 타카토라藤堂高虎를 부르게."

"예. 토도 사도藤堂佐渡라도 대신 꾸짖으시겠습니까? 그것이 좋은 생각이실지도 모르겠습니다."

말을 하는 동안에 이에야스의 얼굴에는 겨우 평소와 같은 침착한 기색이 되돌아왔다.

이타쿠라 카츠시게의 노력은 니죠 성에 도착하는 동시에 더욱 효과를 나타내었다. 이에야스가 서둘러 니죠 성으로 돌아온 뒤 쇼군 히데타다는 때를 놓치지 않고 전령을 보내 여러 가지 일에 대한 진행 보고서를 제출해왔기 때문이다.

물론 그 보고서 중에는 히데요리 모자가 자결한 상황도 기록되어 있었다. 이와 함께 해안 방면으로 도망치는 자에 대비하여 쿠키 모리타카九鬼守隆와 오바마 미츠타카小濱光隆에게 명해 해안선 경비를 엄중히 하게 하고, 성안에 있는 금은에 대한 감시는 이에야스 의견대로 아베, 아오야마, 안도(시게노부) 세 사람에게 명했으며, 또한 불탄 성안의 정리는 사이고쿠西國, 츄고쿠中國의 군사들에게 앞으로 100일 안에 끝내도록 지시했다는 내용이 상세히 기록되어 있었다.

그날도 세키가하라關ヶ原 전투 때의 선례에 따라 승리의 함성은 올리지 못하게 하고, 다만 군신軍神에 대한 제사와 피아간의 시체에 대한 공양을 끝낸 뒤 어린 두 동생 요시나오義直, 요리노부賴宣와 이에야스가 만나고 싶어하는 토도 타카토라 등을 데리고 자기도 후시미 성伏見城으로 철수하겠다고 보고해왔다.

"이건 누구의 지혜를 빌린 것일까. 혼다 마사노부일까 아니면 토도 타카토라일까?"

이에야스는 히데타다가 서둘러 뒤처리를 하고 아버지에게 뒤쳐지지 않도록 후시미 성으로 철수하겠다는 결정을 내린 데 대해 매우 만족스럽게 생각했다.

몹시 노하여 갑자기 사쿠라몬에서 돌아가겠다고 한 것은 이에야스였다. 그러나 이 행동은 다시 생각할 것도 없이 사람들에게 기이한 느낌을 주지 않을 수 없는 조급함이고 비정상적인 일이었다.

그 사실을 알아차린 히데타다는 때를 놓치지 않고 뒤처리를 할 뿐 아니라, 자기도 서둘러 후시미 성으로 철수한다…… 그렇게 되면 이에야스도 히데타다도 미리 상의했던 것이라 알고 아무도 감정의 충돌을 눈치채지 못한다.

'으음, 이제는 나의 실책을 덮어줄 정도의 기량을 지니게 되었다는 말인가……'

그러한 감회를 말로 표현하면 ─

"누구의 지혜일까?"

이러한 말이 된다.

카츠시게는 비로소 웃었다.

"부모가 되고 보면 자식은 언제까지나 어린아이로만 보이는 모양입니다."

"그럴까, 부모가 없어도 자식은 자랄까?"

"신불의 힘은 참으로 위대한 것입니다."

"카츠시게, 그 보고 가운데는 센히메에 대한 언급이 한마디도 없어. 이것을 어떻게 해석하면 좋을까?"

"주저하지 마시고……"

카츠시게가 침착하게 말했다.

"할아버님이 마음껏 감싸주셔도 좋으리라 생각합니다. 손녀가 응석 부리게 하는 것은 할아버지에게 주어진 특권인 줄로 압니다."

"그럴까. 아버지로선 유일하게 살아남은 딸을 감싸줄 수 없을까?"

"잘 보살펴주시기 바랍니다."

"알겠네, 그 일에 대해서는…… 그리고 만나야 할 사람이 하나 있어. 그대와도 절친한 혼아미本阿彌 거리의 노인 말이야."

"아아, 코에츠光悦˚ 님 말씀이군요."

"그래. 그 노인을 불러 손녀문제를 상의해야겠어. 꼬장꼬장하기 짝이 없는 고집쟁이야. 그리고 결과를 코다이인高臺院*에게…… 그를 시켜 알리도록 하는 것이 좋겠어."

"그럼, 곧 코에츠를 부르겠습니다."

"카츠시게, 나는 때때로 우는 버릇이 있는데, 후세에 이르도록 비밀로 해주게. 나는 센히메와 히데요리를 불러 나란히 앉혀놓고 설교를 하고 싶었어…… 그것이…… 그것이 나의 즐거운 꿈이었는데……"

15

이타쿠라 카츠시게가 보기에도 이에야스는 역시 눈물 많은 노인으로 돌아간 감이 없지 않았다.

푸념이 아니었다. 판단력은 여전히 놀라울 정도로 정확했고, 결단도 둔해졌다고는 볼 수 없었다.

그러나 예전의 이에야스에 비해 몹시 성급해진 듯한 느낌이 드는 것은 역시 천수天壽가 임박했음을 느꼈기 때문일까?

"그럼, 곧 코에츠 님을 모시러 보내겠습니다."

카츠시게는 이렇게 말하고 일단 복도로 나갔다가 다시 생각했다.

혼아미 코에츠는 이에야스가 말한 대로 꼬장꼬장한 면이 있다. 그를 불러 센히메에 대한 처리를 묻는다면 히데타다보다 더 엄한 판단을 내릴 것 같았다.

"생모님도 우다이진 님도 돌아가셨다…… 그렇다면 당연히 그분의 자결을 허락하심이 마땅하다……고."

이런 대답을 한다면 모처럼 안정되어가던 이에야스의 마음이 다시 흔들릴 것이다.

'그렇다, 아직은 그 고지식한 노인 혼아미 코에츠를 오고쇼 앞으로

부를 때가 아니다.'

이런 생각을 하면서 대기실로 들어간 카츠시게는 전혀 엉뚱한 뜻의 서신을 써서 코에츠에게 전하라고 보냈다.

"히데요리 모자가 자결하여 오고쇼께서도 낙담하고 계시지만, 귀하도 인간 세상의 무상함을 새삼스럽게 느끼셨을 것입니다. 이 사람이 보건대 낙담하신 오고쇼 님의 칸토 귀환이 의외로 빨라질 것 같습니다. 귀환하시게 되면 연세로 보아 다시 뵙기가 어려울 터입니다. 그러므로 귀하께서 코다이인 님을 찾아뵙고 귀환하시기 전에 한번 오고쇼 님을 위문하심이 어떨까 합니다."

이런 내용의 서신이었다.

코에츠는 칸토와 오사카가 두 번이나 손을 끊었다……는 사실을 알았을 때, 이 세상이 싫어졌다면서 한탄하고 있었다.

"사람이란 얼마나 어리석고 구제받기 어려운 것일까."

서신을 혼아미 코에츠에게 보내고 돌아왔을 때 이에야스는 사방침 위에 두 손을 올려놓고 망연한 표정으로 허공을 쳐다보고 있었다.

"어때, 혼아미 노인이 곧 오겠다고 하던가?"

"그런데…… 지금 출타 중이어서."

"으음, 긴 여행이라도 떠났나?"

"여행까지는 아니고, 하루 이틀 안으로 돌아온다고…… 서신을 전했으니 돌아오는 즉시 찾아올 것입니다."

"그런가……"

이에야스는 이렇게 말하고 카츠시게를 똑바로 바라보았다.

"쇼시다이所司代°, 나는 센히메 문제에 대해 그 혼아미 노인에게 묻지 않기로 했어."

"그러시면?"

"그대가 일부러 집에 없다……고 하니 굳이 그 노인의 의견을 물을 것도 없겠지."

"그, 그것은⋯⋯"

"괜찮아. 때로는 거짓말도 큰 위로가 되는 거야. 정직한 편이 훨씬 더 매정한 경우도 있어. 좋아, 좋아. 혼아미 노인이 오면 오랫동안 친분이 있었으니 무슨 상이라도 주어 보내겠어. 걱정하지 말게."

이타쿠라 카츠시게는 어깨를 떨며 울기 시작했다⋯⋯

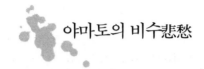

야마토의 비수悲愁

1

야규 무네노리柳生宗矩는 그날 계속 쇼군 히데타다의 측근에 있으면서 '히데요리 모자 구출' 소식을 기다리고 있었다. 그는 오카야마의 진지에 대기하고 있었으므로 하야미 카이와 이이 나오타카가 가마냐 말이냐의 문제로 충돌했다는 것도 몰랐고, 회답을 독촉하는 발포에 대해서도 알지 못했다.

'아무것도 염려할 일은 없다. 모자의 측근에는 오쿠하라 신쥬로가 딸려 있으니.'

야규 무네노리가 사촌형 신쥬로를 믿는 마음은 야규 일족의 긍지로 미루어 자신만만한 일일 뿐.

'식견도 뛰어나고 무술과 분별도 다른 자와는 비교가 안 된다.'

그 신쥬로는 만약의 경우 칸토 군에 대해 쇼군 히데타다나 오고쇼의 이름을 밝힐 수 있는 입장이기도 했다. 따라서 그 점에 대해서는 전혀 걱정을 않고 다만 약속한 '정오'만을 기다렸다.

그런데 정오가 되었을 때 이번 전쟁의 가장 큰 오점이라고도 할 쿄바시 어귀의 학살이 시작되었다.

공격군으로서는 무리가 아니었다. 그때 이미 이에야스는 사쿠라몬까지 들어와 있었고, 약속 시각이 되었다. 그런데도 쿄바시 어귀 전방의 마스가타桝形°에는 그 힘을 알 수 없는 상당수의 인원이 집결해 있었다. 물론 그들은 성안에 남아 있는 늙거나 어린 여자들이 대부분이었고, 또한 도망갈 기회를 잃은 부상자나 병졸의 무리였다.

그러나 그 내용을 공격군으로서는 알 수 없었다. 만일 그들이 유력한 부대로서 단숨에 사쿠라몬으로 밀고 나와 출구를 가로막기라도 하면 큰일이라고 공격군은 은근히 걱정하고 있었다.

물론 히데요리 모자가 정오까지 이에야스에게 온다면 아무 문제도 되지 않는다.

"전쟁은 끝났다! 자아, 무기를 버리고 나가거라."

이렇게 간단히 끝날 일이었다. 그런데 시각이 늦어지고 있었기 때문에 우려하는 마음이 더 우세해졌다.

'혹시 어떤 계략이라도 꾸민다면?'

이런 의심이 그대로 경계심이 될 수도, 공포심으로 발전할 수도 있다. 그래서 이제는 더 기다릴 수 없다고 생각한 공격군은 닫힌 문을 폭파하고 성안의 마스가타로 돌입하고 말았다.

그 폭파음을 야규 무네노리는 히데타다 앞에서 들었다.

"무슨 일인가, 지금 이 소리는?"

히데타다는 낯빛을 바꾸고 걸상에서 일어났다.

"알아보고 오게, 마타에몬又右衛門."

"알겠습니다."

야규 무네노리가 말을 달려 현장에 이르렀을 때 주위에는 차마 눈뜨고는 볼 수 없을 정도로 무참하게 시체가 흩어져 있었다.

젊은 여자가 배를 찔려 죽어 있었다. 저항을 못하는 어린아이도 있었고 노인도 죽어 있었다. 승려도 있었고 상인도 있었으며, 머리채가 잡혀 넘어진 아기 어머니의 시체도 있었다. 아니, 그 전방에서는 아직도 반란의 무사들이 미친 듯이 학살을 계속하고 있었다.

"중지하라! 중지하지 않으면 아군이라도 죽인다."

마타에몬 무네노리는 고함을 치면서, 자기처럼 칼을 뽑아들고 이 야만행위를 진압하려는 또 하나의 인물이 있음을 깨달았다.

"아, 오쿠하라 신쥬로 님……"

2

야규 마타에몬 무네노리는 저도 모르게 자기 눈을 비볐을 정도였다.

'이런 곳에 어째서 신쥬로가……?'

당연히 히데요리와 요도 부인 곁에 있을 줄 알았던 신쥬로. 그는 반드시 그곳에 있어야만 할 인물이었다.

마타에몬은 미쳐 날뛰는 반란의 무사들을 큰 소리로 꾸짖으면서 신쥬로인 듯싶은 인물에게 다가갔다.

"거기 있는 것은 오쿠하라가 아니오?"

"아……"

상대는 작은 소리로 응했다.

"어찌 된 일이오? 벌써 인도가 끝났소, 신쥬로?"

그러나 물음에는 대답이 없고, 신쥬로는 몸을 휙 날려 석축 옆의 해자垓字°로 뛰어내렸다. 이번에는—

"앗……"

마타에몬이 소리질렀다.

당연히 심한 물보라가 일어나야 할 수면에서 작은 쪽배 하나가 급히 나타났기 때문이다.

'배도 왔구나, 무엇 때문에……?'

야규 무네노리는 눈앞의 소요를 진정시키기 위해 그 이상 이 의문에 대해서는 생각할 겨를이 없었다. 물론 신쥬로에 대한 깊은 신뢰감이 있었기 때문이기도 했다. 더구나 아시다 성곽의 벼 창고에 대한 일까지는 생각지도 않았다.

실은 오쿠하라 신쥬로 쪽도 마찬가지였다. 그는 부하가 쿄바시 어귀의 위급을 보고해왔을 때 —

'이거, 큰일이다'

순간적으로 생각했다.

물론 벼 창고 안에도 눈을 뗄 수 없는 불안의 씨앗이 몇 가지 있었으나, 쿄바시 어귀에서 소요가 일어나 해자로 나가는 출구가 막힌다면 최악의 경우 탈출구가 막힌다.

"힘껏 노를 저어라, 급히!"

정신 없이 재촉하고 있는 도중에 폭파음을 들었다. 그리고 도착했을 때는 이미 눈뜨고 볼 수 없는 학살이 시작되고 있었다.

전쟁도 아니고 싸움도 아니었다. 앞뒤가 막힌 마스가타 안으로 쫓겨들어가 전의도 투지도 잃어버린 양떼 속에 그 이상으로 많은 늑대들이 으르렁거리며 뛰어들어 저지르는 폭행이었다.

사방에서 처절한 비명이 울렸다. 그 비명과 피가 한층 더 늑대들을 사납게 만들었다.

"중지하라! 전쟁은 끝났다. 중지하라고 하지 않았느냐!"

오쿠하라 신쥬로 토요마사는 문자 그대로 제정신이 아니었다. 순간적이었으나 자기가 무엇 때문에 왔는지조차 깨닫지 못하고, 깨달았을 때는 쪽배를 버리고 그들 속에 뛰어들고 있었다. 폭파된 문으로 야규 무네노리가 들어오며 자기를 깨우치지 않았더라면, 그는 무수한 늑대들이 냉정을 되찾을 때까지 손을 뗄 수 없는 광란의 소용돌이에 그대로 휩쓸렸을 것이다.

'그렇다! 난 수로의 안전을 살피러 왔다······'

무네노리가 부르는 바람에 그는 깜짝 놀라 정신을 차렸다.

정신을 차린 그의 귀에 들려오는 것은 쿄바시 어귀의 비명소리가 아니었다. 그가 지키고 있었어야 할 아시다 성곽의 벼 창고를 향해 쏘아대는 이이 군의 총소리였다······

3

'아뿔싸!'

오쿠하라 신쥬로는 쪽배 위에서 피가 나도록 입술을 깨물었다.

자기가 없는 동안 무슨 일이 생겼을까? 물론 상상하지 못한 것은 아니었다. 어제 전투에서 막대한 희생을 치른 이이 군이 주력. 그래서 이이 군이 흥분했다는 것도, 그들의 강한 반감도 알고 있었다.

"급히 노를 저어라!"

부하를 재촉했다.

"수로는 아직도 뚫려 있다. 만약의 경우 준비했던 대로······"

자기 자신에 대한 질타였다.

"침착해라, 침착하되 서둘러라."

신쥬로가 전날 밤부터 애써 거적을 둘러 측간으로 가장해놓은 버드나무 밑에 쪽배를 대었을 때 벌써 이이 군은 벼 창고 주위로 쇄도하고 있었다. 그러나 창고 안은 조용하기만 하여 아무런 움직임도 느껴지지 않았다.

오쿠하라 신쥬로는 전신에 오싹 소름이 끼쳤다.

"자, 도착했습니다."

잔뜩 긴장한 부하의 목소리를 들으면서 신쥬로는 잠시 얼어붙은 듯이 움직이지 않았다.

'모든 것이 끝나고 말았다……'

불과 얼마 안 되는 사이에, 마치 그 틈을 노리고 있기라도 한 것처럼 그의 노고는 산산이 부서지고 말았다.

누구에게 참살된 것일까?

아니면 자결이라도 한 것일까?

그가 떠나 있었던 시각은 불과 한 순간이었던 것 같기도 하고 무한히 긴 시간이었던 것처럼도 생각되었다.

'어쨌든 살아 있는 기색은 없다.'

신쥬로가 곧바로 창고 안으로 뛰어들어가 자기 눈으로 직접 살필 수 있었던 것은 그로부터 몇 초쯤 지난 후……

그의 눈에 비친 죽음의 창고는 30여 명의 피로 아로새겨진, 말할 수 없이 조용하고 엄숙한 대향연이 베풀어진 뒤처럼 보였다.

'그렇다! 그들의 더러운 발에 짓밟히게 해서는 안 된다.'

이 마음은 이성理性이었을까, 아니면 '아름다움'을 지키려는 꽃지킴이의 정감이었을까?

신쥬로는 깜박거리는 등잔불의 기름을 정신없이 거적과 멍석에 쏟아 불을 지르고 다녔다. 이이 군의 선봉이 흰 연기를 보고 우르르 뛰어들어온 것은 이때였다……

도망칠 사이가 없는 그는 히데요리와 요도 부인 사이에서 쓰러져 죽은 시체로 가장할 수밖에 없었다. 넋이 나간 후의 그러한 행동은 결코 평소의 신쥬로처럼 침착하게 계산된 것은 아니었다. 모든 것이 열에 들뜬 동물처럼 본능적이며 충동적인 행동이었다.

이이 나오타카와 혼다 마사즈미가 나타났을 때 그는 벌써 이이 군의 병졸 틈에 섞여 부지런히 시체를 나르기도 하고 시체에 묻은 피를 닦아 주기도 하고 있었다.

이러한 재빠른 신쥬로의 변신을 아무의 눈에도 띄지 않도록 한 것은 말할 나위 없이 연기와 불길이었다.

'용서하시오, 용서를……'

요도 부인의 가슴에 꽂힌 단검을 뽑고 허옇게 갈라져 불룩하게 솟은 상처를 코소데小袖°로 덮어준 것도 그였다.

그 무렵 오쿠하라 신쥬로 토요마사도 겨우 제정신이 들었다. 제정신이 들자 심한 자책감의 포로가 되었다.

'도요토미 가문을 내가 멸망시켰다……'

4

누가 어떤 의도를 가지고 책동하더라도 히데요리 부부와 요도 부인 세 사람만은 반드시 구하겠다…… 야마토의 오쿠가하라奧ヶ原를 버리고 오사카 성에 들어왔을 때부터 결심한 신쥬로 토요마사의 굽힐 수 없는 고집이었다. 그런데 이 고집은 그가 잠시 눈을 뗀 사이에 산산이 부서지고 말았다……

히데요리의 시체에는 목이 없고, 요도 부인은 마치 어제까지의 고통에서 해방된 듯한 편안한 얼굴로 죽어 있었다.

'살아남은 것은 오직 센히메 한 사람뿐……'

이 사실이 도리어 신쥬로의 양심을 자극하여, 씻겨진 히데요리의 목이 이이 나오타카의 손으로 운반되어나갈 때까지 그는 온몸에서 힘이 빠지는 안타까운 허무감에 시달렸다. 몸은 계속 움직이고 있었다. 움직이지 않으면 공격군의 의심을 받고 다시 피를 보게 된다는 것을 알고 있었기 때문이다.

쫓기듯이 계속 움직이면서도—

'나는 이제부터 어떻게 하면 좋단 말인가……?'

그는 늪지의 표면에 떠오른 거품처럼 그저 중얼중얼 입안으로 되풀이할 뿐이었다.

'나는 이제부터 어떻게 할 것인가……?'

나란히 놓인 30여 구의 시체는 우선 신분을 확인한 뒤 일단 아시다 성곽 안에 매장하게 되었다. 그 지시는 이이 나오타카보다는 주로 혼다 마사즈미와 아베 마사츠구가 내렸다. 오카야마의 본진에서 도이 토시카츠가 달려왔을 때는 이미 벼 창고 주위에서 전쟁터의 흥분은 사라져 가고 있었다.

누구나 모두 가랑비에 젖어, 침통하다고도 무상하다고도 할 수 없는 인간 본래의 얼굴이 되어 다른 창고에서 가져온 멍석에 시체를 싸서 운반할 때마다 합장을 하거나 염불을 외웠다.

이렇게 만들어진 새로운 무덤이 무어라 말할 수 없는 정적 속에서 비를 흡수하고 있다……고 생각했을 때 신쥬로의 주변에는 더 이상 사람들이 보이지 않았다.

이이 나오타카는 물론 히데타다에게서 달려온 도이 토시카츠도, 이에야스의 대리인인 혼다 마사즈미와 아베 마사츠구도, 안도 시게노부도, 아오야마 타다토시의 모습도 없었다. 그들에게는 승전 후 정리할 일들이 산더미처럼 쌓여 있을 것이다.

'그러나 나는 도대체 무엇을……'

신쥬로는 그 자리에 남아 있는 자기 모습을 아무도 수상히 여기지 않고 떠나버리는 것이 견딜 수 없이 쓸쓸했다.

"저어, 주인님……"

깨닫고 보니 부하 신시치新七가 그의 머리를 삿갓으로 가려주며 불안스런 얼굴로 들여다보고 있었다.

"모두들 건너편 기슭에서 주인님을 기다리고 있습니다. 어서 배에 오르시는 게?"

마치 그 말을 기다리고나 있었던 것처럼 오쿠하라 신쥬로는 울기 시작했다.

신시치는 우는 신쥬로를 잠자코 삿갓으로 가린 채 서 있었다. 울음이 그치기를 조용히 기다려야 한다……고 생각했을 터.

신쥬로의 울음은 당장 그칠 성질의 것이 아니었다.

갑자기 비가 세차게 내리기 시작하며 신시치가 받쳐들고 있는 삿갓을 소리내어 두드렸다.

5

오쿠하라 신쥬로는 10분 남짓 몸부림치며 흐느끼다가 뚝 울음을 멈추고 신시치를 돌아보았다.

그때는 이미 핏발이 선 눈길 깊숙이에 평소의 신쥬로가 희미하게 얼굴을 내밀고 있었다.

신시치는 안도하여 ─

"그럼, 배에……"

다시 말했다. 신쥬로는 싱긋 웃었다. 마음속에 스며드는 듯한 한없이 쓸쓸한 미소를 지으며 잠자코 신시치가 가려주는 삿갓 밑에서 걸어 나왔다.

"저어, 주인님!"

다급하게 부르는 신시치, 그러나 그도 신쥬로가 어디를 향해 걷기 시작했는지 알고 따르려 하지는 않았다.

신쥬로는 쪽배를 매어둔 위치와는 반대인, 총포로 반쯤 무너진 창고 옆의 해당화를 향해서 걷고 있었다.

큐슈九州나 시코쿠四國 근방의 뱃사람들이 가져다 심었을지 모른다. 그 창고 옆에는 열 자 남짓한 해당화와 아직 묘목이라고 할 어린 보리수가 심어져 있었다.

'꽃을 사랑하는 주인님……'

신쥬로는 곧바로 그 해당화 쪽으로 다가가 느닷없이 꽃잎을 잡아 훑기 시작했다. 아니, 꽃뿐이 아니었다. 이번에는 그 옆의 보리수 잎까지 훑어 두 손에 가득 움켜쥐었다……

신시치는 그만 숨을 죽였다. 어떤 경우에라도, 어떤 풀이나 꽃이라도 살아 있는 생명으로서 꽃봉오리 하나, 꽃잎 하나까지 소중히 다루어온 오쿠하라 신쥬로였다.

"식물도 같은 생물이지만 개나 고양이처럼 고통도 배고픔도 호소하지 못한다. 가엾은 거야."

이렇게 말하던 신쥬로가 어째서 이처럼 난폭하게 꽃과 잎을 무참히 훑는 것일까……?

"아……"

터져나오는 비명소리를 죽이며 신시치는 목을 움츠렸다. 신쥬로의 시선이 어디로 향하고 있는지 알았기 때문이다.

난폭하게 훑은 꽃과 잎을 움켜쥔 채 신쥬로는 곧바로 지금 막 생긴 무덤을 향해 비를 맞으며 걸어가고 있었다.

그렇더라도 어째서 거기에 바칠 꽃을 그토록 난폭하게 훑어가지고 온 것일까? 해당화의 하얀 꽃잎이 노랗게 변해가고 있었으나, 그렇더라도 가지와 함께 놓는다면 아직은 아름다웠을 텐데……

해당화와 보리수의 잎을 움켜쥔 신쥬로는 새로 생긴 무덤 앞에서 걸음을 멈추고 잠시 흙 속까지라도 꿰뚫어볼 듯한 부릅뜬 눈으로 꼼짝도

하지 않았다. 벌써 주위의 피냄새는 대지에 흡수되어 강가의 흙내로 지워져버렸다.

"모두 흙으로 돌아갔구나."

오쿠하라 신쥬로는 불쑥 중얼거리고 오른손을 번쩍 쳐들었다.

"이것을 받아라…… 에잇……"

이어서 왼손에서도 꽃과 잎이 동시에 대지 위에 던져졌다.

빗속에서 지른 격한 목소리가 벼 창고 주위에 남아 있던 몇몇 파수병을 놀라게 했던 모양인지, 그들의 눈이 일제히 이쪽으로 향했다. 그러나 그때 신쥬로는 이미 발길을 돌리고 있었다.

"배……를 대어라."

그 목소리는 아직 울고 있는 것처럼 잠겨 있었다.

6

만약의 경우에는 히데요리와 요도 부인을 태우려 했던 비밀스러운 용도의 배. 그러나 지금은 이 배를 남아 있는 파수병 누구 하나 수상히 여기는 자가 없었다. 적으로 상대해온 도요토미 가문 쪽 사람은 하나도 살아남지 않았으니까……

공격군은 오쿠하라 신쥬로 토요마사와 여기저기 잠복시켜놓았던 그의 부하들을 전혀 의심하지 않고 자기편으로 믿고 있었다.

신쥬로는 원래 어느 쪽에 대해서나 증오도 없었고 편견도 가지고 있지 않았다. 그러한 입장에서 행동했으므로 자연히 적도 아군도 없는 이상한 모습으로 나타났는지도 모른다.

'과연 주인님의 병법은 놀라워.'

배를 저으면서 신시치는 생각했다.

'이제 모두 야마토로 무사히 돌아갈 수 있다.'

야마토에 아직 부모나 처자가 있는 자도 몇몇 있었고, 처자가 없는 자도 수백 년에 걸친 조상의 무덤만은 모두 오쿠가하라에 있었다. 그러한 무덤이 주인을 따라 전쟁터로 갔다 돌아온 사람들을 기쁘게 맞이할 것이다……는 생각만 해도 노를 젓는 신시치의 눈은 몇 번이나 젖어들었다.

'살아서 돌아가다니 꿈만 같다.'

강 한가운데로 향하고 있을 때 ──

"지휘봉이냐, 산이냐!"

쿠키 모리타카의 기치를 단 배가 암호를 물었다.

"지휘봉이다."

대답하는 신시치의 목소리는 생기가 있었다.

행선지는 핫켄케八軒家…… 그 기슭에는 이미 부하들이 모여 신쥬로 토요마사의 도착을 기다리고 있었다.

물론 강에서도 벌써 패잔병 사냥이 시작되고 있었다. 이쪽 저쪽 강기슭에서 쫓는 자와 쫓기는 자와의 작은 싸움이 있었으나, 당당하게 저어 내려가는 이 배를 의심하는 자는 없었다.

배 위에서 오쿠하라 신쥬로 토요마사는 팔짱을 끼고 조용히 생각에 잠겨 있었다.

'지금은 아직 말을 건네지 말아야 한다.'

그토록 구하려고 고심하던 히데요리 님도 생모님도 잃고 말았으니…… 생각하며, 신시치는 감출 수 없는 기쁨을 갖가지 고향 생각으로 대치하면서 침묵을 지켰다.

눈앞에 텐마天滿 다리가 다가오고, ㄱ 다리 위로 바삐 돌아오는 사람들의 모습이 보였다. 모두 전쟁이 끝났음을 알고 새로운 내일의 삶을 설계하며 자기 집으로 돌아가는 사람들일 것이다.

"신시치……"

갑자기 신쥬로 토요마사가 부른 것은 핫켄케가 왼쪽으로 가까이 보이기 시작했을 때였다.

"너는 아직 어머니가 살아 계시지?"

"아닙니다. 벌써 삼 년 전에 돌아가셨습니다."

"그럼, 무덤 속에 계시는군."

"하지만 주인님, 저는 돌아가서 먼저 그 무덤에 무사함을 알리려고 합니다."

"그래. 무덤에서도 어머니는 자식을 기다릴 테니까."

"주인님도 성묘를 하시겠지요?"

"응."

"마을사람들이 얼마나 기뻐하며 맞아줄지…… 하지만 아직 감자는 알이 차지 않았겠지요."

"감자……?"

"예. 작더라도 캐다가 감자떡……을 만들어 먹고 싶어요."

그런데 바로 이때였다. 신쥬로 토요마사가 이렇게 말한 것은……

"드디어 작별이로구나, 너희들과도."

7

"예? 지금 뭐라고 하셨습니까?"

신시치가 깜짝 놀라 물었다.

"나는 돌아갈 수 없어."

신쥬로 토요마사는 중얼거리듯이 말하고 나서 ―

"신시치."

새삼스럽게 불렀다.

"너는 무덤 속의 인간이 살아 있다고 생각하느냐 죽어 있다고 생각하느냐?"

신쥬로의 물음에 신시치는 눈이 휘둥그레져 저도 모르게 노를 젓던 손을 멈추었다.

"그야…… 왕생한다고…… 하므로 모두들 또 하나의…… 다른 세계에 살고 있겠지요."

"그런가……"

"주인님은 그렇게 생각하시지 않습니까?"

"아니, 그렇게 생각해. 다른 세계에 살고 있다…… 그래, 그러므로 이 세상에서의 사멸을 왕생이라고 부르는 거야."

"예. 저는 할아버지에게 배웠습니다. 죽는 게 아니다, 이번에는 아픔도 슬픔도 없는 세상에 가서 사는 것이다, 그러므로 소리가 들리지 않고 얼굴이 보이지 않더라도 네가 올바르게 살기만 한다면 묵묵히 도와주겠다……고."

"으음."

"그래서 돌아가면 우선 무덤을 찾아 감사를 드리겠습니다. 주인님도 그렇게 하실 것이 분명합니다. 주인님이 성묘하실 무덤은 저의 것보다 다섯 갑절은 더 많을 테지요."

"그래, 다섯 갑절이나."

"따라서 저보다는 다섯 갑절이나 많은 영혼이 주인님을 기다리고 계시는 셈이지요."

그동안 배가 기슭에 닿았다.

"지휘봉이냐, 산이냐!"

"지휘봉."

맨 먼저 검문한 것은 지금 이곳을 지나가고 있는 다테伊達 군의 감시병이었다.

주종은 배에서 내렸다. 그리고 앞으로 지나가는 전열이 멀어진 다음 녹나무 고목 밑에 있는 빈 찻집의 처마 밑으로 걸어갔다.

그곳 찻집 주인은 아직 돌아오지 않은 듯 발을 둘러친 봉당 안에 오쿠하라의 부하 40명 정도가 책상다리를 하고 빙 둘러앉아 있었다. 모두들 왼쪽 어깨에 작은 헝겊을 달고 칸토 쪽 공격군처럼 보이게 하고 있었다.

빗줄기는 점점 가늘어져 서쪽 하늘이 훤히 밝아왔다.

"오, 주인님이 도착하셨다."

"마침 잘됐군. 이미 솥이 끓기 시작했어."

그러고 보니 실내 부뚜막 언저리에서 구수하게 밥 익는 냄새가 풍기고 있었다.

"수고들 했어."

오쿠하라 신쥬로는 봉당에 들어가 머리의 빗물을 털면서 나지막하게 잠긴 소리로 말했다.

"전쟁은 끝났어. 식사가 끝나거든 각각 남쪽과 동남쪽으로 갈라져 마을로 돌아가게."

그 어조가 신시치의 불안을 크게 부채질했다.

"그럼, 주인님은 어떻게 하시겠습니까?"

신쥬로는 천천히 고개를 저었다.

"나는 고향에 돌아갈 수 없어. 왕생한 조상들…… 가문의 무덤을 볼 낯이 없어서."

"그……그것은…… 어째서, 어째서입니까?"

오쿠하라 신쥬로로부터 남쪽으로……라고 지시받은 부하 한 사람이 떨리는 목소리로 외쳤다.

"주인님이 돌아가시지 않겠다……고 하는데 저희들만 돌아갈 수는

없습니다. 그렇게 되면 우선 마을사람들이 가만 있을 리 없습니다. 분
개할 것입니다! 모두 노발대발해…… 이 불충한 놈들아……"

8

"옳은 말이야. 주인님을 남기고 돌아갈 수는 없어! 주인님이 돌아가
시지 않겠다면 나도 남겠어."

또 한 사람이 맞장구를 쳤다.

다시 좌중은 조용해졌다. 그에 대해 당연히 신쥬로 토요마사가 좀더
자세히 설명할 줄 알았기 때문이다.

신쥬로는 대답하는 대신 허리에 차고 있던 작은 사슴가죽 주머니를
끌러 모두의 앞에 내놓았다.

"자, 나라奈良 방향으로 돌아서 가거라. 이 안에 내가 받은 수당이 들
어 있다. 히데요리 님이 주신 수당이."

"그렇지만……"

"지금쯤은 곳곳에 가게가 문을 열었을 것이다. 모두 가족에게 선물
을 사 가지고 돌아가는 거야…… 그리고 마을사람들이 내 이야기를 묻
거든 싸우다 죽었다고 해도 좋고 싸우는 도중에 행방불명이 되었다고
해도 좋아."

"그럼, 주인님은 기어코……"

"그래, 돌아갈 수가 없어."

신쥬로는 얼굴을 일그러뜨리고 희미하게 웃으면서 그 시선을 가는
비가 내리는 하늘로 옮겼다.

"이해할 것이다. 나는…… 돌아가선 안 되는 거야. 이유는 새삼스레
말하지 않아도 알 테지. 나는 졌어…… 마음의 맹세에 졌어…… 이 패

배를 잊어선 안 되는 거야."

"……"

"그리고 또 하나의 이유는 말이다, 어쨌든 이 신쥬로는 도요토미 가문의 편에 있었어. 그것이 알려져 마을사람들에게 누가 미쳐선 안 되는 거야. 조사하러 사람이 오거든 신쥬로 토요마사는 마을에서 떠난 후 돌아오지 않았습니다…… 분명히 이렇게 말하게. 그러면 절대로 그대들에게는 아무런 화도 미치지 않을 거야. 오히려 나중에 뜻하지 않은 사람을 통해 상을 내릴지도 몰라……"

일동은 서로 얼굴을 마주보았을 뿐 아무도 입을 열지 않았다. 그토록 신쥬로의 말은 처절해 듣고 있는 사람들의 가슴에 스며드는 이상한 힘을 지니고 있었다.

"알겠지? 마을사람과는 앞으로도 화목하게…… 그리고 우리 가문의 무덤을 그대들이 살펴주기 바라겠어…… 내가 바라는 것은 그 하나뿐일세. 그러는 편이 왕생하신 조상의 넋이 더 기뻐하실 거야…… 신쥬로에게도 고집이 있었다면서……"

이렇게 말하고 신쥬로는 시선을 돌린 채 일어났다.

"기, 기, 기다려주십시오."

신시치가 갑옷자락을 붙들었다.

"그러면…… 그러면 주인님은 조사가 끝날 때까지 잠시 피신해 계시면 됩니다. 그러자면 노자가 필요합니다. 자, 이것을 모두 주인님이 간직하십시오."

"염려하지 마라."

신쥬로는 힘없이 웃있나.

"당분간 세상에는 전쟁이 없을 거야. 거리에도 차차 상점이 문을 열것이니 이 갑옷과 칼을 모두 내다 팔면 그대들보다 내가 더 부자야. 알겠나, 해마다 묘지의 손질…… 부탁하겠네."

"아……"

"찾을 생각은 하지 마라. 패한 자의 부끄러운 모습을 찾지 않는 것이 야규의 마음가짐이야…… 누가 물어도 모른다고 하게."

이렇게 말하고 오쿠하라 신쥬로 토요마사는 매달리는 신시치의 손을 뿌리치고 보슬비 내리는 거리로 사라졌다.

그리고…… 신쥬로는 영원히 고향의 흙은 밟지 않았다. 마을사람들은 지금도 그 묘역만은 여전히 지켜오고 있다……

# 다테의 신앙

1

"멈춰라! 다테 무츠노카미伊達陸奧守 님에게 할말이 있다. 이 대열을 잠시 멈추어라."

7일의 공격 때 가장 좌익이었던 키슈紀州 가도로 진격한 다테 군이 8일에 이르러 성 남서쪽에서 행동을 일으켰을 때였다. 진 중앙에 있는 다테 마사무네伊達政宗*의 본대를 향해 뛰어든 두 사람의 무사가 있었다.

두 사람 모두 가슴에 아군임을 알리는 작은 헝겊은 달고 있었다. 그러나 어느 부대 소속인지도 알기 어려운 흐트러진 머리, 갑옷 속의 옷은 피와 진흙으로 범벅이 된 채 갈기갈기 찢어져 있었다.

시각은 오전…… 아시다 성곽의 벼 창고에 불길이 솟고, 쿄바시 어귀의 학살이 시작되려는 무렵이었다.

순간 마사무네의 경호무사들이 동요하기 시작했다.

"어떤 놈이냐, 진중에서 행패를 부리는 자는 베어도 상관없다. 용서하지 않겠다."

우르르 달려나가 창끝으로 포위했다.

"닥쳐!"

뛰어든 두 무사가 눈에 핏발을 세우고 소리질렀다.

"우리들은 어제 키슈 어귀에서 분전한 진보 데와노카미神保出羽守의 가신들. 너희들에게는 볼일 없다. 무츠노카미 님과 직접 담판하겠다. 길을 비켜라."

"뭣이, 진보 데와노카미의 가신?"

"그렇다. 아무리 일만 석의 작은 다이묘大名°라고는 하나, 어제 다테 군이 저지른 만행은 진정 참을 수 없는 일. 그대로 둘 수가 없어 담판하러 왔다."

두 무사가 교대로 고함치는 소리를 듣고 다테의 경호무사들도 그만 서로 얼굴을 마주 보았다.

어제 혼전을 벌일 때의 일이었다. 마츠다이라 타다테루의 에치고 군과 같이 가장 늦게 전쟁터에 나온 다테의 군사 3만이, 도요토미 쪽 나루터에서 나온 아카시明石 군을 맞아 쳐부수기 위해 싸우던 진보 데와노카미의 군사를 배후에서 공격하여 전멸시키고 말았다.

진보 데와노카미는 1만 석의 다이묘이므로 병력도 고작 400명 남짓…… 그들이 적의 공격을 받아 다테 군 쪽으로 퇴각했다면 모르지만, 총력을 다해 적과 싸우고 있을 때 그 배후에서 —

"쌍방 모두 짓밟아버려라."

마사무네의 명령으로 대군을 몰아 공격했다. 아무리 살기가 등등한 전쟁터라 해도 지나치게 난폭한 명령……이라고 경호무사들도 고개를 갸웃거렸다.

그 전멸했다고 알려진 진보 군 속에 살아남은 가신이 있어 따지러 온 모양이었다.

"좋다, 같은 무사로서 진보의 부하라면 면담을 알선하겠다. 이름을 말하라."

경호무사 한 사람이 말했다.

"카미무라 카와치上村河內와 타카다 로쿠자에몬高田六左衛門이다."

"여기서 기다리고 있거라."

그대로 행렬은 멈췄고, 무사 두 사람은 비로소 크게 숨을 돌렸다.

"카미무라, 만나줄 모양이군."

"당연한 일이지. 아무리 눈이 멀었다고 해도 같은 아군을 공격했으니 시치미를 뗄 수는 없지. 생각건대 다테 군은 낮잠을 자고 있다가 잠이 덜 깼던 모양이야."

"잠자코 있게. 뭐라고 구실을 댈지 기다려보세."

이때 앞서 말을 전하겠다고 한 자가 돌아왔다. 그러나 마사무네가 만나려 한다는 말은 하지 않았다. 그 대신 다테 아와노카미伊達阿波守라고 자기 이름을 밝힌 무사가 싱글벙글 웃으면서 나타났다.

2

"다테 가문의 부장副將, 다테 아와노카미요. 주군 대신 내가 그대들을 만나겠소."

아와노카미는 부드러운 미소를 띠고 두 사람을 빈집 처마 밑으로 불러 부하가 가져온 걸상에 걸터앉았다.

"혼잡하니 군사는 그대로 행군시켜라."

아와노카미는 안내한 무사들에게 손짓으로 명했다.

"진보 데와노카미의 가신이라고요?"

"그렇소. 무슨 까닭으로 어제 전투에 다테 군은 에치고 군과 더불어 우리 배후에서 총포를 쏘고 다시 창부대를 돌격시켰소? 아무리 경황이 없다고 해도 용납할 수 없는 일, 그 이유를 묻고 싶소."

카미무라 카와치라고 자신을 소개한 사나이가 눈을 부릅뜨며 따지고 들었다.

"허어, 그런 일이 있었소?"

상대는 금시초문이라는 얼굴이 되었다.

"아무튼 양쪽을 합쳐 삼만이 넘는 대군, 어쩌면 약간 착각을 했는지도 모르겠소. 그런데, 진보 님은 무사하시오?"

"전사하셨소!"

다른 한 사람이 발을 구르며 소리쳤다.

"아니, 전사가 아니오! 아군이라는 다테 군에게 쓰러졌소. 이 일을 어떻게 하겠소?"

"뭣이, 진보 님은 전사…… 그럼, 아드님이나 형제들은?"

"그들도 모두 다테 군이 살해했소."

"뭐, 아드님도?"

"아드님도 일족도 모두요. 이백팔십팔 명, 가서 시체를 보시오. 한결같이 등에 총알을 맞고, 그렇지 않은 사람도 모두 뒤쪽이오."

"허어……"

상대는 고개를 갸웃했다.

"그렇다면 적에게 등을 돌리고 퇴각했기 때문……이라고도 생각할 수 있겠군. 다테 군이 그랬다는 증거라도 있나요?"

"다……닥치시오! 우리는 비록 강하지는 못하나 적에게 등을 보일 자는 한 사람도 없소. 모두 아카시 군에게 창을 들이대고 싸우고 있었던 거요. 그런데 등뒤에서……"

다테 아와노카미가 손을 들어 가로막았다.

어느 틈에 다테 아와노카미의 부하 12, 3명이 길에서 이 세 사람을 에워싼 형태가 되고, 그 옆을 쉴 사이 없이 부대가 지나갔다.

"지금 이백팔십팔 명이라고 했지요. 그런데 살아남은 사람은?"

"우리 둘뿐이오! 우리는 미즈노水野 님 진중에 사자로 갔었기 때문에 미처 죽질 못했소…… 그렇지 않았다면 이백구십 명이 전원 전사…… 이런 어처구니없는 일이……"

말을 맺지 못하고 타카다 로쿠자에몬이라고 이름을 밝힌 무사는 목놓아 울기 시작했다.

"허어, 전원이 전사……"

상대는 가엾다는 듯이 양미간을 모았다.

"참으로 비참한 일이로군. 두 분, 내 말을 들어보시오. 살아남은 것은 그 자리에 없었던 두 분뿐…… 그렇다면 두 분은 산 증인이 될 수 없어요. 우리도 물론 자체적으로 조사하겠지만, 산 증인이 없다면 우리가 공격했다고만은 단정할 수 없을 것이오."

"어, 어째서? 실제로 그것은……"

"적에게 등을 돌렸다가 전사했다…… 또는 도주했기 때문에 사기에 관계되는 일이라 죽이고 전진했다고도 할 수 있소. 어떻소, 두 분은 그 일에는 입을 다물고 다테 가문의 가신이 될 생각은 없소?"

3

반쯤 광란한 상태로 힐문하던 두 사람은 너무도 뜻하지 않은 다테 아와노카미의 말에 간담이 서늘해져 서로 얼굴을 마주보았다.

그들이 세어본 시체의 수효는 288명…… 과연 솔직하게 고한 것이 잘한 일이었을까?

좀더 냉정히 생각했다면, 다테 군은 실수로 진보 군 몇 십 명을 죽이고 말았다…… 그래서 후일의 말썽을 없애려고 전원을 죽일 생각이 들었다……고 생각할 수도 있었는데, 이러한 냉정한 분별력이 그들 두 사람에게는 없었다. 문자 그대로 전멸이라는 너무나 엄청난 사실에 정신도 분별력도 뒤집히고 말았던 것.

"어떻소, 두 분의 호소를 믿고 미즈노 님이나 쇼군 님이 거론하실 것이라고 생각하오?"

"글쎄, 그것은……"

"두 분이 섣불리 말을 하면 돌아가신 주군의 죽음에 씻을 수 없는 치욕을 주는 결과가 되리다. 다테 군의 선봉은 무용으로 이름을 떨친 카타쿠라 코쥬로片倉小十郎. 만약 진보 군이 무너지기 시작했기 때문에 퇴각하지 말고 싸우라고 했는데도 듣지 않았다, 그래서 할 수 없이 그들을 짓밟고 전진했다……고 한다면, 나 역시 현장에 있지 않은 이상 그 말을 믿을 것이오. 아무튼 죽은 사람은 입이 없으니 조사할 방법이 없지 않겠소?"

"……"

"그래서 말인데, 이 아와노카미가 추천하려고 하오. 살아남은 것은 그야말로 기연奇緣, 이대로 다테 가문의 사람이 되어주지 않겠소?"

두 사람은 다시 얼굴을 마주보았다. 이미 흥분도 가라앉고 서서히 계산을 할 수 있는 이성을 되찾은 모습이었다.

"그건 안 될 말이오."

타카다가 상대의 동요를 억누르듯이 고개를 저었다.

"우리 두 사람만 살아남을 수는 없소. 호소할 만큼 호소하고 할복할 것이오."

"그렇다면……"

아와노카미는 조용히 일어났다.

깨닫고 보니 행렬은 이미 지나가고 뒤에 남은 것은 세 사람과 그들을 에워싼 아와노카미의 부하들뿐이었다.

"다테 가문을 섬길 생각이 없다는 말이오?"

"당치도 않은……"

"그렇다면 할 수 없지. 그러나 잘 생각해보고 그럴 결심이 선다면 찾아오시오, 이 아와노카미에게."

말을 마치고 담담하게 돌아서서 걷기 시작했다. 그 순간……

"으악!"

날카로운 비명이 두 번 이어졌다.

아와노카미의 부하가 반쯤 망연하게 아와노카미를 바라보는 두 사람의 등뒤에서 느닷없이 목을 쳐 떨어뜨렸다.

"멍청한 놈, 다테의 군율은 엄하단 말이야. 행렬에 뛰어든 자를 그대로 용서할 줄 알았느냐!"

칼을 휘두른 자 하나가 탁 침을 뱉으며 칼을 칼집에 꽂았다. 아와노카미는 돌아보려고도 하지 않았다. 아무래도 모든 것이 계산된 응대였던 모양이다.

그때 또다시 행렬 맨 앞으로 허겁지겁 달려온 자가 있었다.

쿄바시 어귀의 학살 때 도망쳐나온 낙오자인 듯. 머리 위에 여자의 코소데를 쓰고ㅡ

"부탁이…… 부탁이."

소리지르는 외마디소리가 몹시 어색했다. 그때는 벌써 다테 군 선두가 그 근처에 우마지루시馬印°를 세우고 정지해 있었다.

4

"누구냐!"

여자의 코소데를 뒤집어쓰고는 있었으나 목소리는 결코 여자가 아니었다. 40여 명의 무사가 코끝에 창을 들이대고 물었다. 상대는 비에 젖은 땅에 주저앉듯이 무릎을 꿇었다.

"다테 님 군사지요? 살려주시오, 쫓기고 있어요."

그때 벌써 쿄바시 어귀의 문이 열려 있고, 살아남은 남녀노소가 필사적으로 도망쳐나오고 있었다.

"걱정 마라. 여기는 다테 님의 진중, 아무도 가까이 오지 못한다."

상대는 안도한 듯이 비로소 코소데를 치웠다.

순간 무사들은 한 걸음 물러서며 기성을 질렀다.

"너, 너는 캇파河童°냐?"

"캇파가 아닙니다."

상대는 당황하여 코소데를 무릎에 놓고 가슴의 십자가를 가리키며 고개를 저었다. 그는 성안에 있었던 산 프란체스코 파 신부 포를로였다. 포를로는 아직도 이를 딱딱 마주치며 떨고 있었다.

"에스파냐의 신부, 신의 사도입니다. 캇파가 아닙니다."

그 어조가 하도 진지하여 머리 가운데를 동그랗게 깎은 모습이 도리어 우스꽝스러웠다.

"아, 천주교 신부로군."

"예. 다테 님의 친구지요. 다테 님에게 포를로가 왔다고 전갈을……
아직 성안에 토를레스 신부가 남아 있습니다. 구출해야 합니다."

"뭐, 그러면 당신은 주군을 알고 있다는 말인가?"

"예. 신앙의 친구…… 모두 신의 아들입니다."

"알겠소, 기다리시오. 곧 전할 테니까."

코소데를 벗어버린 그는 어김없는 남만南蠻°의 캇파. 쑥 들어간 파란 눈이 금세 녹아 없어질 것 같은 중년의 이방인이었다. 그 주위에는 순식간에 구경꾼이 우르르 몰려왔다.

"뭐야, 이건?"

"쉿, 주군과 친하다는 천주교 신부일세."

"아니, 그럼 지금까지 성안에 있었나?"

"그래, 아직도 성안에 동료가 있다는군. 그래서 주군에게 구해달라고 뛰어온 모양일세."

"이보시오, 신부."

그 중에서 젊은이 하나가 내뱉듯이 말을 걸었다.

"이런 진흙탕에 그대로 앉으면 법복이 못쓰게 되지 않소. 자, 여기 앉으시오."

포를로는 곧바로 일어나지 못했다.

"자, 여기 걸상이 있소. 아니, 허리라도 부러졌소? 하하하…… 별로 힘이 없는 신부인 모양이군. 내가 손을 잡아줄 테니 일어나시오."

부축을 받고 일어난 포를로는 가슴에 성호를 그었다.

"당신은 착한 사람…… 다테 님에게 말씀 드리리다. 신의 은총이 내리기를……"

"하하하…… 그럴 것까지는 없소. 나는 따로 공을 세우고 있으니까. 그런데 당신은 주군과 친한 사이요?"

"그렇습니다. 펠리페 삼 세 폐하의 군함이 도착하기를 손꼽아 기다리는 사이입니다. 아니, 반드시 옵니다. 그때까지 참으면 됩니다."

포를로는 금세 녹아들 것만 같은 파란 눈에서 한 줄기 눈물을 주르르 떨구었다.

5

"너무 가까이 오지 마라, 오지 마라. 주군과 절친한 신부다. 구경거리가 아니다. 무례하게 대하면 안 돼, 가까이 오지 마라."

포를로의 우는 모습을 보고 젊은 무사는 손을 저어 사람들을 쫓았다.

그런 뒤 우산을 하나 가져오게 하여 가랑비를 피하게 했다.

"아까 성안에 아직 누가 남아 있다고 했지요?"

그리고는 정답게 법복 자락의 흙을 털어주며 말을 걸었다.

그때쯤에는 포를로도 침착성을 되찾았다. 겁먹은 시선으로 주위를 돌아보면서 —

"그렇습니다."

어조가 제법 분명해진 느낌이었다.

"토를레스라고 합니다. 저와 똑같은 신부가 남아 있습니다. 그분은 고토 모토츠구後藤基次 님의 청으로 성에 들어가 계속 은혜로운 설교를 하고 있습니다. 용감하신 분입니다."

"그럼, 그 신부도 싸웠겠군요?"

"아니, 절대로 아닙니다. 신부는 무기를 들지 않습니다! 오로지 하루 속히 펠리페 폐하의……"

말하다 말고 문득 불안한 듯 사방을 둘러보고 입을 다물었다.

"어떻게 한다는 말이오, 그 펠리페라는 사람이?"

"아니, 아무것도 아닙니다. 다만 올바른 자가 이기도록 기도하면 그것으로 족합니다."

"올바른 자가 이기도록…… 그렇다면 보다시피 이렇게 이겼소. 그리고 귀하는 주군에게 왔으니 안심해도 좋소."

젊은 무사는 마사무네의 친구인 포를로 신부가 누군가에 의해 성안으로 납치되어 감금되었다…… 이렇게 착각하고 있었다.

그러나 포를로는 전혀 그 반대의 말을 하고 있었다. 그는 공격군 속에 있으면서도 마사무네는 오사카 편이라 믿고 있었다. 그에게 이렇게 민도록 한 것은 물론 케이쵸慶長 18년(1613) 9월 15일, 무츠의 츠키노 우라月の浦에서 에스파냐를 향해 마사무네가 출항시킨 하세쿠라 츠네나가支倉常長와 소텔 일행의 배였다.

그 배에는 펠리페 3세 앞으로 곧 군함을 일본에 파견해달라고 요청한 서신이 맡겨져 있었다. 다테 마사무네는 과연 그 요청대로 원군이 도착할 줄로 믿고 있는 것일까? 그러나 지금 이곳으로 도망쳐온 포를로 신부는 반드시 온다……고 믿고 있었다.

"너무 늦어지는군."

젊은 무사는 자기가 마시다 남은 대나무 통의 물을 신부에게 주면서 고개를 갸웃했다.

"이미 주군의 본진은 정해졌을 텐데 어째서 늦어질까…… 보고 오너라, 토타藤太."

아우인 듯싶은 자신과 닮은 젊은이에게 일렀다.

"설마 주군이 이 사람의 이름을 잊었다고는 하시지 않을 테지."

"그럴 리 없습니다!"

포를로는 딱 잘라 말하고 고개를 저었다.

"잊고 계시다면 소텔과 함께 조선소에서 자주 만난 일이 있는 포를로라고 전하십시오. 에도 아사쿠사淺草에서도 뵌 일이 있다고."

"아니, 그런 걱정은 마시오. 우리 주군은 기억력이 좋으신 분이오. 으음…… 그때부터 아는 사이였군. 벌써 이 년 가까이 되는군."

6

어느 틈에 전열과 멀어져 주위에는 사람이 드물었다.

"다른 일을 한 가지 묻겠습니다……"

젊은이의 친절한 태도에 포를로 신부는 완전히 안심한 듯—

"이번 전투에 카르사 님도 출전하셨나요?"

목소리를 낮추며 물었다.

"카르사 님이라니…… 카르사 님이 누굽니까?"

"쇼군의 동생으로 오고쇼의 아드님, 다테 님의 사위 말입니다."

"오, 마츠다이라 카즈사노스케松平上總介 님 말이로군."

"예. 그 카르사 님…… 그분도 에도에서 한 번 뵌 일이 있습니다."

"그 카즈사노스케 타다테루上總介忠輝 님이라면 오늘도 같이 계십니다. 카즈사노스케 님에게 장인이신 우리 주군은 작전에서는 군사軍師, 언제나 군사와 함께 행동하오."

"그렇군요. 참으로 영리하신 분이었습니다. 아아, 카르사 님도 다테 님과 함께였군요."

"같은 막사에 계십니다. 두 분이 귀하 이야기를 함께 듣고 계실지도 모르오. 으음, 카즈사노스케 님과도 아는 사이라니 안면이 넓군요."

"그럼, 이 옆 군사는 카르사 님의 군사입니까?"

"아니, 그렇지 않소. 하치스카蜂須賀 님 군사요. 설마 하치스카 님은 아직 모르겠지요?"

"하치스카 님…… 잘 알고 있습니다."

"뭐, 알고 있다는 말이오?"

"예. 이번 전투가 일어나기 전에 전도하러 가서 만난 일이 있습니다. 그렇군요, 하치스카 님의……"

바로 그때였다.

"그 사람은?"

뒤늦게 말을 타고 나타나 물은 것은 다테 아와伊達阿波였다.

"예. 주군과 절친하신 포를로 신부라는 분인데, 오사카 성에 있다가 나와서 지금 주군께 면담을 청하고 기다리고 있는 중입니다."

"뭐, 포를로 신부……?"

아와는 고개를 갸웃하며 말을 내려 고삐를 하인에게 건네고 포를로 옆으로 다가갔다.

"포를로 신부라 하셨소?"

"예. 다테 님의 분부로 오사카 성에 신의 말씀을 전하러 갔던 포를로입니다."

"뭣이, 주군의 분부로……?"

"예. 그런데 귀하는?"

아와는 대답하지 않았다.

순간적이었으나 날카로운 눈으로 사방을 둘러보고 나서 아와는 더욱 포를로 신부 가까이 다가갔다.

"신부는 무슨 원한이 있어 엉뚱한 소리를 지껄이는가. 다테 마사무네의 명으로 오사카 성에 들어갔다니……"

"아니, 엉뚱한 말이 아닙니다. 깊이 상의한 끝에……"

"닥쳐!"

아와는 크게 일갈하고 깜짝 놀라 주위를 둘러보았다. 이때도 역시 아까처럼 진보 데와의 가신을 베어 죽인 그의 부하들이 소리 없이 포를로의 등뒤로 돌아와 있었다.

"신부는 전쟁의 소용돌이에 휘말려 정신이 나간 모양이군. 도대체 어디서 도망쳐나왔지?"

소름이 끼칠 정도로 조용한 질문이었다.

7

포를로 신부는 아와의 목소리가 심상치 않음을 깨달았다. 크게 일갈한 뒤의 은근한 말투, 그 표변이 너무 심했기 때문이다.

포를로는 본능적으로 몸을 꼿꼿이 하고 살며시 뒤를 돌아보았다.

"아!"

다음 순간 신부의 몸이 반사적으로 숙여지고 그와 동시에 어깨를 후려칠 듯한 칼끝이 허공을 가르며 왼쪽으로 흘렀다.

실패였다. 사나이는 얼른 앞으로 나서며 다시 칼을 내리쳤다. 그러나 이번에도 아슬아슬하게 빗나갔다. 앞으로 내디딘 발이 진흙에 미끄러져 자세가 무너지고 말았다.

다음 순간 ──

"앗!"

비명이 꼬리를 끌며 아와노카미의 옷자락 옆으로 빠져나갔다.

"놓치지 마라!"

누군가 고함을 쳤다. 포위했던 아와노카미의 부하들이 달려갔다. 그러나 이보다도 필사적인 신부의 발이 약간 빨랐다.

"아뿔싸!"

뒤쫓던 자들이 이슬비 속에 우뚝 멈추어섰다.

앞서 신부를 대하던 젊은 무사는 넋이 나간 듯 약간 떨어진 곳에서 바라보고 있을 뿐 입을 열지 못했다.

"그냥 두어라. 그것으로 됐어."

다테 아와는 씁쓸히 내뱉고 칼을 거두게 했다.

"이웃은 하치스카 요시시게蜂須賀至鎭 님의 진영. 이쪽에서 베지 않아도 그쪽에서 벨 거야."

"그러나……"

누군가 말하다 말고 입을 다물었다.

"그러나, 어쨌다는 말이냐?"

"이상한 소리를…… 아니, 마음에 걸리는 소리를 지껄이고 있었습니다마는……"

"홍."

아와는 입을 씰룩이며 웃었다.

"다테 마사무네 정도나 되는 인물이 남만인의 무력을 믿고 오사카 편에 서다니. 하하하…… 츠키노우라에서 배를 출범시킨 것은 말이야, 귀찮은 남만인들을 모두 일본에서 추방하고 도쿠가와 가문을 중심으로 천하를 평화롭게 하기 위한 전략에서야. 쇼군도 오고쇼도 잘 알고 있는 일…… 다 같이 상의하고 한 일인데, 미치광이 신부 녀석의 말을 누가 믿겠는가."

그때 성큼성큼 나타난 것이 카타쿠라 코쥬로였다.

"어떻게 되었습니까, 주군을 잘 안다는 천주교 신부는?"

코쥬로는 마사무네 등과 상의하고 왔음이 틀림없다.

오른쪽 뺨의 상처에 번들번들 고약을 바르고 젊음과 패기에 넘친 말투로 아와에게 물었다.

"청소는 끝났소."

"청소가 끝났다고요……?"

"그렇소. 주군이 만날 정도의 인물이 못 된다고 생각되어."

"그렇다면 유감이군요."

코쥬로는 빙긋이 웃고 음성을 높였다.

"정중하게 보호하라는 주군의 분부였는데. 그들을 잘 보호하고 있으면 혹시 펠리페 대왕의 대함대라는 게 머나먼 일본까지 올지 모른다, 기다렸다가 격멸하면 현재의 세계는 고스란히 우리 손에 들어온다…… 고 하시면서. 어쨌든 아까운 미끼를 청소했군요."

8

다테 아와와 카타쿠라 코쥬로는 신부를 두고 청소한다고 하는가 하면, 정중하게 보호한다고도 한다. 이렇게 두 사람의 말은 표면적인 의미에서는 정반대의 의견이었다. 그런데도 두 사람은 서로 웃으면서 얼마 전에 세운 나무 울타리 안으로 사라졌다.

함락되기 며칠 전부터 오사카 성에는 이상한 소문이 나돌고 있었다. 그 소문의 진원지는 어디였을까?

토를레스 신부는 포를로 신부에게서 들었다고 했고, 포를로 신부는 토를레스 신부가 이 비밀을 잘 알고 있다고 떠들어댔다.

소문이란 다른 것이 아니었다. 만약 성이 함락될 경우에는 다테 마사무네의 진중으로 피하라는 내용이었다. 다테 마사무네는 결코 도쿠가와 편이 아니다. 천주교 신자의 편이다……

성안에 있으면 위험하다고 생각되는 사태가 오거든 천주교 신자들은 모두 다테의 진중으로 몸을 숨기라……고. 아니, 그뿐만이 아니었다. 그들에게는—

"오사카 성은 함락되지 않는다!"

희망적인 관측도 있었다.

이번 전투에서 오사카 성이 함락되는 사태가 발생하면, 그 직전에 다테 마사무네의 대군이 히데요리 편으로 돌아서서 싸움의 국면이 뒤집힌다는 내용이었다.

그 소문의 근거는? 그 근거는 끝내 밝혀지지 않은 채 끝났다. 그러나 성안 신자와 더불어 몸을 의지했던 선교사나 신부들은 모두 그 소문을 믿고 있었다.

어쩌면 진보 데와노카미 스케모치神保出羽守相茂 일대가 같은 편인 다테 군과 싸우다 전멸했다는 사실 속에도 이 소문이 어떤 숨겨진 원인이 되었는지도 모른다.

진보 군 가운데는 아직도 두세 명 살아남은 자가 있었다. 그들은 이 억울한 사실을—

"진보 데와노카미의 주종을 친 것은 다테 마사무네 휘하의 삼만 군사임이 틀림없다."

이렇게 고발했으나 마사무네는 일소에 부쳤다고……

"마사무네의 군법에는 적과 아군의 차별이 없다. 비록 아군이라 해
도 선봉에 나섰다가 쫓겨오는 자가 있으면 용서하지 않고 죽이겠다. 그
렇지 않으면 우리 대군도 함께 쓰러지는 결과가 되어 충성을 다할 수가
없다. 만일 쇼군이 이 일에 대해 문제를 제기해온다면 내가 직접 해명
하겠다."

이에야스는 물론 히데타다도 그 일로 마사무네를 책하지는 않았다.
그러나 마사무네가 그날 전투에서 계속 앞으로 나가려고 서두르는 사
위 마츠다이라 타다테루에게 전혀 반대되는 말을 하여 선봉에 내세우
지 않은 것 또한 사실이었다.

"대장이란 결코 선두에 나서서 싸우는 것이 아니오. 혹시 원한을 품
은 아군 중의 누군가에게 습격을 당하면 어떻게 하겠소…… 말하기 거
북한 일이지만 쇼군의 하타모토 중에는 사위님의 기량을 시기하여 틈
만 있으면 생명을 노리겠다는 자가 많이 있소."

이 한마디는 결국 이에야스의 귀에 들어가 타다테루 자신의 운명을
크게 그르치는 원인이 되었다. 어쨌든 다테의 신앙은 단순한 약육강식
이상의 이단異端이었다.

포를로 신부는 이웃에 있는 하치스카 요시시게의 진영으로 도망쳐
아슬아슬하게 위기를 모면했다. 그러나 그 밖의 신자로 마사무네를 의
지한 자는 거의 그대로 사라지고 말았다.

어째서일까?

새삼스레 말할 나위도 없이 그 무렵의 마사무네는 아직 천하를 장악
하려는 야망을 버리지 못한 사나운 맹호였기 때문이다.

그리고 이 맹호 또한 사위 타다테루의 뒤를 쫓듯이 하여 이틀 후 쿄
토로 들어갔다.

9

다테 마사무네는 니죠 성으로 이에야스를 방문했다.

마사무네가 방문한 날 이에야스는 혼자 일어나기도 어려울 정도로 몹시 피로한 늙은이로 보였다. 그 늙은이가 야규 마타에몬 무네노리를 불러놓고 꾸짖고 있었다.

"어째서 히데요리를 구하지 못했는가? 나는 타이코를 만날 면목이 없다. 그대는 그때 무엇을 하고 있었나?"

그런 이에야스에게는 센고쿠戰國의 다이묘들을 두렵게 만든 오고쇼의 위엄이 조금도 느껴지지 않았다. 다만, 평범한 늙은이로 보였다.

'이 사람도 결국 이렇게 되는구나.'

49세인 마사무네에게 그런 이에야스는 무한한 감회보다 혐오감이 앞서는 늙고 추한 모습으로 보였다.

야규 마타에몬은 이에야스의 질책에 대해 필요 이상으로 겸양하는 변명만 계속하고 있었다.

'이 녀석도 별것 아니구나.'

마사무네는 이렇게 생각하며 약간 실망하고 있었다.

그때 먼저 불려온 사람은 토도 타카토라였다. 이에야스는 그 타카토라에게도 불만을 늘어놓았다.

"쇼군도 그 측근들도 내가 염불하는 의미를 모르고 있어. 그렇다면 나는 칠십여 년을 무엇 때문에 살아왔는지 알 수 없지 않은가."

토도 타카토라는 이에야스의 푸념을 능구렁이처럼 위로도 하고 비위도 맞추면서 슬쩍 피해갔다.

세번째 불려온 사람은 쇼시다이 이타쿠라 카츠시게였다. 카츠시게는 또 이에야스가 만나고 싶다고 한 혼아미 코에츠를 데려오지 않았다는 일로 꾸중을 들었다.

'나이라는 것은 이상한 거야……'

그처럼 빈틈없고 방심할 수 없는 이에야스가 이처럼 푸념만 늘어놓는 평범한 인간으로 돌아갈 줄이야……

두 번에 걸친 오사카와의 전투가 이에야스의 생명의 샘뿐만이 아니라 의지도 사고도 시들게 만들어 전혀 다른 인간으로 바꾸어놓은 것이 아닐까……?

마사무네가 이런 생각을 하고 있을 때.

"참, 아이들도 꾸짖어야겠어."

이에야스가 말했다.

"카즈사부터 불러라."

이 말에는 그만 마사무네도 섬뜩했다.

자기에게 맡긴 아들을 자기 앞에 불러다놓고 꾸짖는다…… 이 일은 멀쩡하게 앉혀놓고 자기를 꾸짖는 일. 그러나 타다테루도 이미 어린아이가 아니다. 꾸짖으면 꾸짖을수록 아버지의 위엄을 손상시키고 기량도 낮추는 결과가 된다…… 이렇게 생각하자 마사무네는 도리어 그 결과에 묘한 흥미가 솟았다.

'좋다, 사양할 것 없이 망령 부리는 모습을 구경해야겠다.'

이윽고 측근 이타쿠라 시게마사飯倉重昌가 마츠다이라 타다테루를 불러왔다.

"카즈사, 이리 가까이 오너라."

"예."

타다테루는 흘끗 장인 마사무네에게 일별을 던지고 이에야스 앞으로 나갔다.

"너는 오늘 무엇을 했느냐?"

"예, 물고기를 잡으러 교외로 나갔다가 그곳 지리를 살피고 돌아왔습니다만."

그 순간 이에야스가 일갈했다.

"멍청한 놈!"

"예……?"

"어째서 후시미 성에 가서 쇼군에게 인사하지 않느냐? 언제 진지를 철수하라는 명령을 내렸더냐? 형편없이 멍청한 놈!"

10

무서운 꾸중을 듣고 한 순간 타다테루는 깜짝 놀랐다.

꾸짖는 의미를 잘 모르고 있구나…… 마사무네가 이렇게 생각했을 때 두번째 벼락이 떨어졌다.

"이번 전투에서 가장 마음에 들지 않은 것은 너의 행동이었어. 너는 이 이에야스가 몇 살인 줄 아느냐?"

"예, 일흔넷이라 알고 있습니다."

타다테루는 어리둥절하여 다시 한 번 마사무네를 바라보고 나서 대답했다.

"허어, 기억하고 있었느냐? 그렇다면 그 일흔넷인 이에야스가 어째서 제일 먼저 출전했는지도 아느냐?"

"알고 있는 줄로…… 생각합니다."

"그러면 묻겠다. 그대는 오사카로 가는 도중 급한 성질을 이기지 못하고 너의 행렬 앞을 가로지른 쇼군의 가신을 공격했다지?"

타다테루는 문득 낯을 찌푸렸으나 순순히 시인했다.

"예. 전쟁터에 늦지 않으려는 마음이 앞섰기 때문입니다…… 곧 형님에게 사과할 생각입니다."

"카즈사노스케."

"예."

"너는 이 아비의 나이를 기억한다고 했어. 그렇다면 일흔넷인 아비가 맨 먼저 출전해야 할 정도인 전쟁터에서 쇼군의 가신을 공격했다가 만에 하나라도 의를 상하게 된다면 큰일……이라는 사실을 깨닫지 못했느냐?"

"잘못이었습니다. 거듭 사죄 드립니다."

"그것만이 아니야!"

"예……?"

"도대체 도묘 사道明寺 어귀의 전투에는 무슨 일로 늦었느냐? 너는 이 아비와 형의 노고를 모르느냐?"

"……"

"너는 이미 오와리나 토토우미와 같이 어리지는 않아. 에치젠越前의 타다나오忠直를 보아라. 내게 꾸중들은 사실을 흘려버리지 않고 이튿날 전투에서는 당당하게 챠우스야마 공격의 선봉에 섰다…… 아니, 그렇게 난폭하게 싸우라는 것은 아니야. 그러나 같은 방향으로 진격하면서 중앙의 아비나 우익의 형이 구사일생의 위기에 처했을 때 너는 어떤 위험을 겪었느냐? 너는 전쟁터에서 군사들이 어떤 소문을 퍼뜨리고 있었는지 아느냐?"

"아니, 전혀 모릅니다마는……"

"그럴 테지. 그래서 멍청하다는 것이야. 소문이란 이런 것이다…… 카즈사노스케는 처음부터 쇼군에게 협력할 생각이 없는 모양이야, 이번 전투에 쇼군을 전사케 하고 자기가 그 자리를 차지하려고 하는 생각임이 틀림없다."

"그……그런 터무니없는 말이?"

"그럴 리야 없겠지. 하지만 출전 도중에 쇼군의 가신을 죽이고, 또 전쟁터에서 나가야 할 곳에 나가지 않는다면, 그럴 리가 없는 소문에 꼬리가 달리게 마련이라고 평소부터 생각한 적은 없단 말이냐?"

이번에는 마사무네의 얼굴이 빨개졌다.

'망령이 든 것은 아니다!'

"그래서 더더욱 그럴 리 없는 소문이 소문을 낳게 되었다. 처음부터 카즈사노스케와 히데요리 사이에는 밀약이 있었다, 형을 제거하고 자기나 히데요리가 대신한다…… 이를 쇼군도 깨닫게 되었다. 그러므로 오고쇼…… 곧 내 의사에 관계없이 쇼군은 히데요리를 용서치 않겠다는 마음을 굳혔다……"

"말씀 도중에 죄송합니다마는……"

견디다못한 마사무네가 결국 입을 열지 않을 수 없었다.

11

적어도 타다테루는 장인인 다테 마사무네에게 맡겨져 함께 전쟁터에 나와 있었다.

타다테루는 물론 그 중신들도 전략이나 전술에서는 일일이 마사무네의 의견에 따라 움직여왔다. 그러한 타다테루를 마사무네 앞에서 이처럼 무섭게 꾸짖는다면 마사무네의 입장이 난처해진다.

"죄송하오나 그 꾸중은 이 마사무네가 받아야 한다고 생각합니다."

"닥치시오!"

엄청나게 큰 소리로 일갈하는 바람에 마사무네는 다시 움찔했다.

동석한 장수들은 마른침을 삼키고 있었다.

"내 자식을 내가 꾸짖는 거요. 공연한 참견은 마시오."

"예……?"

"예가 아니오. 그대는 나를 꺼려 사위에게 엄하지가 못하오. 가령 이 소문을 그대로 내버려둔다고 합시다. 그럴 경우 어디까지 불길이 번질지 모를 일이오."

"으음."

"이번 전쟁이 실은 카즈사노스케와 히데요리가 쇼군에 대항하기 위해 꾸민 모반이었다…… 그것도 단순한 집안 싸움이 아니라, 남만인과 홍모인紅毛人°의 야망까지 개입된 전쟁이었다…… 이런 소문이 퍼져 나간다면 사태의 흑백도 가릴 수 없는 정체불명의 전쟁으로 전락하고 말아요. 유학의 성인군자가 가르치는 교훈 따위는 웃기는 것…… 사람은 모두 야심을 위해서 사는 것, 인간이란 원래 그러한 생물이다…… 이렇게 된다면 과연 이 이에야스의 생애가 어떻게 되리라 생각하시오! 짐승이나 다름없이 칠십여 년의 생애를 오로지 적을 쓰러뜨리려고 이를 갈고 발톱을 갈며 살아온 한낱 늙은 짐승으로 떨어지고 맙니다. 그런 불효의 싹을 내 자식이 가지고 있었다, 그래서 이렇게 꾸짖는 것이니 참견하지 마시오."

마사무네는 애꾸눈을 크게 떴다.

'아뿔싸!'

마음속으로 후회했다.

'이 노회한 늙은이! 아까 그 푸념은 연극이었구나……'

이렇게 생각했을 때.

"안 됩니다!"

이타쿠라 카츠시게가 큰 소리를 지르며 타다테루에게 달려들었다. 깨닫고 보니 타다테루는 두 눈을 치뜨고 단검을 뽑아 자기 배를 찌르려 하고 있었다.

다테 마사무네의 얼굴이 일그러졌다. 일그러졌다기보다 무섭게 경련을 일으켰다고 해야 할 터.

"성급히 굴지 마시오!"

마사무네도 굵직한 목소리로 타다테루를 제지했다.

그때 이미 단검은 카츠시게의 손에 있었고, 당사자인 타다테루는 푹 고개를 떨구고 있었다.

"이유가 있는 자결이시라면 카즈사노스케보다도 이 마사무네가 먼저 하겠소. 도대체 카즈사노스케는 지금 아버님의 말씀을 어떻게 받아들인 것이오?"

말하는 동안 마사무네는 벌써 이 자리에서 자기가 있어야 할 위치만은 분별하고 있었다.

이 심상치 않은 사태에 야규 마타에몬은 벌떡 일어나 모두들에게 등을 돌리고 무서운 표정으로 출입구를 감시하고 있었다. 이타쿠라 시게마사는 즉시 이에야스의 왼쪽으로 가서 옆을 지켰다.

토도 타카토라만이 가볍게 눈을 감듯이 하고 사건의 진상을 생각하며 귀를 기울이고 있었다.

12

"흥, 배를 가르겠다는 말이냐?"

이에야스가 비웃듯이 혀를 찼다.

"할복하면 너는 그것으로 끝난다. 하지만 그 뒤는 어떻게 되겠느냐? 역시 소문은 사실이었다…… 만일 그렇게 되더라도 죽을 수 있다면 할복하여라."

그때 다테 마사무네가 손을 내저으면서 이에야스와 타다테루 사이에 끼여들었다.

"아버님 말씀을 다시 한 번 조용히 생각해보시도록. 어디까지나 천하와 아드님을 소중하게 생각하시는 자비에 넘친 말씀이오."

그러면서도 마사무네는 비위가 상했다.

'이 마사무네에게 빗대어 말하는구나……'

정면으로는 말하지 못하고 빙빙 돌려가며 하는 힐문. 마사무네가 그런 힐문의 대상이 될 수는 없다.

'다테의 가법家法에는 막히는 일도 없고 겁을 먹는 일도 없다.'

"오고쇼 님이 지금 하신 말씀, 생각해볼 것도 없이 모두가 이 마사무네의 책임. 그러나 이 마사무네도 전혀 생각 없이 카즈사노스케에게 선봉을 맡기지 않은 것은 아닙니다."

이 말은 타다테루에게보다 이에야스를 향해 쏘아대는 외눈박이 용의 대담무쌍한 화살이었다.

"저는 출진 도중에 쇼군 님의 가신과 마찰이 발생한 일에 대해서는 아는 바 없습니다. 상대가 어떠한 무례를 저질렀고, 그게 용납할 수 없을 정도의 것이었는지…… 그러나 도묘 사 어귀에서 전진을 멈춘 것은, 도중의 사건을 알게 된 이 마사무네가 쇼군 님의 체면을 세워드리기 위한 배려였습니다."

이에야스는 잠자코 마사무네로부터 얼굴을 돌리고 있었다. 잘 들리지 않게 된 귀를 마사무네에게 향한, 보다 잘 들으려 하는 이에야스의 태도였다.

"원래 그날은 우리가 맨 먼저 달려가면 순식간에 끝날 전투였습니다. 제일진인 미즈노 카츠나리水野勝成 휘하의 병력은 모두 합쳐도 삼천이백, 혼다 타다마사本多忠政의 제이진을 보태도 팔천이 좀 넘을 정도입니다. 다테 군과 마츠다이라 군을 합하면 이만 수천…… 이 군사가 선두에 나가 싸운다면 전공을 완전히 독점하게 됩니다. 그때도 간곡하게 말했습니다. 이번 전투에서 이기기란 간단한 일, 그러나 쇼군 님의 하타모토들과 공을 다투는 것은 후일을 위해 바람직하지 않다…… 그러므로 그들에게 공격할 기회를 주고 승부가 결정되었을 때 나가는 것이 전쟁터의 예의라고…… 아시다시피 전투가 강기슭으로 옮겨지고 나서는 카타쿠라가 선봉, 맨 먼저 달려나가 어느 누구에게도 뒤지지 않는 활약을 했다…… 마츠다이라 군과 다테 군은 일심동체, 쇼군 님 휘하에서는 칸토의 군세가 모두 일심동체…… 일심동체가 되어 싸우는 것이므로 언제나 전체적인 상황을 살펴야 한다고 말한 사람은 이 마사무네입니다."

이에야스는 듣고 있는지 듣고 있지 않은지조차 알 수 없는, 얼마 전의 피로한 얼굴로 돌아가 잠자코 있었다.

"또 함락 전날인 오월 칠일 전투에서는 이 마사무네의 마음에 걸리는 일이 세 가지 있었습니다. 그 하나는 우리 배후에서 전진해오는 아사노淺野 군. 또 하나는 사나다 군이 반드시 나루터 부근에 유격대를 매복시켰을 것이므로 섣불리 나가면 옆에서 기습해온다는 점. 그리고 나머지 하나는 성안에 있는 천주교 신자들이 동정을 바라고 마츠다이라 군에게 구원을 청해 그리로 몰려갈 우려가 있다는 점…… 그러므로 이날도 제가 선두에 나서고 마츠다이라 군은 약간 뒤에 있도록 했습니다. 그 모든 것은 이 마사무네의 단안, 따라서 꾸중을 들어야 할 자는 이 마사무네입니다."

이렇게 말하고 다테 마사무네는 무엇을 생각했는지 소리내어 웃기 시작했다.

13

"하하하…… 그런데 조급하게 자결을 하려 하다니. 그렇게 되면 그야말로 풍문이 풍문을 불러, 어쩌면 타다테루, 히데요리 두 분의 모반을 이면에서 은밀히 부추긴 것은 다테 마사무네…… 이런 소문이 날지도 모릅니다. 성급하게 일을 저질러 소문을 좋아하는 세상사람만 즐겁게 할 뿐 이 마사무네는 설 곳이 없어집니다. 그러므로 아버님 말씀의 이면에 있는 자애를 생각하도록 하십시오."

마사무네는 한마디 한마디에 힘을 주어 이렇게 말하고, 그대로 이에야스 쪽으로 향했다.

"지금까지 하신 꾸중 말씀, 모두 이 마사무네가 옳다고 생각하여 행한 일이므로 오늘은 이대로 용서하시기 바랍니다…… 쇼군 님도 제가 찾아뵙고 인사 드리려고 합니다."

이에야스는 역력하게 피로한 기색을 보이고, 대꾸하는 대신 타다테루에게 시선을 보냈다.

타다테루는 고개를 숙인 채 무릎에 놓은 주먹을 주체하지 못하고 폈다 쥐었다 하고 있었다.

"알겠소이다……"

이에야스는 다른 사람이 된 것처럼 힘없는 목소리로 마사무네에게 말했다.

"오늘은 귀하에게 카즈사노스케를 맡기리다. 그대가 부디 잘 타일러 주시오. 지금 세상이 가장 좋아할 소문은 말이오, 타이코의 아들을 죽인 도쿠가와 가문 내부에서도 형제의 불화로 소요가 일어난다고 하는 것이오."

"알고 있습니다. 아니, 카즈사노스케 자신도 그 점을 모를 분이 아닙니다."

"그렇다 해도 내 눈으로 보면 안타깝기 짝이 없소."

마사무네는 얼른 대화의 방향을 돌렸다.

"그럼, 카즈사노스케는 물러가시도록……"

타다테루는 한마디도 하지 않고, 아직도 반은 분이 가시지 않은 듯 아버지 이에야스에게 절하고 일어났다.

이에야스는 왠지 그 뒷모습을 보려 하지 않았다. 아직 무언가 깊이 마음에 거리끼는 일이 있는 것 같았다.

"그렇게까지 꾸짖으시다니……"

토도 타카토라가 한마디 하지 않을 수 없어 입을 열었다.

"카즈사노스케 님이 가엾습니다. 이번 전투의 작전은 무츠 님의 말씀처럼 카즈사노스케 님과 관련이 없는 일이라 생각합니다."

이에야스는 이 말에도 대답하지 않았다.

길게 한숨을 내쉬고 더듬듯이 하여 사방침을 가깝게 끌어당겼을 뿐이었다. 이미 그때 거실을 나간 마사무네와 타다테루의 발소리는 복도 끝으로 사라지고 있었다.

마사무네와 타다테루는 정면 현관에서도 한마디 말도 나누지 않았다. 정문 밖에서 말고삐가 건네질 때까지도 화가 난 듯이 시선도 마주하려 하지 않았다.

"카즈사노스케, 오늘은 일진이 사나웠소. 그렇군, 일단 나의 진지에 들러……"

말 머리를 나란히 하고서야 비로소 마사무네는 굳은 얼굴의 타다테루에게 말을 걸었다.

마사무네의 임시막사는 나카다치우리中立賣에 있으므로 센본야시키千本屋敷에 있는 타다테루의 막사보다 멀었다.

"어째서 대답이 없나요, 길을 돌아가기가 싫은가요?"

말을 가까이 대면서 마사무네는 웃었다.

"아니, 그런 일 정도로 눈물을 글썽이다니. 하하하…… 아직 분별이 없군요. 세계의 바다로 진출할 뜻을 가신 분인데."

타다테루는 그때 비로소 얼굴을 들었다.

"가겠습니다. 가서 말하겠습니다."

굳게 결심한 듯이 마사무네 쪽으로 말 머리를 돌렸다.

타다테루 역시 마음속에는 도저히 납득하지 못할 아버지에 대한 응어리가 남아 있는 모양이었다.

14

다테 가문의 주력부대는 그의 맏아들인 히데무네秀宗와 카타쿠라 코쥬로의 지휘 아래 아직 오사카에 있었다. 쇼군 히데타다의 명에 따라 전투 후의 마무리를 위해 100일 기한으로 머무르고 있었다.

다테 가문의 쿄토 임시진지는 극소수의 인원이 경비하는 휴식처라 해도 좋았다. 그래도 마사무네는 으리으리하게 건물을 짓고 담도 둘렀으며 문 앞에는 화려한 복장의 경비병을 세우고 있었다.

그 임시막사 안에 들어섰을 때 마사무네는 그 어조도 태도도 대번에 바뀌었다. 이에야스 정도는 아니었으나 타다테루에게 장인으로서는 지나칠 정도의 힐책이었다.

"도대체 어찌 된 것이오, 전혀 패기가 없으니…… 그냥 보고 있을 수가 없소."

거실에 들어가서는 다시 혀를 차며 덧붙였다.

"스스로 함정에 빠지는 것과 같은 일. 어째서 해명을 하지 않았소? 아버님 앞이라 해서 할말을 못할 사람은 아닌데도."

타다테루는 잠자코 있었다.

"호출된 것을 좋은 기회로 여겨 이쪽에서 먼저 오고쇼에게 질문을 한다…… 이렇게 알고 나는 마른침을 삼키고 있었소. 아버님! 이번 전투에는 도무지 납득이 안 가는 이상한 방해가 있었습니다…… 그리고 진보 데와의 일대가 무슨 생각에서인지 진격하려 하는 저의 선봉에게 대항해왔습니다…… 그래서 부득이 다테 군과 함께 이를 무찌르고 진격해나갔습니다. 그런데 데와는 어떤 자와 내통하여 그런 무모한 시도를 했을까요? 이렇게 질문했더라면 이쪽이 선수. 후수가 되면 안 된다는 것은 결코 전쟁터에서만의 일이 아니오. 그런데도 한마디도 않고 자결하려 하다니……"

"……"

"인생은 누구에게나 눈을 감는 마지막 순간까지 전쟁이오. 그 기력을 유지하지 못하는 자는 살아 있더라도 패배자…… 눈이 검은 동안은 계속 투지를 불태워야 하오. 그렇지 않으면 카즈사노스케는 도태되고 말 것이오."

타다테루는 도태된다……는 말을 듣고는 의아하다는 듯이 고개를 들고 똑바로 장인을 쳐다보았다.

"장인께 묻고 싶은 것이 있습니다."

"무엇이오? 주위에는 아무도 없소."

"진보 데와는 정말 우리에게 적의를 품고 누군가의 명을 받아 창을 돌렸을까요?"

"흥."

마사무네는 웃었다.

"만일 그렇지 않다면?"

"그렇지 않다면……"

고개를 갸웃하고 타다테루는 말을 되받았다.,

"형님이 유독 나를 미워하고 있다……고 생각하는 자체가 잘못인 것 같습니다."

"으음."

마사무네는 다시 강하게 혀를 찼다.

"바로 그것이 카즈사노스케가 인생을 만만하게 보는 점이오. 알겠소? 진보 데와가 쇼군의 밀명을 받고 혼전을 틈타 카즈사노스케를 제

거하려 했다……고 했을 때 이에 대한 아무 대비도 없다면 카즈사노스
케는 이미 이 세상에 없소. 이 세상에서 사라진다면 모든 일이 끝장이
오. 그러므로 적의의 유무는 문제가 아니오. 언제나 천변만화千變萬化,
임기응변의 조심성이 없어서는 안 되오."

"그러면 장인께서는 쇼군에게……?"

"또 그런 말을 하시는군. 함정이나 적의가 당장에는 없다고 해도 이
쪽에서 틈만 보이면 오뉴월의 파리처럼 들끓게 되는 것이오."

15

카즈사노스케 타다테루는 깜짝 놀라 장인 마사무네의 얼굴을 똑바
로 바라보았다. 그 말의 뜻을 모르는 것은 아니었다. 어떠한 경우에도
방심은 파멸의 근원이 된다.

진보 데와의 경우는 예를 든 것이라 해도 온당하지 않다. 피를 나눈
형 히데타다가 혼전을 틈타 동생인 자기를 없애려고 한다…… 아니,
그럴 마음이 있었다……고 마사무네는 믿고 있는 것처럼 보이고, 그렇
게 주장하고 있다.

'과연 그런 일이 있었을까?'

마사무네는 그렇게 여기고 아버지 이에야스에게 선수를 쳐야만 했
다고 한다.

"하하하…… 아직도 망설이고 계시는 모양이군."

마사무네는 외눈박이 눈으로 사위를 빤히 바라보고 웃었다.

"세상은 카즈사노스케가 생각하는 것처럼 그렇게 물렁한 것이 아니
오. 사나다 아와眞田安房의 조심성을 보시오. 형은 혼다 타다카츠의 사
위로서 도쿠가와 쪽에 머물게 하고, 동생 유키무라幸村에게는 오타니

교부大谷刑部의 딸을 맞게 하여 도요토미 가문에 들여보냈소. 아니, 사나다뿐만이 아니오. 호소카와 타다오키細川忠興도 자기 아들 나가오카 마사치카長岡正近를 오사카 성에 들여보내고, 후쿠시마 마사노리福島正則도 마사모리正守와 마사시게正鎭 부자를 들여보내 양다리를 걸치고 있소. 이건 눈에 보이는 양자간의 우열만이 아니라 만일의 경우에 대비한 행운, 불운까지도 철저히 조심하고 있다는 증거요. 이 다테 마사무네 역시 마찬가지요."

마사무네는 이때 비로소 눈에 희미한 미소를 떠올렸다. 지금까지는 목소리로 웃고 얼굴에 웃음의 주름을 새기기는 했어도 외눈박이 눈만은 유독 번뜩이고 있었다.

"장인께서도 마찬가지라니요?"

"하하하…… 깨닫지 못했소? 나는 맏아들인 히데무네에게 오슈奧州의 영지를 물려줄 생각은 추호도 없소. 히데무네에겐 히데무네 자신의 전공戰功이 있소."

"그렇다면 전공이 있기 때문에 일부러 상속을……"

"그렇소, 히데무네는 자립할 수 있는 사나이. 자립할 수 있는 자에게는 아버지 유산 같은 것은 필요치 않아요. 속히 또 하나의 다테 가문을 일으키게 하고 상속은 차남인 타다무네忠宗에게 할 생각이오."

"……?"

"이해가 될 것이오. 이것도 조심성…… 앞으로 예측이 가능한 어떤 풍파를 만나더라도 자손이나 의지는 단절되지 않는다…… 이렇게 되지 않으면 진정한 의미에서 분별이라고는 할 수 없을 거요."

타다테루의 얼굴이 차차 붉어지기 시작했다. 마사무네가 무엇을 말하려는지 겨우 나름대로 이해가 되는 듯했다.

"현재 아버님의 마음이 어떤지, 또 쇼군의 마음이 어떤지…… 그렇지만 그 역시 절대로 불변은 아니오. 사실 오고쇼는 구하고 싶은 마음이 있으면서도 히데요리 한 사람을 구할 수 없었소. 히데요리에게 구명을 받을 수 있는 자로서의 마음의 대비가 없었기 때문이오. 인생을 쉽게 보아 방심하고 있으면 오고쇼 정도나 되는 분의 손길도 미치지 못하는 파탄을 맞이하게 되는 것이오. 카즈사노스케는 사실 여부와 관계없이, 형님인 쇼군에게는 눈에 거슬리는 자……로 여겨져 끊임없이 목숨이 위태로운 상황에 놓여 있다…… 이 정도의 조심성은 늘 가지고 있어야 할 것이오."

이렇게 말하고 마사무네는 다시 한 번 눈만은 웃지 않는 묘한 웃음을 떠올렸다.

"하하하…… 아무래도 이 마사무네는 사위에게 너무 반한 것 같군."

카즈사노스케 타다테루는 시선을 내리깔고 얼굴을 붉혔다.

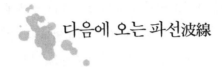 다음에 오는 파선波線

1

 이에야스는 그날 여러 장수들과의 접견을 일찍 끝내고 1각(2시간) 남
짓 오와리의 요시나오와 토토우미노츄죠 요리노부(그때까지는 아직 요
리마사賴將라고 불렀다) 두 아들에게 전쟁에 대한 강평을 하고 그대로 잠
자리에 들었다.
 쿄토의 여름은 유난히 더위가 심했다. 모기장에 들어가 누웠을 때 이
에야스에게 새삼스럽게 낮의 일이 마음에 걸렸다.
 '너무 지나치게 꾸짖었다……'
 어째서 타다테루만을 여러 사람 앞에서 호되게 꾸짖었을까?
 그것은 이성을 잃은 노인이 드러내고 만 편애였는지 모른다. 요시나
오에게는 나루세 마사나리成瀨正成가 딸려 있었다. 그리고 요리노부에
게는 안도 나오츠구安藤直次가 딸려 있었다. 그러나 타다테루에게는
지금 이에야스가 안심할 수 있는 중신이 딸려 있지 않았다.
 이에야스 자신의 눈에 들어 딸려주었던 오쿠보 나가야스大久保長康
는 그처럼 탈선하여 지금은 이 세상에 없다. 사부인 미나가와 히로테루

皆川廣照는 강직하기는 하나 이미 기질적으로 타다테루에게 지고 있었다. 타다테루와는 아버지가 다른 누나의 남편 하나이 요시나리花井吉成는 중신의 자리에 있기는 하나 기량이 훨씬 미치지 못한다. 따라서 현재 타다테루에게 사부로서의 영향을 미칠 수 있는 사람은 장인인 다테 마사무네 말고는 아무도 없었다.

'그렇다, 마사무네에 대한 분노가 그만 타다테루를 심하게 꾸짖게 만들고 말았다……'

이런 생각에 이에야스는 더욱 타다테루가 가엾어졌다.

타다테루는 기질과 생김새가 죽은 맏아들 노부야스信康를 그대로 닮았다. 가르치기에 따라서는 자기와 노부나가信長를 합친 것 같은 진취성과 창조력에 넘친 명장의 자질을 지니게 될지도 모른다…… 그런데 타다테루 역시 노부야스와 마찬가지로 마땅한 사부를 구하지 못하여 뛰어난 소질이 오히려 빗나갈 위험성을 느끼게 하고 있었다. 아니, 그보다 요즈음 이에야스가 걱정하기 시작한 것은 타다테루에 대한 장인 마사무네의 영향이었다.

'마사무네만은 내가 잘못 평가했어……'

이에야스는 마사무네의 투지와 야심이 얼마나 강렬한지 알고 있었다. 전성시대 타이코의 압력을 조용히 뿌리칠 수 있었던 기질을 가진 자는, 그가 보기에 자기 자신과 마사무네 정도였다.

'이 사람은 천성적으로 기량을 타고났다……'

시대의 추세도 민감하게 파악했고, 그 행동도 시대의 흐름에 역행하는 일이 없었다. 그러므로 남다른 투지와 야심도 앞으로 연륜을 거듭함에 따라 더욱 원숙해질 것이라 기대하고 일부러 타다테루의 장인으로 택했다.

이에야스의 이 선택은 최근 문제점을 드러내었다. 그것은 그렇게 간단한 문제가 아니었다. 마사무네는 이에야스의 생각대로 원숙해지기는 했으나 이와 병행하여 야심의 폭도 한없이 넓어졌다.

마사무네는 지금 이에야스가 마무리한 일본의 총력을 기울여 세계의 바다로 진출할 꿈을 꾸고 있다. 조심성 많은 야심가이므로 경솔한 일은 하지 않을 터. 하지만 그 경우 타이코와 오십보백보, 항상 어느 방향으로 빗나갈지 모를 위험성을 내포하게 된다.

그 마사무네가 자기의 꿈을 쇼군 히데타다에게 여러 경로를 통해 진언하고 있는 동안은 좋았다. 그런데 언제부터인지 자신의 야망을 사위 타다테루를 통해 이룩하려 하고 있었다.

마사무네가 이번 전투에서 필요 이상으로 타다테루를 두둔하고 위험한 전선에 내보내지 않았던 것은 단순한 애정이나 의리 때문만이 아니었다. 오히려 자신의 그 꿈을 소중히 여기기 위해서였다고 여겨지는 부분이 많았다.

'위험한 일이다……'

그런 생각을 하고 있었던 이에야스의 우려 섞인 마음이 타다테루에 대한 지나친 꾸중이 되고 말았다……

2

'인간에게는 분수라는 것이 있다……'

모든 세상사람들의 희망을 집약한다면 한마디로——

"전란의 공포가 없는 평화로운 세상을 원한다."

이런 대답이 나온디.

그 희망에 부응하기 위해서는 자신의 야심이나 꿈을 죽여야만 한다. 그것을 못해 실패한 것이 타이코의 조선 침략이었다.

타이코가 일본의 통일을 이룩했을 때——

"이제 모두가 바라던 평화로운 세상이 되었다. 무력으로 싸우겠다는 생각을 버려야 한다."

이러한 신념으로 평화로운 새 시대의 처세법, 사고방식을 제시하여 내정정비에 들어갔다면, 일본은 벌써 20년 전에 전혀 다른 나라가 되었을 것이다.

타이코는 통일 이후의 내정정비를 게을리 했다. 그렇게 된 원인은 타이코 자신이 싸움밖에 모르는 환경에서 자라난 탓도 있고, 싸우면 반드시 이겼다……는 자만심을 포함한 그의 오만 탓이기도 했다.

'아니, 사실은 그 두 가지가 원인이 되어 타이코의 말로를 망치고 말았다……'

타이코가 조선 침략을 결정했을 때 이에야스는 이를 신불을 두려워하지 않는 '오만' 으로 받아들였다.

"이기는 것만 알고 지는 것을 모르면 화가 그 자신에게 미친다."

그래서 자기 반성도 했고 측근에게도 훈계를 해왔다. 원래 전쟁에 '필승' 이란 있을 수 없다. 있다고 생각하는 것은 모자라는 인간의 착각에 지나지 않는다.

전쟁만이 아니다. 모든 승부는 반반의 비율로 승자가 되기도 하고 패자가 되기도 한다. 전쟁에서는 그 위에 또 하나 '화목' 이라는 타협의 길이 남겨져 있을 뿐, 계속 싸운다면 어떤 강자라도 결국은 반드시 패자가 될 수밖에 없다.

타이코는 확실히 보기 드문 명장이었다. 코마키야마小牧山 전투 때는 이에야스에게 어느 정도 승산이 있었다. 하지만 그때 타이코가 이에야스에게 추호도 양보할 생각이 없었다면 타이코는 이겼을 것이다.

그야말로 타이코는 패배를 모르는 고금을 통해 으뜸가는 영웅이었다. 그런데 단지 ─

'패배를 모른다.'

이 하나의 사실이 타이코의 말년을 새까맣게 먹칠한 커다란 불행의
원인이 되었다.

패배를 모르는 타이코는 스스로 조선 침략을 꾀했다. 그리고 명나라
와 천축天竺(인도)까지 그의 판도를 넓히려는 무모한 꿈과 야심에 사로
잡히고 말았다……

이런 악몽에 사로잡히지 않았더라면 타이코는 '패배를 모르는 명장'
으로서 또는 평화를 실현한 구세주로서 일본의 모든 사람이 그에게 감
사하고 영원히 그 덕을 칭송했을 터. 그런데 멈출 줄 몰랐기 때문에 결
국 건강을 해치고 머리가 이상해져 고민을 거듭하다가 비참하게 최후
를 맞았다.

'신불의 벌은 뜻하지 않은 곳에 숨어 있다.'

이에야스는 그러한 타이코의 과오를 다시 범할 자가 있다면, 바로 다
테 마사무네일 것이라 생각하고 있었다. 그런데 이 마사무네의 악몽을
타다테루가 고스란히 이어받을지 모른다는 걱정이 생겼다……

기질도 과격했다. 두뇌의 예리함은 쇼군 이상. 그리고 아버지에게
오사카 성을 내놓으라고 할 정도로 사양할 줄 모르는, 말하자면 지기
싫어하는 철부지였다……

3

이에야스는 타다테루에 대해 이런저런 생각을 하다가 그만 잠을 설
치고 말았다.

'이런 일은 드물다……'

역시 뜻대로 되지 않은 히데요리와 센히메의 일이 마음에 큰 상처를
남겼기 때문이다. 무슨 일에 대해 걱정하기 시작하면 잊으려 해도 잊을

수 없는 '노부야스의 할복' 당시의 일까지 생각나고는 했다.

'야심만만한 타다테루 또한 그러한 불행을 스스로 초래하게 될 자식이 아닐까……?'

타다테루는 쇼군의 바로 아래 동생이다. 요시나오가 나고야 성名古屋城의 주인이라면 자기는 오사카 성의 주인이 된다 해도 전혀 이상할 것 없다……는 사고방식을 가지고 있다. 더구나 그 오사카 성에 들어가 외교적인 일을 모두 떠맡고 남만인도 홍모인도 없다, 유럽인 모두를 상대로 하여 전세계에 일본의 국위를 떨치겠다……고 분명하게 말하고 있었다.

'닮았어. 타이코의 오만과……'

특히 그 패기 뒤에는 다테 마사무네가 밀착되어 있다.

이번 전투에서 선두에 나가 싸우려 하지 않았던 것은—

"대망을 품은 소중한 몸, 이런 전투에서는 유탄에 맞을 곳에 나간다 해도 의미가 없다."

이런 얕은 계산이 있었기 때문인지도 모른다.

그리고 공교롭게도 타다테루가 노리고 있던 그 오사카 성이 이제는 확실하게 빈 성이 되고 말았다.

'다시 말을 꺼낼지도 모른다……'

이에야스 자신의 마음속 어딘가에서 이 일을 두려워하고 있어서 그처럼 심하게 타다테루를 꾸짖고 말았는지 모른다…… 부모가 되면 역시 자식에게는 마음이 쓰이는 것.

밖이 훤해지기 시작할 무렵이 되어서야 이에야스는 겨우 하나의 결론에 도달했다. 그리고는 잠이 들었다.

다시 한 번 타다테루를 불러 자기 자신의 입으로 간곡히 깨우쳐주자는 마음이었다.

지금은 패기에 맡겨 해외에 나갈 시기가 아니다. 국내에서 평화를 반대하는 자의 청소를 겨우 끝낸 상태다. 지금은 어디까지나 형인 히데타다를 도와 전국의 다이묘들에게 평화시대에 걸맞은 인정仁政을 경쟁시켜야 할 때이다.

현재 해외에는 일본을 무력으로 무찌르고 침입할 만한 강적은 없다. 국내의 군비를 튼튼히 하여 흔구정토欣求淨土의 이상향을 쌓아올릴 때가 과연 지금 말고 또 있겠는가……

'먼저 이런 말을 한다면 젊은 사람은 반감부터 품을지도 모른다. 불러놓고 우선 조정에 인사를 가야겠다.'

이에야스는 쿄토에 오래 머물 생각이 없었다. 오래 머무르면 여러 다이묘 앞에서 쇼군 히데타다와 충돌할 것만 같은 불안이 있었다.

히데타다는 도쿠가와 가문의 주인이고 세이이타이쇼군征夷大將軍°. 그를 모든 사람 앞에서 꾸짖는다면 그야말로 질서를 문란케 하는 원인이 된다. 따라서 가능한 한 빠른 시일 안에 입궐하여 인사하고 즉시 슨푸駿府로 돌아갈 생각이었다.

'그렇구나, 입궐할 때 타다테루를 데리고 가서 일본의 국체國體에 대해서도 가르쳐야겠다.'

겨우 잠이 들었는데 벌써 정원에서는 시끄럽게 새들이 지저귀기 시작하고 있었다.

이에야스는 일어나자마자 이타쿠라에게 타다테루를 불러오라고 했다. 입궐할 예복을 준비하고 다섯 점 반(오전 9시)까지 오라고……

4

생각해보면 이번의 입궐도 괴로운 일. 도요토미 쪽의 입김으로 조정에서는 중재하려 했으나 이에야스가 이를 한마디로 거절했다.

조정의 중재가 성과를 거두면 뒷날 그 영향이 적지않다. 무언가 소요를 시도하는 자가 나타날 때마다 일일이 대궐에 달려가거나 울며 호소하는 선례를 남기게 된다. 그렇게 되면 단지 조정을 번거롭게 하는 것만이 아니라, 옛날 겐페이源平° 시대와 같은 음모, 인세이院政°의 폐단을 낳기 쉽다.

이에야스는 도요토미 가문 또한 바쿠후幕府°의 통제를 받는 다이묘의 한 사람이라는 입장을 밝히고—

"조정에서는 개입하지 마십시오."

단호하게 거절했다.

물론 이에야스는 히데요리에게 잘못을 깨닫게 하고 도요토미 가문을 모든 사람이 납득할 수 있도록 존속시킬 생각이었다. 그런데 히데요리는 자결하고 말았다. 만약 주상으로부터 하문이 있을 경우에는 자세한 사정을 상주하여 양해를 구해야 한다.

'괴로운 일이기는 하나, 잠자코 슨푸로 돌아갈 수는 없다.'

이에야스는 나가이 나오카츠永井直勝의 도움을 받아 예복으로 갈아입고 거실에 향을 피우게 한 뒤 설명할 순서를 곰곰이 생각했다.

타다테루의 일이 아직 마음에서 떠나지 않았다. 어제는 말하지 않았으나 타다테루가 오사카 성을 원하고 있다는 사실은 잘 알고 있다. 그 마음을 어떻게 단념시켜야 할지……

"히데요리 모자는 자결했어. 그 성을 곧바로 네게 준다면…… 이에야스는 자기 자식이 귀여워…… 성을 자기 자식에게 주기 위해 무자비하게 오사카 성을 빼앗았다는 오해를 받게 돼. 그렇게 되면 아버지나 형이 심혈을 기울이고 있는 새 시대 건설에 공과 사를 혼동했다는 오점이 찍히고, 천하는 다시 무질서한 난세로 돌아갈 텐데……"

그렇다, 이렇게 설명하면 이해할 것이다.

"오사카 성에 조정과 쿄토 지방을 지키기 위한 성주 대리는 두겠으나 후대에도 영주는 두지 않겠다. 이것이 아비의 방침이다."

생각하다 말고 이에야스는 나가이 나오카츠를 돌아보았다.

"타다테루는 아직도 오지 않았느냐? 곧 다섯 점 반이 될 텐데."

"예…… 그런데……"

"무슨 일이냐? 부르러 간 시게마사도 아직 돌아오지 않았느냐?"

이에야스의 목소리가 옆방에 새나간 모양인지 누군가 급히 움직이는 발소리가 났다. 시게마사는 돌아와 있었던 모양이다.

"이타쿠라 님을 불러오겠습니다. 이미 얼마 전에……"

나오카츠는 말꼬리를 흐리면서 일어나 나갔다가 이윽고 두 사람이 함께 들어와 이에야스 앞에 앉았다.

"잠시 기다리시기 바랍니다."

시게마사가 말했다.

"잠시라고 하지만…… 넉 점(오전 10시)에 입궐할 것이라고 통보했어. 늦어지면 불경不敬한 것이 돼."

"예…… 예. 그런데……"

"그런데 어찌 되었느냐? 카즈사노스케가 앓기라도 한단 말이냐?"

"아닙니다, 저어……"

말하다 말고 시게마사는 결심한 듯이 말했다.

"아침 일찍 고기잡이를 가서서 아직 연락이 되지 않습니다."

"뭣이, 고기잡이라고!"

5

이에야스는 큰 소리로 시게마사를 꾸짖다가 뉘우쳤다.

'시게마사 탓은 아니다……'

그러나 어째서 지금까지 보고하지 않고 잠자코 있었는가? 무언가 이유가 있을 터이다.

"시게마사, 그대는 그 사실을 알고 있으면서도 왜 지금까지 나에게 알리지 않았느냐?"

"예…… 예. 반드시 찾아 모시고 올 것이니 잠시 기다리게 하시라고 에치고의 가신들과 제 아버지가……"

"그럼, 모두 타다테루를 찾으러 나섰다는 말인가?"

"예. 다른 일도 아니고 입궐에 수행하실 것이므로."

"하하하……"

이에야스는 웃었다. 그러나 속으로는 울고 싶었다. 아직 전쟁은 끝나지 않았다. 형인 쇼군은 후시미 성에서 눈코 뜰 사이 없이 바쁘게 지휘를 계속하고 있다.

'그런데도 타다테루 녀석은……'

"시게마사, 뭐라고 말하고 나갔다더냐, 그 못난 놈이?"

"예…… 예, 아버님께 호되게 꾸중을 들어서 울적한 심정도 풀 겸 물고기를 잡으러 간다고 하시면서."

"행선지는?"

"카츠라가와桂川라고 하셨답니다."

"그런데 거기에 없더란 말이냐?"

"예."

"멍청한 녀석!"

"죄송합니다."

"그렇다면 어째서 그렇다고 진작에 말하지 않았느냐? 무슨 일이든 숨겨시는 안 된다고 거듭 말했다. 만약 입궐시각에 늦는 일이라도 생기면 어떻게 하겠느냐?"

그 말에 시게마사가 머리를 조아렸다.

"그 점을 에치고의 중신들도 걱정하고 있습니다. 그렇지 않아도 눈총을 받고 계신 카즈사노스케 님, 만일 찾아내지 못한다면 할복을 명령받을지도 모른다, 이 일은 가문의 중대사라고 제 아버지에게까지 상의하러 왔습니다."

"바보 같은 놈!"

"예."

"그대는 지금 뭐라고 했지! 그렇지 않아도 눈총을 받고 있다니……눈총을 받는다는 것은 무슨 소리냐?"

"에치고의 중신들이 한 말…… 오고쇼 님께 카즈사노스케 님이 미움을 받고 계시다……고 생각하기 때문이지요."

이에야스는 어이가 없었다.

'아비가 자기 자식을 미워하다니……'

"그토록 심하게 꾸중을 하셨으니 무리가 아니다……고 이 시게마사도 생각합니다."

"으음."

"그러나 카즈사노스케 님은 어젯밤에 돌아오셔서 뜻밖에도 밝은 표정으로, 그 늙은이의 속마음은 잘 알고 있다고 하셨답니다."

"뭐, 그 늙은이의 속마음? 카즈사노스케가 나를 그 늙은이라고 불렀다는 말이냐?"

"죄송합니다. 실은 저희들도 아버지를 뒤에서는 그 늙은이라고 부릅니다만."

"그런 것을 묻는 게 아니야. 그런데 그 늙은이의 속마음을 어떻게 받아들이고 있는가, 키즈사노스케가?"

"예. 오사카 성을 달라고 한다면 큰일이라 생각하고 선수를 쳤다……못 말릴 그 늙은이……라고 하셨다고 합니다."

이에야스는 탁 무릎을 치고 일어났다.

"그런가, 어이없는 일이로구나. 이 늙은이는 그런 못된 자식을 기다리고 있지는 않을 것이다. 곧 입궐준비를 하라!"

6

'……예삿일이 아니다.'

이타쿠라 시게마사는 나가이 나오카츠와 함께 이에야스를 배웅하고 나서 급히 쇼시다이의 집으로 갔다.

끝내 타다테루는 나타나지 않았다.

도대체 어디서 무엇을 하고 있을까?

아버지가 돌아왔다면 혹시 소식을 알 수 있을까 하여 급히 달려왔는데, 아버지는 아직 돌아오지 않고 객실에서는 두 사람의 내객이 세상이야기를 하며 그들 역시 아버지의 귀가를 기다리고 있었다. 한 사람은 혼아미 코에츠, 또 한 사람은 전에 아마가사키尼崎의 군다이郡代°를 지낸 타케베 쥬토쿠建部壽德였다.

시게마사는 그 두 사람과 딱 마주쳤기 때문에 그대로 나올 수도 없었다.

"오, 타케베 님과 혼아미 노인이시군요. 공연한 말을 묻는 것 같습니다마는 혹시 두 분께서는 여기 오시는 도중에 카즈사노스케 타다테루님을 못 보셨는지요?"

"보지 못했는데요."

코에츠가 먼저 대답했다.

"카즈사노스케 님에게 무슨 일이 있었소? 오고쇼 님이 심히 꾸짖으셨다는 말을 들었습니다마는."

"벌써 들으셨습니까?"

"그렇소."

이번에는 타케베 쥬토쿠가 말했다.

"어젯밤 토도 님의 가신에게 들었지요. 그러나저러나 다테 님에 대한 소문은 좀 곤란하더군요."

"다테…… 무츠노카미 님에 대한 소문이라니요?"

시게마사는 예사로 들어넘길 수 없어 두 사람 사이에 앉았다.

"그야 어디까지나 다테 님의 책임이지요. 아무튼 방심할 수 없는 분…… 실은 말이오, 오사카 성으로 도망쳤던 토를레스와 포를로 두 신부가 진중으로 달려와 도움을 청했답니다. 다테 님과는 같은 신도 사이이기 때문에 두말없이 숨겨줄 줄 알고 간 것이지요. 그런데 이를 거절했을 뿐만 아니라 죽이라고까지 했다고 합니다."

"아니, 성안에 있던 신부들을……?"

"지금 이 노인과 그 이야기를 하던 참이었소. 다테 님의 신앙은 과연 참다운 것인지 아닌지……"

"참다운 신앙은 결코 아니라고 이 코에츠가 말했소. 다테 님은 신불 따위에게 의지할 분이 아닙니다. 자신의 역량을 신불 이상이라 과신하고 그것을 이용하려는 분이오."

"바로 그 점이오."

타케베 쥬토쿠도 사실은 천주교 신자였다. 그러므로 구원을 청하러 간 신부에 대한 배신행위에 상당히 격분하고 있었다.

"애당초 제주이트 파나 산 프란체스코 파 신자가 홍모인인 이기리스(영국)와 가까이하는 일은 악마에게 접근하는 짓이지요. 그런데 다테 님은 태연하게 그들과 가까이한다는 사실을 이미 아실 테지요. 오사카에서도 또 이 쿄토에서도 다테 님은 이기리스 상관商館의 책임자인 콕스의 부하들이 출입하도록 허락했고 카즈사노스케 님까지 만나게 하여, 이분이야말로 다음 대의 쇼군 님……이라고 하는 등 상대에게 연

막을 치고 있다고 합니다."

시게마사는 일부러 시치미를 떼고 물었다.

"콕스라면 히라도平戸에 새로 개설된 이기리스 상관의 책임자가 아닙니까?"

"그렇소. 천주교 신자가 볼 때는 악마의 부하. 그 악마에게 손을 뻗치고 신부들을 죽이려 합니다. 카즈사노스케 님에게도 어떤 바람을 불어넣을지 모르는 분이지요."

7

"그렇다면…… 뭔가 카즈사노스케 님과 관련된 다테 님의 소문이 떠돌고 있다는 말씀입니까?"

시게마사는 그러한 소문이 있다면 이에야스를 위해서나 타다테루를 위해서라도 확인해놓아야 한다고 생각했다.

"아니, 아직 모르고 계셨소? 그렇다면 말할 수 없소. 터무니없는 소문이 내 입에서 나왔다면 무엄한 일, 그냥 흘려보내시오."

타케베 쥬토쿠는 갑자기 두려운 표정으로 입을 다물었다. 기질상 혼아미 코에츠는 이를 못마땅하게 생각한 듯.

"아니, 별로 그렇게 큰 문제는 아니오. 누가 중상하려고 그런 소문을 퍼뜨렸겠지요. 부자 사이, 형제 사이가 화목하지 못하다……는 식으로 말이오."

"역시 그런 소문이 나도는 것은 사실입니까?"

"사람의 입을 막을 수는 없지요. 그러나 이런 일이라면 아버님이 더 잘 알고 계실 테니 걱정할 정도는 아닙니다."

시게마사는 풍류의 도道를 통해 아버지가 존경하고 있는 코에츠를 그 역시 인생의 스승으로 우러러보고 있었다. 그는 코에츠가 걱정할 것 없다고 하는 말을 듣고는 굳이 캐물으려 하지 않았다. 그러나 사실 이 무렵 시중에서는 이상한 소문이 유포되고 있었다. 근원지는 역시 구원을 청하러 갔다가 하마터면 죽을 뻔하고 하치스카의 진중으로 달아난 포를로 신부였을지도 모른다.

일본 달력으로 이듬해 1월 23일(1616년 2월 29일)에 쓴 히라도의 이기리스 상관장 리처드 콕스의 일기에는 무언가를 강력하게 암시하는 내용이 분명히 씌어 있었다.

나는 서신을 써서 이튼 군에게 보냈다. 풍문에 따르면 지금 황제(이에야스)와 그 아들 카르사(타다테루) 사이에 전쟁이 일어나려 하고 있다. 이때 장인 마사무네 님은 카르사를 후원할 것이라고. 전쟁의 원인은 황제가 오사카 성 및 이에 귀속된 영지를 수중에 넣고, 앞서 약속했던 대로 아들인 카르사 님에게 주지 않는 데 있다고 한다. 나는 이튼 군에게 전쟁이 벌어질 우려가 있거든 돈을 모두 가지고 돌아오라, 가능한 한 물품도 모두 돈으로 바꾸라고 권고했다.

히라도에 있는 콕스의 귀에 이런 소문이 들어오고, 그가 깜짝 놀라 오사카 출장소에 있는 자기 부하에게 나머지 물품을 되도록 모두 팔고 히라도로 돌아오라고 지시하고 있다. 이로 보아 정월경에는 이 소문이 상당한 신빙성을 가지고 전국에 유포되었던 상황을 알 수 있다. 사실 정월에는 에도에서도 마사무네가 군사를 일으킬 것이라는 소문이 널리 퍼져 있었다.

그러나 이것은 나중의 일——

이타쿠라 시게마사는 가슴에 불안한 손톱자국을 남긴 채 쇼시다이의 저택에서 니죠 성으로 돌아왔다. 이에야스가 궁궐에서 나온 시각보다 늦어서는 안 된다고 여겨, 아버지가 아직 돌아오지 않았으나 그대로 성으로 돌아왔다.

　니죠 성으로 돌아온 이타쿠라 시게마사는 깜짝 놀랐다. 그가 돌아온 비슷한 시각에 아버지 카츠시게가 타다테루를 데리고 니죠 성에 돌아와 있었다.

　타다테루만이 아니었다. 타다테루의 중신인 미나가와 야마시로노카미皆川山城守도, 하나이 토토우미노카미花井遠江守도 파랗게 질린 얼굴로 대기실에 있었다.

　타다테루는 아버지 카츠시게와 둘이 이에야스의 거실과 연결된 별실에서 풀 죽은 표정으로 카츠시게를 노려보기도 하고 천장을 노려보기도 하며 기다리고 있었다.

8

　어째서 인생에는 이처럼 짓궂은 운명의 복병이 있는 것일까?

　시게마사는 슬픈 생각이 들었다.

　타다테루를 1각만 더 빨리 찾아내어 돌아왔더라면 부자 사이에는 전날 밤의 격했던 감정도 누그러지고 함께 밥상을 받았을 터였다. 그런데 이에야스는 불쾌하기 짝이 없는 표정인 채 성을 나서고, 그 후 얼마 안 되어 타다테루는 아버지 카츠시게를 따라 온 모양이었다.

　중신들이 대기하고 있는 방 한구석에는 타다테루의 입궐을 위해 준비했던 옷상자가 도금한 칼과 함께 놓여 있었다. 그러나 이러한 준비도 노력도 지금은 모두 허사가 되고, 문제는 더욱 험악한 다음의 파선波線으로 이행하고 말았다.

　시게마사가 두 사람이 있는 별실에 들어섰을 때 그의 아버지 카츠시

게는 지금까지 하던 말을 그치고 ─

"어디에 갔다 왔느냐?"

조용히 물었다.

"예, 쇼시다이 저택으로…… 카즈사노스케 님의 일로."

"그러냐. 카즈사노스케 님은 도중에 마음이 변해 오이가와大堰川까지 나가셨던 모양이야."

이렇게 말하고 카츠시게는 곧 화제를 앞서의 것으로 돌렸다.

"일찍 주군에게 알려드리지 않은 것은 측근의 잘못…… 그렇다고 이 실수는 오고쇼의 책임이 아닙니다. 따라서 무엇보다도 사과를 드리는 것이 첫째입니다."

"……"

"아시겠지요. 가신들을 꾸짖는다고 하여 지나가버린 시간은 되돌아오지 않습니다. 그런 일은 천천히 나중에 타이르시고…… 솔직히 말씀드려 오고쇼 님도 요즘은 무척 심기가 불편하신 때여서……"

그 말에 타다테루는 느닷없이 신경질적으로 웃기 시작했다.

"아이들에게나 하는 말은 그만두시오. 그보다도 내가 사과하지 않겠다면 어떻게 하겠소?"

"당치도 않습니다. 형제 사이에도 장유長幼의 순서가 있습니다. 하물며 상대는 오고쇼 님, 사과 드리지 않으면 안 됩니다. 오고쇼 님은 이 무더위 속에서도 예복을 입으신 채 계속 카즈사노스케 님을 기다리셨습니다."

"흥, 걸핏하면 사과나 하는 것이 효도란 말이오? 그처럼 일일이 사과를 하다 보면 과연 훌륭한 생각이 떠올라 뛰어난 자식이 되겠군."

타다테루는 흘끗 시게마사를 쳐다보고는 말했다.

"그대도 늙은이에게 꾸중을 듣고는 사과하고, 사과하고는 다시 꾸중을 듣는가? 어젯밤 나는 여러 사람 앞에서 그처럼 심한 수치를 당했어.

입궐할 예정이 있었다면 그때 일러주어도 되었을 것 아닌가. 그런데 하필이면 울적한 마음이나 풀어볼까 싶어 나간 뒤에 기회를 노렸다가 생각해낸다…… 일부러 실수를 하게 만들어놓고 꾸짖는 것이 취미인 모양이야."

"비뚤어진 생각이십니다. 어찌 오고쇼 님이 그런……"

"좋아, 됐어. 그대는 아버지 편이니까. 그러나 사과를 하건 하지 않건 나의 자유. 나는 잠자코 듣겠어, 무어라고 꾸짖는지. 잠자코 듣고 잠자코 생각하여 납득이 되면 사과하겠지만, 그렇지 않으면 의견을 말하겠어. 아버지는 간언하는 신하야말로 가문의 보물이라고 늘 가르쳐왔어. 간언하는 아들을 불효자라고 낙인찍지 마라."

그때 이에야스가 돌아왔다. 현관에서 이에야스의 귀가를 알리는 소리가 조용한 복도를 통해 들려왔다.

격돌

1

이에야스가 궁중에서 돌아와 카츠시게는 더 이상 타다테루에게 의견을 말하고 있을 틈이 없었다.

이에야스가 온몸의 땀을 닦게 하고 홑옷으로 갈아입기를 기다렸다가 주저하며 타다테루가 왔다고 전했다.

카츠시게는 겉으로 꾸짖은 말보다 나타나지 않은 아버지의 마음을 더 잘 알고 있었다. 오늘 입궐할 때 동반하겠다고 한 것은 다름이 아니라 바로 아버지가 자식에게 사과하겠다는 의미였다.

'어떻게든 무사히 수습되어야 할 텐데……'

그러나 카츠시게는 아들인 시게마사 정도로 걱정하고 있지는 않았다. 강한 기질인 만큼 거칠기는 했으나 타다테루는 결코 어리석은 자로 태어나지는 않았다. 그리고 이에야스 또한 애정이나 일시적 분노 때문에 사람을 보는 눈이 흐려지지는 않는다……

"그런가, 그렇다면 들여보내게."

이에야스는 코쇼에게 큰 부채로 바람을 보내게 하면서 천천히 시원한 갈근탕을 마셨다.

'별로 노하신 것 같지는 않다……'

카츠시게보다 시게마사가 더 안도했다.

지금 상대는 대뜸 꾸짖기부터 하리라 생각하고 있다. 하지만 그렇게 하지 않고 부드럽게 설득하면 훨씬 더 효과가 있을 터.

타다테루가 눈을 부릅뜨고 들어왔다.

"아버님, 측근을 물리쳐주십시오."

이에야스는 여느 때의 무심을 되찾고 있었는데, 타다테루가 위압적인 태도로 도전하고 있었다.

'일이 곤란하게 됐다!'

카츠시게가 생각했을 때 이에야스는 순순히 그 말을 받아들였다.

"그래, 무언가 긴히 할말이 있는 모양이군. 부채질은 안 해도 좋다. 모두 물러나도록 하라."

"알겠습니다. 그럼……"

이타쿠라 부자는 불안하기는 했으나 모두 물러가게 하고 자신들도 옆방으로 옮겼다.

"아버님! 세상에 터무니없는 소문이 유포되고 있습니다. 그 소문을 들으셨습니까?"

"터무니없는 소문…… 소문이란 이 세상이 존속하는 한 끊이지 않는 것, 신경을 쓰기 시작하면 한이 없어."

"그러나 신경을 써야 할 소문입니다. 이 타다테루가 형인 쇼군에게 반역을 꾀하고 있다, 그래서 도묘 사 어귀 전투 이후 절대로 선봉에 서지 않으려 한다는 소문입니다."

"으음."

이에야스는 가만히 신음하며 고개를 끄덕였다.

"그래, 형제가 화목하지 않다는 소문은 나도 들었지만, 카즈사 너도

들은 게로구나."

"억울하기 짝이 없는 일! 그뿐만이 아닙니다."

거칠게 말하는 타다테루를 가볍게 제지했다.

"잠깐. 그런데 이 억울한 소문을 없애기 위해 카즈사는 어떤 노력을 했지?"

"노력……?"

"그래. 문제는 그런 터무니없는 소문이 아니다. 그 소문을 없애려는 노력을 했는가 안 했는가에 있어. 사람의 입에 자물쇠를 채우지는 못해. 그런 소문을 묵묵히 없애려는 노력이 어른다운 분별이야. 그 분별을 위해 카즈사는 어떤 노력을 했나? ……오늘은 물론 고기잡이는 가지 않았을 테지?"

"아니, 아닙니다. 갔습니다."

성질이 거친 아들은 몸을 앞으로 내밀고 아버지에게 도전했다.

"고기잡이가 어째서 나쁩니까? 매사냥과 마찬가지로 가는 곳의 지형을 살펴 소요에 대비하려는 것입니다. 이 타다테루는 분명히 고기잡이를 갔습니다."

2

"그러냐, 고기잡이를 갔느냐?"

이에야스는 갈근탕 잔을 조용히 내려놓았다.

"고기잡이가 나쁘다는 것은 아니야. 아직 어리구나. 그 전에 해야 할 일이 있었다고는 생각지 않느냐? 아까 말한 대로 억울한 소문이 퍼지고 있다면, 그런 소문을 없애려는 노력이 우선되어야만 했다…… 나는 그렇게 생각하는데, 카즈사는 어떠냐?"

"언젠가는 사실이 밝혀지겠지요!"

타다테루는 다시 거칠게 말했다.

"아버님 말씀처럼 사람 입에는 자물쇠를 채우지 못합니다. 그런 소문에 신경을 쓰기보다는 조용히 무술을 연마할 것입니다. 그래서 타다테루는 고기잡이를……"

"닥치지 못하겠느냐!"

비로소 이에야스의 목소리가 크게 사방에 울렸다.

"그런 소문 이야기를 꺼낸 것은 도대체 누구였느냐? 네가 꺼낸 말, 나는 그 소문을 없앨 노력을 했느냐고 물었어. 했는지 안 했는지 그 대답부터 먼저 하여라!"

"노력…… 사람 입에는 자물쇠를 채울 수 없기에 고기잡이를……"

"카즈사."

이에야스의 목소리가 다시 부드러워졌다.

"그렇다면 너는 그 소문에 졌구나. 그 소문 때문에 속이 뒤틀렸다, 그래서 기분전환을 위해 고기잡이를 갔다…… 그렇지?"

"그렇지는 않습니다!"

"허어, 그럼 왜 그랬느냐? 이 아비는 네 속내를 알고 싶다. 속내를 모르면 충고를 할 수 없으니까."

"아버님! 그럼 아버님도 그 소문을 믿으십니까?"

"믿고 싶지는 않아. 그러나 믿고 있다고 생각해도 좋아. 그러면 없애기 위한 노력을 하게 될 테니까. 카즈사, 이 소문은 그대로 두어도 좋을 소문이 아니야. 이에야스는 천하의 일에 정신을 빼앗겨 가문의 일에는 눈이 미치지 못했어. 제후의 움직임에는 일일이 간섭하면서도 눈앞에 있는 집안 분규는 전혀 깨닫지 못한 어리석은 자……였다고 웃음거리가 되겠지. 어떤가, 본심을…… 솔직한 마음으로 돌아가 이 아비에게 말해주지 않겠니?"

"역시 그랬군요!"

타다테루는 내뱉듯이 말하고 가슴을 젖혔다.

"아버님 자신이 벌써 의심하고 계십니다. 아니, 그렇지 않더라도 생각이 있어서 하신 말씀이겠지요. 아버님은 그토록 타다테루를 믿지 못하십니까?"

"믿지 못하다니?"

"타다테루가 다시 오사카 성을 달라고 할 것이다 생각하시고 앞질러 경계하신 말씀, 여쭙고 싶은 것은 오히려 아버님의 본심입니다."

순간 이에야스는 눈을 크게 뜨고 탄식했다.

'역시 이 녀석은 아직 오사카 성에 미련을 가지고 있다.'

이에야스에게는 말할 수 없이 슬픈 무분별로 느껴졌다. 지금 그가 있는 에치고 땅이 일본 전체의 정치를 위해 얼마나 중요한 요충지인지 전혀 깨닫지 못하고 있다.

과거 우에스기 켄신上杉謙信은 그 땅에 있었기 때문에 타케다 신겐武田信玄과 같은 명장도 꼼짝하지 못했다. 이 땅의 지리적 이점을 활용하여 다테 마사무네 세력의 호쿠리쿠 진출을 막겠다…… 이렇게 생각한 이에야스의 배려는 역효과를 내고 말았다.

'이 아들을 마사무네에게 뺏기고 만 것일까……?'

이렇게 생각하는 이에야스는 얼른 말이 나오지 않았다.

3

현재 오사카 성을 가장 탐내고 있는 것은 다테 마사무네. 타다테루를 사위로 삼아 자기 영향 아래 둔 마사무네는 그 타다테루를 통해 오사카 성을 손에 넣으려 한다.

히데타다의 대가 되고 나서 오사카 성의 주인이 된 다테 마사무네를 상상해본다. 그것은 무모, 무분별한 히데요리와는 비교도 안 될 정도로 에도의 강적이 될 것이다.

"카즈사."

이에야스는 화가 난다기보다 울고 싶었다.

"너는 아비가 무엇 때문에 오늘 입궐할 때 너를 데려가려 했는지 알겠지?"

"모릅니다!"

타다테루는 다시 시치미를 뗐다.

결코 이에야스의 그 마음을 모를 만큼 어리석지는 않았다. 단지 아버지 이에야스에게 결코 지고 싶지 않은 마음이 솔직히 시인하기를 거부하게 했다.

"아버님은 오사카 성의 일로 이 타다테루가 불만을 품고 고기잡이를 갔다…… 이렇게 보시고, 아니 간 것을 아시고도 일부러 사람을 보내 불렀는지도 모른다고, 아버님은 그 정도로 지혜로운 분이라 알고 있습니다."

"그러냐, 정말 그렇게 생각하느냐?"

"이번 전투에서 에치젠의 타다나오도 아버님의 꾸중을 듣고 죽으려 했다고 들었습니다. 아버님은 일단 의심을 품으시면 혈육이라도 용서치 않는 분입니다."

"으음."

"히데요리 님도 마찬가지입니다. 일부러 센히메를 출가시켜 방심케 한 뒤 결국 이를 멸망시킨다…… 너무 생각이 깊으셔서 무엇을 생각하고 무엇을 계획하시는지 보통사람으로는 알 수 없는 분……이라고 세상에서는 말하고 있습니다."

이에야스는 시선을 아들에게 못박은 채 계속 탄식했다.

'역시 히데요리의 죽음이 후환을 불렀구나……'

그것은 이중의 슬픔이었다. 자기 자식에게 충고가 통하지 않는 것은 그렇다 하더라도, 이번 사태와 히데요리의 죽음을 연결시키다니 너무도 잔인하고 무참한 일이었다.

'그렇구나…… 그런 소문으로 이 녀석을 선동하는 것은 마사무네 말고는 없다……'

그런 사정을 잘 알고 있는 만큼 이에야스는 섣불리 말도 할 수 없는 심정이었다.

"카즈사."

"말씀하십시오."

"이 아비도 늙어서 젊은이의 마음까지는 헤아리지 못하게 된 것 같구나. 그래서 너에게 새삼스럽게 묻겠는데, 문제는 아까 그 억울한 소문이야. 너와 쇼군의 사이가 나쁘다…… 그런 소문이 나게 된 이유가 무엇일까?"

"모릅니다! 저로서는 그럴 만한 어떤 일도 기억에 없으므로 굳이 알려고도 하지 않습니다."

"너는 치야리 쿠로血鑓九郎의 동생들…… 쇼군의 부하를 행렬의 앞에 나섰다는 이유만으로 죽였다고 했지 않느냐? 그런 일로 소문이 나게 되지 않았을까?"

"그런 일은…… 벌써 잊었습니다."

"잊었어……? 나가사카 치야리쿠로長坂血鑓九郎가 우리 가문과 어떤 인연을 가진 부하인가…… 그것은 알고 있을 테지?"

"모릅니다. 비록 어떤 부하라도 무례한 짓을 하면 용서치 않는 것이 타다테루의 성격입니다."

"허어."

이에야스는 다시 한숨을 쉬었다.

"훌륭한 성격이로구나. 놀라운 성격이야. 이 이에야스로서는 멀리 미치지 못하는 그 성격, 도대체 누가 너에게 전수한 것일까?"

4

타다테루는 아버지의 말이 뜻밖일 정도로 부드러운 데 그만 어리둥절했다.

'어째서 무섭게 꾸짖지 않는 것일까······?'

좀더 나이가 들었다면 이것이야말로 경계해야 할, 충동적인 분노보다 훨씬 무서운 인내라고 깨달았을 터.

타다테루는 이를 반대로 해석했다.

'혹시 아버지도 내심으로는 나를 인정하고 있는 게 아닐까?'

이런 해석이 부자 사이에서는 자칫 심정적인 응석이 되기 쉽다.

"제 성격은, 좋은 점도 나쁜 점도 아버님을 닮았다고 생각합니다."

타다테루는 아버지도 그 응석을 심정적으로 받아들였다고 생각하고, 이 기회에 모든 것을 호소하고 싶은 마음이 생겼다.

"타다테루가 비록 불초한 자이지만, 전에 아버님께 오사카 성을 원한다고 한 것은 사사로운 욕심 때문이 아니었습니다."

"으음."

"아버님이 이룩하신 평화로운 세상이 계속되도록······ 그런 배려 때문이었습니다. 아버님은 지금 전국적으로 섬길 곳을 잃은 떠돌이무사들이 얼마나 많이 시정에 숨어 있는지 아십니까?"

"글쎄, 어떤 자는 삼십만이라 하고 어떤 자는 오십만이라고 하더군. 아마 그 중간쯤 되는 수효겠지."

"제가 조사한 바로는 대략 사십만에 달합니다."

"허어······"

"사십만이라고 하면 전국의 다이묘가 거느리고 있는 병력과 거의 맞먹습니다. 이대로 두면 천하의 소요가 그치지 않습니다. 그러므로 지금 대담하게 인심을 쇄신하는 정책을 강구해야 합니다. 이렇게 생각하고 오사카 성을 제게 달라고 했습니다."

타다테루는 눈을 빛내며 무릎걸음으로 앞으로 나와 말을 이었다.

"아버님은 허락하시지 않습니다. 그렇다고 쇼군에게 진언해도 받아들일 리가 없을 것이고······"

"잠깐."

이에야스가 조용히 가로막았다.

"이야기란 한 가지를 마무리하지 않고 다른 데로 옮기면 혼란이 더 해질 뿐이야. 쇼군 이야기는 나중에 하기로 하고, 너에게 오사카 성을 주면 어떻게 사십만의 떠돌이무사들이 구제를 받을까? 그 이유부터 먼저 설명하도록 하라."

"알겠습니다!"

타다테루는 이때도 오산을 했다.

아버지가 내게 질문한다······ 그만큼 아버지에게는 이것에 대한 생각이 없고, 따라서 자기가 인정받은 것이라 착각했다.

"아시다시피 쇼군의 성격은 고지식하고 견실하여 외국과의 교제에는 적합하지 않습니다. 그러므로 불초 타다테루는 쇼군의 성격이 지닌 결점을 보완하는 것이 동생의 의무라 알고, 외국과의 관계에 대한 총책임을 맡았으면 생각했습니다. 아버님도 아시듯이 지금 일본을 찾는 유럽인에게는 두 세력이 있습니다. 그 하나는 남만인, 또 하나는 홍모인······ 이 타다테루는 그 쌍방과 원만하게 교제할 자신이 있습니다. 실제로 소텔 일파의 남만과도 왕래하고 또 이기리스 상관상인 콕스와도 만나 쌍방으로부터 모두 신임을 얻고 있습니다. 따라서 그들 두 세력을 통해 사십만에 달하는 떠돌이무사들을 파견하여 세계 각지의 항구에 일본인 마을을 만들게 합니다…… 이것이 타다테루가 생각한 무역 구국救國을 통한 떠돌이무사 감소 정책입니다."

5

이에야스는 타다테루의 말을 듣고 있는 동안 자기도 모르게 그 의견에 끌려들 것만 같았다.

'타다테루라면 정말 할 수 있을지 모른다.'

이런 생각을 하다가 당황하여 다시 냉정한 비판자로 돌아갔다.

"그러면 소텔 일파의 구교도, 이기리스나 오란다(네덜란드)의 신교도들과도 모두 무역을 하겠다는 것이냐?"

"예…… 실제로 아버님도 벌써 그렇게 하고 계십니다. 그 점에 대해서는 의견의 차이가 없습니다. 타다테루는 쌍방의 근거지에 넘쳐나는 떠돌이무사들을 각각 파견하여 일본인 마을을 만들게 하겠다는 생각입니다. 그러나 이 교섭에 일일이 쇼군의 손을 빌린다면 번거롭게 됩니다. 따라서 이 타다테루가 오사카 성에 있으면서 그 방면의 처리와 교섭을 돕고 싶다는 생각입니다. 그러면 이삼 년 사이에 무역에 의한 이익금으로 떠돌이무사 문제를 해결할 수 있고, 국위도 더욱 선양될 것……이라고."

"국위 선양에 대해서는 말할 필요 없어."

이에야스가 얼른 타다테루의 말을 가로막았다.

"지금 카즈사는 남만인, 홍모인 양쪽과 모두 사이좋게 교제할 자신이 있다고 했지?"

"예, 그렇습니다."

"그렇다면 묻겠는데, 남만인과는 무엇을 가지고 교제하겠느냐?"

"신앙입니다."

"허어, 그러면 홍모인과는? 알고 있을 테지만 전자는 후자를 해적이라 적대시하고, 후자는 전자를 침략의 악마라 하여 증오하고 있어. 그들이 만난 곳은 반드시 전쟁터, 불구대천의 원수라고 들었는데."

"그 일에 관해서는 대책이 있습니다."

타다테루는 기고만장하여 가슴을 두드렸다.

"남만인과는 신앙으로 대하고 홍모인과는 무력으로 대합니다. 이것이 실은 타다테루가 생각하는 핵심입니다."

"으음. 홍모인은 신흥세력이므로 아직은 세계 도처에서 무력을 사용할 필요가 있겠지."

"예. 한쪽은 신앙으로 맺어졌기 때문에 문제가 없습니다. 그러므로 중요한 것은 홍모인과의 유대…… 아버님은 홍모인 가운데서는 미우라 안진三浦按針(윌리엄 아담스)밖에 모르십니다. 그러나 이 타다테루는 이기리스 상관장이나 그 관원들과도 왕래하고 있어 사정을 잘 알고 있습니다."

"허어……"

"그들이 세계 각지에 새로운 근거지를 마련하는 데 해군은 넉넉하지만 육군은 크게 부족합니다…… 따라서 그들과 무력 합병의 약정을 맺는 것입니다."

"카즈사, 잠깐. 그럼 너는 신앙으로 맺어진 남만인을 무력면에서는 배반할 작정이냐?"

"하하하……"

타다테루는 저도 모르게 소리내어 웃었다.

"아버님은 아직 세계의 사정에 어두우십니다. 홍모인이 새로운 근거지를 만들 때 적은 결코 남만인만이 아닙니다. 각지에는 반드시 토착민이라는 적이 있습니다."

"나는 그런 것을 묻고 있는 게 아니야."

이에야스는 표정도 바꾸지 않고 말했다.

"만일 그 근거지에 남만인의 배가 공격했을 때의 일을 묻는 거야. 그 랬을 경우 카즈사는 어느 쪽 편을 들겠나?"

타다테루는 다시 한 번 웃었다.

"그때는 이기는 쪽에…… 지는 싸움을 하면 이야기가 안 됩니다. 홍 모인과의 약정을 극비로 하고 있으면 공격해올 때 남만인으로부터 먼 저 정보를 얻을 수 있습니다. 어떨까요, 이 생각이?"

6

타다테루는 오히려 의기양양했다.

이에야스 역시 그 생각이 스무 살을 넘긴 지 얼마 안 되는 젊은이의 착안이라면 칭찬해도 된다고 생각했다.

"아버님은……"

타다테루는 자신만만한 눈빛이었다.

"매사에 지나치게 신중하십니다. 남만인이든 홍모인이든 표면적인 목적은 포교와 무역이라고 하지만, 실은 법복 안에 갑옷을 입은 무사라 할 수 있습니다. 갑옷 입은 자들에게는 칼을 숨기고 가까이한다 해도 절대로 불성실하다고는 할 수 없습니다. 그리고 일본에 남아도는 것은 전쟁을 즐기는 떠돌이무사들, 그들을 해외에서 마음껏 활약하게 하는 것은 곧바로 국내의 평화유지에 도움이 됩니다. 그야말로 일석이조—石二鳥라고 생각됩니다마는."

이에야스가 다시 손을 들어 가로막았다.

"그 묘안은 잘 알겠다. 그렇다면 카즈사, 쇼군은 이를 실행하지 못할 사람……이라는 말인가?"

"그렇습니다. 아버님도 아시다시피 쇼군은 책략이나 거짓말과는 거리가 먼 사람, 문자 그대로 성인군자라고 생각합니다."

"허어……"

이에야스는 다시 자식 앞에서는 눈이 어두워지려는 아비의 마음에 채찍질을 가했다.

"과연 카즈사는 쇼군을 보는 눈에 잘못이 없는 것 같군. 물론 쇼군은 고지식한 사람이야. 아직 이 아비의 의견에 거역한 적이 없어. 말할 나위도 없이 나에게 상속을 시켜달라느니 어떤 성이 탐난다는 등의 말을 한 번도 하지 않았어."

"아버님이 너무 무섭기 때문이겠지요."

"그럼, 너는 내가 무섭지 않느냐?"

"예. 존경은 하고 있습니다마는, 제 아버님이기 때문에 무섭지는 않습니다……"

"그러냐. 그럼 이번에는 내가 묻겠다. 무서운 아비가 아니므로 생각하는 대로 대답해라."

"예."

"너는 싸우기 위한 전략이 패도覇道인지 왕도王道인지 그 구별을 알고 있느냐?"

"예, 알고 있다고 생각합니다."

"그렇다면, 법복 안에 갑옷을 입은 남만인이나 홍모인이므로 속여도 좋다……고 생각하는 건 어느 쪽이냐?"

"그것은 패……패도입니다."

"허어, 패도는 싸워서 이기기 위해 때로는 불의라도 감행한다……그렇다면 왕도란 어떤 것이라 생각하느냐?"

"왕도는 자비와 덕으로 백성을 다스리는 것……이라는 아버님의 말씀을 들어 알고 있습니다."

"잘 기억하고 있구나. 그럼, 다시 묻겠다. 이 아비가 평화로운 세상을 만들기 위해 건 비원悲願은 어느 쪽이라 생각하느냐? 패도라 생각하느냐, 아니면 왕도라고 생각하느냐?"

"그, 그것은 물론 왕도……라 생각합니다."

"그래, 잘 대답했다…… 나는 왕도에 충실하고 싶어. 말년에 실패한 도요토미 타이코의 경우를 똑똑히 보았기 때문이다. 도요토미 타이코는 전쟁에 관한 한 불세출의 위인이었어. 그러나 원래 패도의 길을 걸은 사람이어서 평화로운 시대가 되고 나서는 자기 자신의 패기를 주체하지 못해 대륙 침략을 감행했다가 패했어…… 이번의 네 생각도 묘안이기는 하나 역시 패도…… 패도는 이 아비의 뜻이 아니야. 내 뜻은 왕도에 있어, 알겠느냐? 쇼군은 그걸 잘 알고 있기 때문에 자기도 이를 본받으려 하는 성인군자인 거야."

이에야스는 이 아들이 난세에 태어났더라면…… 하고 문득 아쉬운 생각이 들었다.

7

이에야스의 말에 타다테루의 표정은 금방 시무룩해졌다.

이러한 마음은 순진한 어린아이의 질투심과도 통했다. 고지식하기만 한 쇼군 히데타다를 가리켜 아버지 이에야스의 참뜻을 잇는 성인군자라고 하기 때문에 타다테루는 분했다. 아니, 그 이상으로 자기 생각을 '패도'라고 못박는 아버지의 말이 억울했는지도 모른다.

유학儒學에 대한 타다테루의 지식은 아직 왕도와 패도를 확실히 구별할 수 있을 정도로 깊지 못했다.

'국내의 떠돌이무사 문제를 해결하여 싸움의 원인을 제거하는 것은 곧 백성에 대한 자비와 통하는 것이 아닌가.'

그렇게 하여 아버지가 바라는 평화의 유지……에 협력한다면 이 또한 훌륭한 효도가 아닌가…… 이러한 생각에 타다테루는 무언의 반발을 금할 수 없었다.

그때였다. 아버지 이에야스는 또 한 가지 타다테루의 비위를 건드리는 말을 했다.

"어떠냐 카즈사, 네 생각과 도요토미 타이코의 생각이 실은 일맥상통한다고 생각지 않느냐?"

"그렇게는 생각지 않습니다!"

타다테루는 반발의 배출구를 그대로 감정에 노출시켰다.

"타이코는 무모한 행동을 했습니다. 세계로 향한 중요한 창구인 사카이堺의 간신諫臣 리큐利休 거사를 궁지에 몰아 할복케 하고, 조선의 사정도 명나라 사정도 모르는 장님이 되어 전쟁을 시작했습니다…… 적을 알고 나를 아는 것이 승리의 요체입니다. 그런데도 타이코는 조선왕이 순순히 길 안내를 할 줄만 알고 출병했습니다…… 타이코는 처음부터 무모했습니다."

기를 쓰며 말했다.

이번에는 이에야스의 얼굴이 굳어졌다.

히데요시에 대한 타다테루의 평은 섬뜩할 정도로 다테 마사무네가 평소 말하던 내용과 흡사했다. 용어에서부터 억양에 이르기까지 마사무네 그대로였다. 이렇게 되어서야 아무리 자식에게는 약한 아버지라지만, 이에야스는 조금 전에 타다테루가 말한 해외진출론에 의심을 품을 수밖에 없었다.

'역시 이것도 마사무네의 사주다.'

"그리고 원래 타이코에게는 바다에 대한 지식이 결여되어 있었습니다. 해외에서 싸우겠다는 생각을 한 사람이⋯⋯"

"그만!"

이에야스는 강한 어조로 제지하였다.

"타이코의 발상도 실은 너와 같았어. 맨 먼저 생각한 것은 어딘가에서 좀더 영토를 크게 빼앗지 않으면 놀고 있는 숱한 무사들을 먹여 살릴 수 없다, 그렇다고 그냥 내버려두면 국내의 소란이 그치지 않는다⋯⋯고 너와 똑같은 문제를 생각했던 거야."

"당치도 않습니다! 타이코는 고작 조선과 명나라⋯⋯ 그러나 제가 생각하는 것은 세계의 바다로⋯⋯"

"세계하고건 조선하고건 전쟁을 하게 되면 반드시 고통받는 백성이 생긴다. 카즈사, 그것보다는 말이다, 지금은 어떻게 하면 전쟁이 없는 일본이 되게 하느냐, 아비의 고심도 형의 고심도 바로 이 한 점에 집약되어 있어."

"하하하⋯⋯ 아버님, 그것은 사야가 좁다는 증거입니다. 이쪽에서 밖으로 나가지 않아도 저쪽에서 온다면 이 역시 전쟁⋯⋯ 전쟁은 결코 이 세상에서 없어지지 않습니다."

"뭐, 전쟁이 없어지지 않는다고?"

"예. 어느 시대, 어느 세상을 막론하고 전쟁은 있어왔습니다. 그러므로 단지 왕도를 지향하는 성인군자의 노력만으로는 해결되지 않습니다. 때로는 패도, 때로는 왕도⋯⋯ 실은 아버님도 형님도 그런 싸움을 막 끝내신⋯⋯"

말하다 말고 타다테루는 진린 얼굴로 그만 입을 다물고 말았다. 아버지의 표정이 분노로 바뀌어 축 쳐진 턱의 살이 부들부들 떨리고 있었기 때문이다.

'너무 지나쳤는지⋯⋯ 모른다.'

8

타다테루는 당연히 ──

"멍청한 놈!"

고함소리가 날아올 것이라 생각했다.

감정에 못 이겨 자기 주장을 세우려고, 실제로 그렇게 싸운 것이 아니냐고 꼬집은 일은 너무 무자비했다. 아니, 그 전에 아버지의 시야가 너무 좁다고 한 것도 실은 응석에서 나온 불손한 말이었다.

'지나쳤다……'

그러한 점에서는 타다테루의 감수성은 결코 둔하지 않았다.

"아버님, 말이 지나쳤습니다."

그는 솔직히 사과했다.

"다만 전쟁은 그리 쉽게 없어지지 않는다……는 평소의 생각을 말씀드리고 싶었을 뿐입니다."

그 말에는 아무런 대꾸도 없이 이에야스는 뚫어지게 아들을 바라보고만 있었다. 여전히 그 큰 얼굴은 일그러진 채. 어쩌면 분노 이상으로 큰 실망을 되씹고 있는지도 모른다.

"전쟁은 없어지지 않는다……는 의견을 버리지 못한 고집쟁이를 이 아비는 두 사람 알고 있다."

잠시 후 이에야스가 불쑥 말했다.

"그 한 사람은 사나다 유키무라, 그리고 다른 하나는 다테 마사무네…… 그런데 너도 그 설을 지지한다면, 이제 세 사람."

"아니, 저는 별로 그렇다고 확신하지는……"

"타다테루, 나는 말이다, 아주 오랜 옛날에 석존께서도 나와 똑같은 경험을 하셨으리라 생각한다."

"석존……이리면 서가모니 부처 말씀입니까?"

"아니, 불도에 들어가기 전의 석존과 깨달음을 얻고 나서 부처님이 되신 석존과는 다르다…… 어쨌든 좋아. 그 석존이 성도 처자도 버리고 태어난 그대로의 모습으로 불도를 닦은 그때의 세상 사정을 알 것만 같구나."

"예……?"

"전쟁으로 날이 밝고 전쟁으로 저무는 나날뿐만이 아니야. 그 사이에 병고도 있었거니와 빈곤도 있었어. 오른쪽을 보아도 불행, 왼쪽을 보아도 불행…… 비록 행복이 있었다고 해도 순간적인 꿈에 지나지 않아. 있는 것은 오로지 불행과 불행이 서로 속이는 일……"

타다테루는 아버지의 뜻을 헤아릴 수 없어 고개를 갸웃했다.

"그러나 석존은 실망하지 않았어. 이러한 현상은 인간들이 행복을 쌓으려는 진지한 노력을 게을리 하고 있기 때문임이 틀림없다, 그 진지한 노력을 내가 해 보이겠다……고."

"예……"

"나도 젊어서는 정신없이 싸웠어. 전쟁 없는 세상은 오지 않을까 하며 주위의 불행에 슬퍼하기도 하고 분격하기도 하면서 싸워왔어."

"……"

"그리고 인간의 지혜 여하에 따라서는 비록 전쟁을 근절시킬 수는 없어도 줄일 수는 있다. 그렇게 하자면 먼저 강해져야 한다. 나에게 전쟁을 도발해도 이기지 못한다……는 사실을 상대에게 인식시켜야 한다. 그것만으로도 전쟁을 줄일 수 있다고 생각했기 때문에 맨 먼저 노부나가 공과 손을 잡고 그는 서쪽을, 나는 동쪽을…… 이렇게 둘이 힘을 합하면 일본에는 적이 없다……고 힘을 기르려고 노력했어. 다음에 타이코와 손을 잡은 것도 그 때문이었지. 그런데 이것만으로는 전쟁이 없어지지 않았어. 인간은 각자 생각에 차이도 있고 고집도 있어서 말이야. 그러나 지금 내가 믿어 의심치 않는 것은, 인간의 지혜와 노력으로 반드시 전쟁을 없앨 수 있다는 확신이야…… 전쟁을 없애지 못하는 것은 역시 노력이 부족하기 때문이지."

9

타다테루는 아버지가 자신이 받아들이기에는 묘한 술회를 하는 것은 일단 자신에 대한 노여움을 풀었기 때문이라고 받아들였다. 그렇게 받아들일 수도 있는 이에야스의 태도이기도 했다.

이에야스는 다시 무엇에 홀린 사람처럼 말에 힘을 주고—

"정토淨土에는 전쟁이 없다!"

타다테루를 노려보았다.

타다테루가 좀더 인생을 깊이 아는 나이가 되어 있었다면 이 무렵부터 아버지의 태도가 이상해졌다고 깨달았을 터이다.

이에야스는 지금 타다테루를 상대로 말하는 것이 아니었다. 자신의 생애에 날카로운 반성을 가하고 있었다.

"정토에는 빈곤도 없고 질병도 없다! 당연히 원한의 뿌리도 없고 전쟁의 원인이 되는 인간들의 그 더러운 욕심도 없다…… 그래! 욕심이 없다는 것은 이미 부족함이 없기 때문이야."

타다테루는 잠자코 있었다. 아버지의 감정을 진정시키려면 일일이 맞장구를 치기보다는 그대로 두는 편이 좋으리라 생각해서였다.

"빈곤은 일하는 것으로 구제될 수 있고, 병고는 약사여래藥師如來가 자비로운 손길을 펴면 머지않아 구제된다. 인간들이 다투고 싸우기 위해 허비하는 무익한 힘을 인간의 행복을 위해 기울이기 시작하면 정토가 된다…… 그렇다! 정토는 분명히 이 세상에서 이룩할 수 있어. 그러기 위한 제일보는…… 타다테루, 그 정토를 이룩하기 위한 제일보가 무엇인지 너는 알고 있느냐?"

이번에는 엄한 질문이었다.

타다테루는 그 질문을 무시할 수 없었다.

"예. 그것은 평화와…… 그리고 부富입니다."

"멍청한 놈!"

"예……?"

"너는 아까부터 이 아비의 말을 듣고 있지 않았어."

"아닙니다. 듣고 있었습니다."

"듣고 있지 않았어!"

이에야스는 흥분한 목소리로 일갈했다. 그리고 다시 얼마 동안 입을 다물었다.

'노하면 안 된다. 알도록 잘 타일러야 한다……'

이러한 자제심 역시 타다테루를 위해서……라기보다 이에야스 자신에게 필요한 반성의 채찍인지도 몰랐다.

"부가 인간을 행복하게 하는 것이라면, 수많은 금은과 재화를 쌓은 타이코가 어째서 행복할 수 없었느냐?"

"무리한 전쟁을 했기 때문입니다."

타다테루가 대답했다.

지금 타다테루는 아버지의 입장을 세워주기 위해서는 비위도 맞추어야 한다는 평소의 아들로 돌아와 있었다.

그러나 이에야스는 그 반대였다.

분노와 자제심으로 표정을 일그러뜨리면서도 무언가를 필사적으로 추구하려는 생각에 잠긴 모습이었다.

"부란 잘못된 마음을 가지고 쌓을 경우가 있지. 그 경우의 부는 악업 惡業 덩어리인 것이야. 그렇지 않으냐? 사람을 죽이고 괴롭히며 남의 원망을 들으면서 부를 쌓는다…… 그러한 것이 어떻게 인간을 행복하

게 할 수 있단 말이냐. 그런 부가 정토를 이룩하는 깨끗한 재물이 될 수
는 없어."

어조는 다시 부드러움을 되찾았다. 그러나 그 눈은 여전히 무언가에
홀린 자의 것이었다.

타다테루는 마른침을 삼켰다.

10

이에야스는 짙은 안개 너머의 적의 동태를 살피는 듯한 시선을 허공
에 던지면서—

"지상에 정토를 이룩하려면……"

한마디 한마디를 되씹듯이 말을 이었다.

"자신의 야심, 자신의 욕망을 초월한 일사불란한 노력을 쌓아나가지
않으면 안 돼. 정토를 이룩하기 위한 나의 첫걸음은 우선 이 세상에서
전쟁을 없애는 일이야."

"예……"

타다테루는 못마땅해하면서 고개를 끄덕였다.

'없어질 리 없다, 전쟁은……'

이런 반발심은 여전히 가슴에 있었다. 그러나 지금은 마음에 있는 그
대로를 말할 수는 없었다.

'어차피 여생이 많이 남지 않은 늙으신 아버지……'

아첨이 아니라 위로할 생각이었다.

"나는 세키가하라 전투가 끝난 뒤 전쟁은 끝난 줄 알았다. 그러나 그
것으로 끝나지 않고, 그 후에도 노력을 강요당했어…… 그 전투로 인
해 다시 새로운 원한이 뿌리를 내렸기 때문이야. 전쟁이라는 숙연宿緣

의 무서움은 여기에 있다…… 남편을 잃은 자, 부모형제가 살해된 자, 친척을 빼앗긴 자…… 이때 응어리진 것은 특별한 야심이나 욕망이 아니다. 단순한 원한이야. 따라서 이 원한에는 곧바로 타산과 이기적인 악연이 뒤따르게 된다."

타다테루는 아버지의 말을 이미 진지하게 듣고 있지 않았다. 무엇보다도 계속 앉아 있다 보니 발이 저렸다. 자꾸 신경을 자극해와 견디기 어려울 정도였다.

"나는 세키가하라 전투가 끝난 뒤, 신불이 내 노력에 감응하여 다시는 전쟁이 없는 세상을 만들어주시도록 세심한 노력을 기울였다고 자부한다. 알겠느냐? 내 뜻을 아는 하타모토나 후다이譜代°에게 결코 후하게 보답했다고 할 수 없어. 그 대신 토자마外樣° 다이묘들에게는 타이코에 못지않을 정도로 영지를 분배했다고 자부한다. 물론 이러한 조치는 공로에 따라 영지를 준다는 오만한 생각에서가 아니었다. 원래 이 세상에 내 것이라고는 하나도 없어. 영지도 백성도, 재물도 목숨도 모두 신불에게 위탁받은 거야. 따라서 평화로운 세상을 위한 나의 염원을 알고 잘 도와주었다…… 그러한 감사의 뜻으로 맡긴 것이야. 훌륭한 기량을 가지고 세상에 태어난 사람들이므로 앞으로도 잘 부탁한다, 영지도 백성도 영지에서 얻는 공납도 모두 하늘이 맡긴 것이므로 소중히 여기고 전쟁의 뿌리가 될 원한을 영지에서 몰아내도록…… 이렇게 기원하면서 신불이 내린 그 개개인의 기량에 따라 영지를 맡긴 것이야. 타이코 칠 주기에는 남만인은 물론 명나라 사람까지 깜짝 놀랄 만큼 대대적으로 토요쿠니豊國 신궁제를 거행했다. 히데요리 님의 권위를 손상시키지 않으려고 앞으로 타이코가 될 수 있도록 공경인 동시에 무장이기도 한 확고한 지위까지 배려했어…… 그러나 이 일도 신불의 눈으로 보기에는 노력이 부족했다고 지금 내심으로 부끄러워하고 있다. 알겠느냐, 단지 전쟁에 이기기 위해서라면 일흔넷이 된 아비가 어째서 일부러 진두에 서겠느냐? 누가 보기에도 쇼군의 지휘만으로 충분히 이길 수 있는 전쟁이었어. 나는 그래서는 안 된다고 여겨 늙은 몸을 이끌고 나갔다. 신불이 볼 것이므로 진정한 노력을 기울이지 않으면 안 된다고 생각해서였다."

이에야스는 갑자기 얼굴을 가리고 울기 시작했다.

타다테루는 다시 움찔했으나 곧 지겹다는 듯 시선을 돌렸다.

11

'아버지는 정말 노쇠했다……'

아버지는 어쩌다가 날카롭게 젊은 패기를 보이기는 했으나 결국은 푸념이 되거나, 한 말을 되풀이할 뿐이었다.

'나이를 생각하면 결코 무리가 아니다.'

타다테루는 동정하려 했다. 그러나 오늘 아버지의 설교는 너무나 길었다. 발이 심하게 저려와 발목이 아픈 것은 고사하고 손끝의 감각마저 완전히 마비되고 말았다. 이러다가는 그만 물러가라고 해도 일어서기도 어렵다……고 생각했을 때 이에야스는 다시 타다테루에게 시선을 못박았다.

"타다테루…… 지금 내가 운 까닭을 알겠느냐?"

"예…… 아니, 모르겠습니다."

"그럴 것이다. 모를 거야. 이번에도 신불은 그것으로 좋다……고는 하지 않았어. 아직 노력이 부족하다고 엄하게 꾸짖고 있어."

"아버님! 그렇지 않습니다. 이미 띠돌이 무사들도 오사카 섬도 완전히 사라졌습니다."

"당치도 않아……"

이에야스는 눈물을 닦고 어깨를 축 늘어뜨렸다.

"아니, 어려운 일이야, 타다테루가 알기에는."

"……"

"실은 말이다, 이번 전쟁의 결과는 곧바로 이에야스에 대한 엄한 질책이었어. 나는 히데요리 님을 구할 생각이었다…… 그런데 자결하고 말았어."

"그것은 아버님의 죄가……"

"아니, 내 죄야!"

이에야스는 엄하게 제지하고 말을 이었다.

"구할 생각이었는데 자결했다…… 내 희망이 거절당했다는 뜻이다. 물론 거절한 것은 히데요리가 아니라 신불이야."

"허어……"

"아니, 그뿐이었다면 나는 다시 용서받았을지도 몰라. 그런데 그 후에 더 큰 꾸중을 들었어……"

"또……입니까?"

"그래. 히데요리 님의 죽음은 말이다, 이 세상에서 흔히 있을 수 있는 착오였다고 생각할 수도 있어. 하지만 그 다음의 상처는 착오만으로 끝날 일이 아니다."

"도대체 무슨 일이 일어났습니까?"

"너는 모를 것이다. 그래서 아까 물었던 거야, 패도와 왕도의 차이를 알고 있느냐고…… 너는 쇼군을 성인군자라고 했어…… 드물게 보는 고지식한 사람이라고도…… 그것은 그것으로 좋아, 그럴지도 모르니까. 그러나 신불이 나를 꾸짖는 것은 그 쇼군도 아직 패도에 빠질 우려가 있다는 꾸중이었어."

타다테루는 지겹다는 생각이 들어 저도 모르게 얼굴을 찌푸렸다. 이에야스가 또 울 것만 같은 느낌……

이에야스는 애써 통곡을 억제했다. 그는 성인군자라 불리는 정도인 히데타다가 실은 이에야스의 정토 실현이라는 이상을 밑바닥까지는 이 해하지 못하고, 측근과 더불어 히데요리를 자결에 몰아넣었다고 말하고 싶었을지도 모른다.

그러나 이 말은 섣불리 타다테루 앞에서 입밖에 낼 일이 아니었다. 이에야스는 자신의 감정을 간신히 자제하고 있었다.

12

이에야스는 여전히 시선을 타다테루에게 향하고 있었으나, 그 눈은 차차 무엇에 홀린 듯이 빛을 잃어가고 있었다. 함부로 말을 걸면 울음을 터뜨릴 것 같았다.

타다테루는 속으로 혀를 차면서 겨우 아버지의 시선을 참았다.

'나는 이제 전혀 반항하려 하지 않고 있는데……'

오사카 성도 당분간은 단념할 것이고 과격한 논의도 삼갈 것이다. 역시 아버지는 지쳐 있다. 아니, 지쳤다기보다 이미 자식들이 부드럽게 위로해주어야 할 한계에 달한 노인……

'얼마 더 사시지 못할 것이다.'

새삼스럽게 이런 생각을 하면서 타다테루는 아버지가 쉴 사이 없이 말하는 정토로 그를 보낼 때까지는 자기 주장을 꺾는 한이 있어도 웃는 낯으로 대해야겠다고 반성했다.

"카즈사 님……"

이에야스는 자기 아들에게 '님' 자를 붙여 불렀다.

타다테루라거나 타츠치요라고 할 때는 그 뒤에 엄한 꾸중이 이어졌다. 그러나 '카즈사 님'이라 부르는 것은 충분히 자기 자식의 인격을 인정하는 사랑을 담고 있었다.

'심기가 풀리신 모양이다.'

타다테루는 생각했다.

"이 이에야스는 말이다, 신불의 이번 노여움에 대해 무어라 대답할 것인지 이 세상에서 마지막으로 생각하고 있는 중이다."

"아버님답다……고 생각합니다."

"내 희망과는 달리 히데요리 님을 자결하도록 한 것은 모두 이 아비의 방심과 태만 때문이었어. 이 정도로 노력했으니 이제는 안심해도 되겠지…… 이런 방심을 신불은 용서하지 않았어."

이에야스는 이렇게 말하고 억지로 웃었다. 우는 대신 웃고 있다는 걸 잘 알 수 있는 모습이었다. 웃고 나서 연달아 탄식했다.

"아무래도 카즈사 님은 이 아비가 살아 있는 동안에는 더 이상 거스르지 않겠다고 생각한 것 같구나."

"놀랍습니다. 사실 그렇습니다."

"역시 그랬구나……"

"아버님 앞에서는 허세가 통하지 않는군요."

"쇼군을 본받아 고지식하게 효도를…… 하고 생각했다는 말이지?"

"예…… 예. 바로 그대로입니다."

"좋아. 너도 그렇게 말하고 내 눈에도 그렇게 보인다. 이제 물러가도 좋아. 혹시……"

이에야스는 한결 더 목소리를 부드럽게 했다.

"무언가 또 내게 할말이 있느냐? 있거든 해도 좋아."

타다테루를 깜짝 놀라게 할 정도로 마음에 여운을 남기는 말.

"아니, 없습니다. 아버님은 지치셨습니다. 좀 쉬도록 하십시오."

"그래, 더 이상 할말이 없느냐?"

"예. 그럼 이만."

타다테루는 일어나려다가 발이 저려 얼굴을 찌푸리고 어색하게 웃으면서 비틀비틀 밖으로 나갔다.

이에야스는 그 뒷모습을 보지 않았다. 손뼉을 쳐서 이타쿠라 시게마사를 부르고 노려보듯이 하면서 말했다.

"아버지를 부르게. 그대는 물러가고."

카츠시게가 들어왔을 때 이에야스는 사방침에 얼굴을 묻고 온몸을 떨며 울고 있었다.

"카츠시게…… 나는…… 나는…… 다시 아들 하나를 잃게 되었네."

카츠시게는 아무 말도 못하고 그 자리에 엎드렸다.

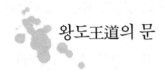

왕도王道의 문

1

쇼군 히데타다가 니죠 성으로 불려와 이에야스와 대면했을 때, 이에야스는 몰라볼 정도로 원기가 있었다. 아니, 단순한 원기……라기보다 필요 이상 근엄함을 가장하여 분노를 감춘 자세로 보였다.

"은퇴한 몸으로 쇼군을 부른다는 것은 도리에 맞지 않는 일이지만, 고령이기 때문에 용서하도록."

무거운 목소리였고, 정중하기도 했다.

히데타다는 적잖이 당황했다.

'역시 히데요리의 죽음에 구애받고 계시다……'

그 일로 히데타다 자신도 고민하고 있었다. 원래 그는 아버지 뜻을 거역할 생각이 전혀 없었다. 그럼에도 불구하고 히데요리를 그대로 살려둔다면 천하를 통치하는 데 지장이 많다…… 그러한 불안이 항상 마음 어딘가에 있었다.

그 망설임이 여러 장수들의 증오감을 제어하지 못하고 결국 히데요리를 자살로 몰아넣은 결과가 되었다. 더구나 그렇게 되고 보니 센히메가 살아 있다는 것이 이중으로 부담이 되고 있었다. 히데타다는 센히메로부터 히데요리와 요도 부인의 구명을 탄원받았을 때 곤혹스러움 이상으로 당황하고 있었다.

히데요리가 성과 더불어 운명을 같이할 결심을 했다면 당연히 센히메도 남편을 따라 순사해야 하는 것……이라고 히데타다는 믿고, 각오도 하고 있었다.

'형님인 노부야스가 노부나가 때문에 할복을 강요당했을 때의 아버지가 괴로워했던 일에 비하면 이 정도의 일은 참아야 한다.'

에도에 있는 오에요阿江與 부인에게도 서신을 보내 간곡하게 타이르고 있었다. 그런데 센히메만 살아남고 히데요리도 요도 부인도 이 세상에 없다. 요도 부인은 오에요 부인의 친언니. 양심의 가책으로 결코 마음이 편치 않을 것이라 걱정하고 있었다.

"아닙니다…… 제가 문안 드리려고 찾아뵈려던 참, 기꺼이 달려왔습니다."

"쇼군."

"예."

"나는 뒷일을 모두 쇼군에게 맡기고 일찌감치 슨푸로 돌아갈 생각이었으나 그래서는 안 된다고 마음을 돌렸어."

"그래서는 안 된다……고 하시면?"

"쇼군에 대한 충성이 모자란다, 일찍 은퇴한 것은 내 잘못이었다고 생각했어. 나는 제후들에게 평화로운 세상을 완성시키기 위해 쇼군에게 충성을 다하라고 늘 엄하게 말하고 있었지. 그러한 내가 맨 먼저 물러나려고 한 것은 태만하기 짝이 없는 일……"

"그러나 연로하신 몸이어서……"

"그런 위로는 필요치 않아. 이번 전쟁에도 전쟁터에서 목숨을 걸고 충성을 다한 자가 무수히 많아. 이에야스만이 멋대로 한다는 것은 있을 수 없는 일이지. 쇼군은 뒤처리를 영주들에게 명하고 되도록 일찍 에도로 돌아가 정사를 보아야 할 것이야. 이에야스는 그 지시대로 일이 진행되는지 확인하여 쇼군에게 보고하고 슨푸로 돌아가겠어. 그 점을 허락해주었으면 좋겠어."

히데타다보다 동석하고 있던 도이 토시카츠와 혼다 마사노부가 더놀라 서로 얼굴을 마주보았다.

"이 일은 허락한 것으로 알겠는데…… 사실은 이번 전쟁을 통해 본의는 아니지만 처벌해야 할 자가 한 사람 생겼어."

"아니, 상을 내리는 것이 아니라 처벌을……?"

"그래, 마츠다이라 카즈사노스케 타다테루……"

이에야스의 목소리는 떨리고 있었다.

2

히데타다는 아버지가 한 말의 뜻을 잘 알아듣지 못했다.

'마츠다이라 카즈사노스케 타다테루……'

타다테루가 이번 전쟁에 늦게 출전한 것은 사실이었다. 그러나 다테마사무네가 딸려 있었다. 더구나 다테 군 자체는 중요한 전투에 참여하여 싸웠다.

'굳이 타다테루를 처벌할 정도의 일은 아닌데……'

타다테루의 뒤늦은 출진을 처벌하려면 당연히 에치젠의 타다나오가 지나치게 앞서 나간 행동도 꾸짖어야만 한다.

'무엇을 생각하고 계시는 것일까?'

타다테루를 처벌하라는 말도 마음에 걸렸으나, 그보다 일단 결정해놓고 히데타다부터 먼저 에도로 돌아가라는 말은 여간 신경에 거슬리는 일이 아니었다.

'무슨 일이 있었다……'

이렇게 생각하면서 히데타다는 정중하게 물었다.

"죄송하오나, 카즈사노스케 타다테루가 혹시 심기를 불편케 하는 일이라도 저질렀습니까?"

"쇼군."

"예."

"이 이에야스를 자기 기분에 따라 상벌을 말하는 그런 인간으로 보았나?"

"아닙니다. 결코 그렇게는……"

"그럴 테지. 내 비위를 거슬렀다…… 그런 일이라면 내가 참으면 그만이야. 그러나 공적인 일은 그럴 수 없어. 우리는 지금 새로운 세상에 새로운 길을 트려고 고심에 고심을 거듭하고 있어."

"그렇습니다."

"그렇다면 제일 먼저 바로잡아야 할 것은 공과 사의 구별. 이 둘은 절대로 혼동해서는 안 돼."

"그러시면…… 타다테루가 처벌받아야 할 잘못은?"

"첫째, 한창 활동할 젊은 몸으로 전쟁터에 늦게 나타나 도묘 사 어귀 전투에 참가하지 못한 일…… 이보다 더 큰 잘못이 또 있겠나?"

히데타다는 안도했다. 그 점은 분명히 자기로서도 못마땅하게 생각하고 있었다. 그러나 그뿐이라면 히데타다 자신이 타다테루를 대신하여 사과하면 될 것이다.

"두번째 잘못은……"

이에야스는 단숨에 말했다.

"형제간이라는 사사로운 감정에 사로잡혀, 일개 영지의 성주에 시나지 않는 신분으로 쇼군의 가신을 무례하게 죽인 일."

"그것을……"

"틀림없는 사실이겠지? 지나치게 경솔한 일이었다고 가족들로부터 항의가 있었어. 공과 사를 혼동하는 이 무엄한 행동을 그대로 둔다면 천하의 질서를 지킬 수 없을 거야."

"예……"

"세번째 잘못은, 생각하기에 따라선 그 이상으로 중대한 일이야."

"그 밖에…… 또 있습니까?"

"없기를 바란다……고 쇼군도 생각하겠지. 그러나 있었던 일을 지워버릴 순 없어. 며칠 전에 나는 인사차 입궐할 것을 미리 상주해놓았지. 그때 타다테루도 데려갈까 생각하고 미리 조정에 허락을 청해두었는데도 불구하고 그날 타다테루는 고기잡이를 나가 입궐을 태만히 했어. 용서할 수 없는 방자한 짓……"

거기까지 힘주어 말하고 갑자기 목소리를 낮추어 히데타다, 그리고 마사노부, 토시카츠 등 동석한 중신들을 차례로 보면서 말했다.

"타이코의 아들에게 잘못이 있다고 하여 냉혹하게 처벌한 우리가 아닌가. 그런데 내 자식의 잘못은 덮어주었다……고 하면, 그래도 천하에 도리가 서겠는가?"

히데타다는 순간 얼굴이 창백해졌다.

3

"남에게 엄격한 자는 자기 자신에게는 더욱 엄격해야 하는 것."

이에야스는 흥분을 감추지 못하고 말을 계속했다.

"그렇지 않아도 허무맹랑한 소문을 퍼뜨리고는 기뻐하는 세상이야. 세상사람은 자기 자신의 불찰을 남의 실패를 보고 자위하는 버릇이 있

어. 오고쇼도 쇼군도 자기 자식은 감싼다…… 이렇게 알려지면 천하의
질서는 지켜지지 않아. 아니, 그런 생각을 가지고 있으면 천하의 정치
가 모두 잘못된 것으로만 보이게 마련이야. 공과 사의 구별은 엄격하고
도 준엄하지 않으면 안 돼."

혼다 마사노부가 맨 먼저 흐느끼기 시작했다. 그는 이런 일이 있으리
라 벌써부터 예감하고 있었다.

'히데요리를 죽이고 말았다……'

이로 인한 고뇌가 어떤 형태로든 모두를 경악시키고 말 것 같은 불안
이 있었다. 그런 의미에서 이에야스는 세상에서 흔히 볼 수 있는 정치
가가 아니었다. 오히려 지나칠 정도로 결백한 소심한 수도자.

'드디어 카즈사노스케 님이 도마에 올랐구나……'

이에야스가 열거한 타다테루의 세 가지 잘못은 쇼군과 중신들이 모
두 사죄한다면 용서할 수 있을 정도의 것. 그러나 타이코의 부탁에 부
응하지 못하고 히데요리를 자결로 몰아넣고 말았다는 이 양심의 가책
만은 누가 뭐라 해도 어쩌지 못할 터.

히데타다는 과연 거기까지 깊게 아버지의 마음을 깨닫고 있었던 것
일까? 그의 이마에는 물방울이 맺힌 것처럼 땀이 나 있었다.

뜻밖에도 태연한 것은 도이 토시카츠였다. 그는 이에야스가 혼다 마
사즈미조차 동석시키지 않은 이유를 냉정히 간파하고 있었다.

'그렇다, 오고쇼는 히데요리를 위해 타다테루를 순사케 하여 타이코
에 대한 의리를 세워 자기 양심을 위로하려 하고 있다……'

그리고 이러한 도이 토시카츠의 이해는 또 하나의 엄청난 연상과 연
결되었다.

'아무래도…… 이번 정월에는 다테 정벌이 시작될지도 모른다.'

타다테루로 하여금 형을 형으로 여기지 않는 인불로 만들어놓은 것
은 오쿠보 나가야스와 다테 마사무네. 그 나가야스는 큰 은혜를 입은

오쿠보 타다치카大久保忠隣까지 말려들게 하고 지금은 죽고 없다. 그렇다면 다테 마사무네 혼자만 허세를 부리도록 내버려둘 리 없다……는 도이 토시카츠의 생각이었다.

"아버님께 말씀 드리겠습니다."

쇼군 히데타다는 이마의 땀도 닦으려 하지 않고 두 손을 짚었다.

"타다테루의 잘못은 모두 지당하신 지적입니다마는, 따지고 보면 모두가 제 불찰과도 통하는 일입니다."

"그렇지는 않아…… 하지만 그래서 어떻게 하겠다는 것인가?"

"타다테루의 처벌문제는 이 히데타다에게 일임해주셨으면 합니다."

"쇼군! 이상한 말을 하는군."

"예?"

"지금 누가 천하의 주인이라 생각하는가? 더구나 카즈사노스케 타다테루는 내 가신이 아니야. 일임하라니 어찌 그런 말이 나오는가?"

"그러나…… 타다테루는 제 아우입니다."

"그래. 쇼군의 아우인 동시에 이 은퇴한 사람의 자식이기도 해. 쇼군, 그러기에 눈물을 머금고 잘못을 처벌해야 한다……고 감히 말하고 있는 것이야. 아비인 내가…… 이 입으로."

4

히데타다는 젖기 시작하는 아버지의 눈을 보고 가슴이 섬뜩했다.

'아무래도 세 가지 조목만은 아닌 것 같다.'

세 가지 조목은 표면적인 이유에 지나지 않고, 정말 원인은 다른 데 있다…… 그렇다면 그것은 무엇일까?

히데타다도 히데요리의 죽음이 이에야스에게 상상 이상의 타격을 주었다고 알고 있었다. 하지만 그의 생각은 여기서 '타다테루의 처벌'까지는 이어지지 않았다.

'그렇게까지 감정에 좌우되어 무리한 일을 단행할 분은 아니다.'

"지당하신 말씀입니다."

히데타다는 천천히 머리를 끄덕이면서 생각했다.

'……타다테루가 오사카 성을 달라고 다시 아버지에게 졸랐기 때문이 아닐까?'

히데타다가 느끼기에는 그렇지는 않은 것 같았다. 타카다 성이 이미 훌륭하게 완성되었고, 그곳이 일본 전체를 통치하는 데 얼마나 중요한 의미를 갖는지는 히데타다가 넌지시 설득한 바 있다. 타다테루도 자신이 설득한 바를 납득한 것으로 알고 있다.

'그럼 무엇이란 말인가?'

역시 다테 마사무네에 대한 의심과 연관되는 것은……? 이렇게 생각했을 때 이에야스가 다시 말했다.

"이 세 조목의 잘못은 용서할 수 없어. 전쟁터에 늦게 나타나고, 형을 업신여기며 아비의 명을 어기는가 하면, 무엄하게도 조정에 무례를 저지르는 오점을 남겼어. 그러한 자가 어떻게 육십여만 석의 영지와 백성을 맡을 만한 그릇이 될 수 있겠는가. 처벌은 물론 쇼군이 할 일이니 중신들과 충분히 상의하여 처리해주었으면 해."

히데타다는 대답 대신 다시 한 번 조용히 아버지를 바라보았다. 아버지 이에야스는 여전히 가슴을 떡 펴고 있었다. 그러나 그 눈언저리에는 고민한 흔적이 역력하고 이마에는 힘줄이 불끈 솟아 있었다.

"쇼군, 아직도 무언가 납득이 안 되는 점이 있는 모양이군."

"예…… 아, 아닙니다. 분명히 지적하신 세 가지 조목은 큰 잘못이라 생각하지만, 여러 가지 이유가 있을지 모릅니다. 일단 이 자리에 타나테루를 불러 해명을 듣고 싶습니다마는, 어떨까요?"

"그런 일은 필요치 않아."

이에야스는 단호하게 고개를 저었다.

"나로서도 자식의 일…… 해명이라면 이 이에야스가 잘 들었다고 생각하면 될 것이야. 물론 그 해명의 말을 듣고 나서 하는 제안이고."

"그러면……"

히데타다는 신중히 아버지의 안색을 살폈다.

"세 가지 조목의 잘못, 이 히데타다의 판단에 따라 죄과罪科를 정하려 합니다마는, 이의가 없으신지요?"

"바로 그 일이야. 쇼군 생각으론 어떤 죄과가 마땅하다고 보는가?"

"우선 근신을 명하여 당분간 칩거…… 이 정도의 경고로 족할 줄로 압니다마는."

"가벼워…… 너무 가벼워."

"그러면 봉록을 삭감하거나 영지를 옮길 필요가 있다……고 생각하십니까?"

"그것도 가벼워."

이에야스는 불쑥 말하고 옆으로 돌아앉았다. 그와 동시에 크게 뜬 눈에서 한 줄기 노인의 눈물이 주름을 타고 흘러내렸다.

"으음."

몸을 앞으로 내밀고 크게 신음한 것은 혼다 마사노부였다.

5

"제가 말씀 드릴 성질의 것이 아닙니다마는, 아직 스물넷도 채 되지 않으신 카즈사 님, 봉록의 삭감이나 영지이전 등의 엄한 처벌은 지나치게 가혹하지 않을지……"

혼다 마사노부는 일부러 문제의 초점을 흐리며 말했다. 그의 판단에 따르면 이에야스는 히데요리를 죽인 보상으로 타다테루도 죽이려 하고 있었다. 이에야스가 다음에 꺼낼 말은 '할복'이라 깨닫고 우선 방벽부터 친 것이었다.

"사도."

이에야스는 약간 비꼬는 투로 말했다.

"그대도 귀가 먹었나보군. 나는 봉록의 삭감이나 영지이전 따위로는 너무 가볍다고 말했어."

"아니, 그럼 그 이상의……"

"그래. 안타깝게도 그릇이 모자라서 저지른 짓만은 아니야."

"그러시면 세 가지 조목 외에도?"

"아냐, 세 가지만으로도 충분해."

이에야스는 쐐기를 박듯이 말했다.

"그의 주변에는 잘못을 깨우쳐주고 올바르게 인도할 만한 인물도 없다. 그렇다면 이대로 내버려두었을 경우 쇼군의 치세에 큰 장애물이 될지도 몰라."

히데타다는 그 한마디로 겨우 아버지의 마음을 알 수 있어 자기도 모르게 한숨을 지었다.

'아버지는 타다테루와 다테 가문의 혼인을 후회하고 계시다……'

다테 마사무네가 어떠한 인물인가는 히데타다도 잘 알고 있었다. 타이코도 오고쇼도 우습게 여기는 대담한 인물이다.

타이코 시대에 이런 이야기가 있었다.

마사무네가 너무나 사람들을 우습게 여기는 오만함을 지니고 있어서, 당시 후시미 성 서원에서 타이코는 이에야스와 마에다 토시나가前田利長 및 마사무네와 함께 잠을 자면서 네 사람이 후시미에 있는 영주를 다회에 초대하자는 제안을 했다.

그 제안은 네 사람이 각각 초청자가 되어 후시미 성 다실에 다이묘들을 초대해서 크게 위엄을 떨쳐 보이자는 것이었다.

타이코는 마사무네가 담당할 손님으로, 서로 사이가 나쁘고 마사무네를 유난히 싫어하기로 유명한 사타케 요시노부佐竹義宣, 아사노 나가마사淺野長政, 카토 키요마사加藤清正, 우에스기 카게카츠上杉景勝 등을 지정했다.

"두고 보게. 다실에서 한바탕 싸움이 벌어질 테니."

타이코의 기대는 보기 좋게 빗나갔다. 마사무네의 손님들 사이에서는 아무 일도 일어나지 않았다. 마사무네가 맨 먼저 내놓은 '야채 국'은 너무 뜨거웠다. 손님들은 모두 입을 데는 사태가 일어났고, 그래서 젓가락으로 입술이나 혓바닥을 누르는 소동이 일어나는 바람에 입씨름을 할 수가 없었다고……

이러한 마사무네였으니, 쇼군 히데타다 따위는 마음속으로 대단치 않게 생각하고 있을 터였다. 타다테루는 그러한 마사무네의 사위가 되었다. 원래부터 기질이 거센 타다테루였다. 타고난 거센 성품에 마사무네의 오만한 배짱까지 곁들여 타다테루 또한 형을 형이라 여기지 않고 우습게 여겼을지도 모른다.

'그렇지 않다면 아버지가 타다테루를 쇼군의 치세에 장애물이 되리라고 했을 리가 없다.'

히데타다는 그렇게 해석하고 이 자리에서는 더 이상 아버지에게 질문을 하지 말아야 한다고 생각했다. 아버지 입에서 '할복'이란 말이 나온다면 타다테루를 구할 길은 막히고 만다.

"아버님 뜻을 잘 알았습니다. 타다테루 문제는 중신들과 상의하여 이 히데타다가 직접 결정하겠습니다."

히데타다의 말에 이에야스는 순순히 고개를 끄덕였다. 그리고 화제를 곧 다음 문제로 옮겼다.

6

이에야스로서도 그 자리에서 더 이상 타다테루의 처벌에 대해 말한다는 것은 견딜 수 없는 고통이었다. 그래서 곧 전후의 상벌문제로 화제를 돌렸다. 그러나 마음은 역시 타다테루로부터 떠나지 않았다.

'난 타이코에 대한 의리에 사로잡혀 그 녀석을 가혹하게 대하고 있는 것이 아니다……'

그러나 사실은 그 반대였다. 이에야스의 마음 어딘가에는 하나의 푸념이라고도 변명이라고도 할 수 없는 감정이 도사리고 있어 사라지지 않았다.

'용서하시오, 타이코. 나는 당신의 아들만을 벌하는 것은 아니오.'

평화에 방해가 된다면 어떤 자라도 제거할 용기가 있어야만 한다, 그 용기를 신불이 나에게 요구하고 계신다…… 이렇게 감정을 추스르고 있었다.

그러나 또 한 사람의 이에야스가 타다테루의 처벌을 결심하게 한 것은 결코 감정의 물결에 휩쓸려서가 아니었다.

'타다테루와 마사무네는 떼어놓아야 한다.'

모든 것은 앞으로의 평화유지를 위해.

다테 마사무네라는 인물에게 타다테루라는 사나운 말을 접근시킨 것은 돌이킬 수 없는 잘못이었다. 아니 타다테루뿐만 아니라, 앞서 선교사 소텔을 마사무네에게 맡긴 것조차 잘못이었다.

소텔을 영지로 데려가 서양식 배를 건조한 뒤로 마사무네의 꿈은 더이상 멈출 줄 모르고 자꾸 커져만갔다…… 마사무네란 그러한 유형의 인물이었다. 마사무네의 꿈 그 밑바닥에는 물론 뽑아버릴 수 없는 전국인戰國人의 '천하 쟁탈병'이란 병균이 도사리고 있었다.

'히데요시도 도둑질하고 이에야스도 도둑질한 천하를 마사무네라고

해서 도둑질 못할 까닭이 있겠느냐?'

이러한 대담한 야심과 꿈을 버리지 못하고 아직도 커다란 횃불을 들고 있는 마사무네에게 이에야스는 경솔하게도 타다테루라는 기름 항아리를 주고 말았다.

말할 나위도 없이 그러한 일은 이에야스의 지나친 자신감에서 나왔다. 마사무네도 세월이 지나면 그런 무모한 생각은 버리게 되리라……이렇게 믿고 그렇게 만들 생각으로 혼사를 맺게 했다. 그런데 보기 좋게 빗나가고 말았다.

마사무네의 패기와 야심은 이에야스가 생각했던 것보다 훨씬 더 크고 훨씬 더 깊었다.

'내가 죽은 후 만약 천하를 어지럽히는 자가 있다면……'

역시 다테 마사무네라는 답이 제일 먼저 나온다…… 그 마사무네에게, 형인 쇼군 히데타다는 너무 고지식해서 상대할 자가 못 된다고 내심 깔보는 타다테루를 손아귀에 쥐어준 꼴이 되고 말았다.

마사무네에게는 자기 사위인 타다테루를 제 형인 쇼군 히데타다에게 대들도록 만들어ㅡ

"도쿠가와 가문의 집안 싸움이로군."

손뼉을 치며 구경하는 것이 참으로 즐거운 일일 터.

'타다테루 녀석에게 분별력이 있다면 그런 것은 전혀 문제도 안 될 테지만……'

그러나 이 타다테루는 왕도니 패도니 하고 입으로는 말하면서도 아직 아버지의 이상理想이나 고심은 전혀 이해하지 못하고 있었다.

'그렇다면 평화유지를 위해서도 처벌해야 한다……'

아니, 처벌이라는 이름으로 우선 마사무네와 타다테루의 인연을 끊게 하지 않으면 이번 오사카 전투보다 더 무의미한 전투를 해야 할지도 모른다…… 이것이 이에야스의 이성이 도달한 비장한 각오였다.

7

'물론 타다테루에게만 엄히 대하려는 것은 아니다……'

이에야스는 당분간 오사카 성의 수비를 명한 손자 마츠다이라 타다아키에게 5만 석을 주고, 정리가 끝난 다음에는 야마토의 코리야마郡山에 옮기게 하라고 히데타다에게 진언하면서도 마음속으로는 타다테루가 가엾어 견딜 수가 없었다.

'쇼군은 내 말을 어떻게 받아들이고 있을까?'

그대로 할복을 명할 것인가?

아니면, 혈육이기 때문에 목숨만은…… 하고 생각할 것인가?

단순한 영지이전이나 봉록의 삭감만으로는 다테 가문에서 데려온 여자와 이혼시킬 수는 없다. 이혼시킬 수 없다면 모든 것이 허사, 마사무네는 다시 야심에 찬 꿈을 꾸게 될 터.

그렇다고 오사카 문제가 해결된 지금 곧바로 오슈를 정벌한다면 신불을 두려워하지 않는 난폭한 행동. 이에야스 자신도 그 일이 끝나기 전에 죽음을 맞이할 터이다.

"오사카 성에 남아 있는 금은은 안도 시게노부에게 감시케 하고, 고토 미츠츠구로 하여금 통화를 주조시키도록……"

일일이 히데타다의 자문에 답하면서, 이에야스는 역시 다시 한 번 타다테루 문제를 거론하지 않을 수 없었다.

"쇼군은 이번 상벌에 대해 당연히 기준을 마련하고 있겠지만, 그 뜻은 어디까지나 왕도에 기초를 두고 있을 테지?"

"예……?"

히데타다는 당황했다.

통화주조에서 갑자기 다시 상벌 이야기로 돌아갔기 때문이다.

"물론…… 그럴 생각입니다."

"그럴 테지. 쇼군은 패기에 못 이겨 무리를 할 사람이 아니니까."

"예."

"그렇기는 하나 전쟁이 끝났다고 해서 공연한 자비심 때문에 화근의 소지를 남긴다면 세이이타이쇼군의 중책을 완수할 수 없어."

"저도 그렇게 생각하고 있습니다."

"카즈사에 대한 문제만 해도 그래…… 혈육의 정으로 영지이전, 영지삭감 정도로 끝낸다면, 아내는 내보낼 수 없을 거야……"

히데타다는 깜짝 놀라 혼다 마사노부를 바라보았다. 그러나 마사노부는 흰 눈썹 밑의 눈을 가늘게 뜨고 표정다운 표정의 움직임을 보이지 않았다.

"아내라고 하시면, 다테 가문에서 출가해온 이로하히메五郎八姬 말씀입니까?"

이에야스는 가만히 고개를 끄덕였다.

"의가 좋다고? 그러므로 불편한 곳이라도, 낮은 신분으로 떨어져도 따라가겠다고 하겠군……"

"아내로서 당연한 일이라 생각합니다."

"그렇다면 안 돼."

"예……?"

"쇼군은 나보다 먼저 에도에 돌아가거든 즉시 다테 가문에 카즈사의 아내를 데려가라고 통보할 것. 여자에게는 죄가 없어. 죄가 있는 것은 타다테루뿐이야."

히데타다는 순순히 고개를 숙였다. 그러나 이에야스의 말에 담긴 깊은 의미까지는 깨닫지 못했다.

'어째서 그런 일을……?'

이런 생각을 하는 순간 히데타다는 이로하히메와 같은 또래인 센히메의 얼굴을 떠올렸다.

'그렇구나, 센히메를 아직 벌하지 않았구나……'

"카즈사의 아내 문제에 대해서는 알겠습니다. 그런데 저로서도 한 가지 부탁이 있습니다."

8

이에야스는 조용히 고개를 끄덕였다.

"카즈사의 아내 문제에 대해서는 알겠습니다."

히데타다의 그 한마디로 마음이 놓였다. 이에야스는 히데타다의 성실성은 믿고 있었다. 이에야스 자신의 참뜻을 깊이 꿰뚫어보지는 못했다 해도 이로하히메와의 이혼은 성립시킬 것이 분명하고, 그렇게 되면 다테 마사무네의 야심도 불붙을 자리를 잃고 자연히 소멸되고 말 것이라 생각했기 때문이다.

히데타다는 이미 다음 문제로 생각을 옮기고 있었다.

"부탁은 다름이 아니라, 센히메 문제입니다."

"센히메……가 어떻게 되기라도 했나?"

"아닙니다. 그대로 후시미에 데려가기는 했습니다마는, 그 처분 또한 히데타다에게 일임해주셨으면 합니다."

이에야스는 뜻하지 않은 자리에서 가엾은 손녀의 이야기가 나오자 눈이 휘둥그레졌다.

"센히메의 처리……라니 그건 무슨 말인가?"

"그 아이는 이혼하고 성에서 나온 것이 아닙니다. 따라서 도요토미 가문의 오사카 성이 없어졌다 해도 이치로 보아 제 딸이라고는 할 수 없습니다."

"그럼, 쇼군은 아직도 센히메가 도요토미 가문 사람, 도요토미 가문의 미망인이라 보고 있다는 말인가?"

"그렇습니다."

딱 잘라 말했다. 이에야스도 그만 당황했다. 앞으로는 더욱 엄하게 법도를 세워야 한다고 한 이에야스의 주장에 이러한 반발의 복병이 있을 줄은 생각지도 못했다.

"으음…… 그렇다면 좋아."

이에야스는 겨우 한 가지 생각을 떠올렸다.

"이 문제는 코다이인의 선례에 따르는 것이 어떨까? 코다이인은 타이코의 미망인, 그래서 얼마 동안 산본기三本木에서 자유롭게 살도록 했다가 불심佛心에 따라 지금의 절을 지어주었어. 그것을 선례로 삼아 센히메 문제도……"

그때 히데타다는 자세를 가다듬고 아버지의 말을 가로막았다.

"그것과 이 일은 별개의 문제라고 생각합니다."

"허어……"

"코다이인은 아버님에게 후일을 간곡히 부탁하고 돌아가신 타이코의 정실 부인. 센히메는 천하의 모반자로 끝까지 저항하다 패한 우다이진의 아내입니다."

"으음."

"이 두 가지를 혼동하면 앞으로 천하를 다스리는 데 공과 사의 구별을 하지 못하는 우리 가문의 수치가 될 것입니다. 그러므로 그 처벌에 대해서도 저에게 일임해주십시오."

이치……로 보아 분명히 그렇게 해야 할 일. 이에야스는 적잖이 당황했다.

'이것이 히데타다의 왕도인가……?'

도리와 법도는 지켜야 한다. 그러나 그 위에는 더 큰 자연의 법칙이 있다. 어떤 자라도 그 테두리를 벗어날 수 없는 법칙 주위에는 '인정'

이라는 커다란 울타리가 쳐져 있다. 이 인정은 도덕이나 인위적인 법도 밑에 있지 않다. 그대로 신불의 뜻에 따라 뿌리내려 있다.

"쇼군, 이 점은 쇼군의 생각이 잘못된 것 같은데…… 인정마저 무시해야만 천하를 다스릴 수 있다……고 하면, 인간을 위한 것이라 보기 어려워. 인정을 떠난 왕도란 있을 수 없다고 생각하는데 어떨까?"

9

히데타다는 고개를 갸웃하고 잠시 생각하다가—

"그 인정에 대해서입니다마는……"

입을 열었다.

"센히메에게 엄히 대하는 것은 타다테루 처벌과 같은 의미로 세상에서는 받아들이리라 생각합니다."

"뭐, 카즈사노스케 처벌과 같은 의미로……?"

"예. 제가 카즈사노스케에게 무거운 벌을 내리고 이로하히메와의 이혼을 강요합니다. 그때 카즈사노스케가 센히메는 어떻게 하겠는가…… 반문한다면 저는 대답할 말이 없습니다. 자기 딸은 덮어주고 동생만 엄히 벌한다…… 세상에 유포되고 있는 형제 불화의 소문을 일부러 뒷받침하는 결과가 됩니다. 그러므로 카즈사노스케의 처벌과 마찬가지로 센히메 문제도 제게 일임해주시기를…… 그렇게 해야만 결국은 아버님이 말씀하시는 인정과도 통하는 처리가 될 줄로 압니다."

이에야스는 하마터면 기침을 할 뻔했다.

'그런가, 그렇게 생각하고 있었구나.'

"쇼군의 고지식한 기질로는 결코 무리가 아닌 배려지만, 그런 생각은 큰 잘못이야."

"아니, 어째서입니까?"

"생각해보아라. 세상의 소문이나 반응은 어쨌든지, 타다테루의 입장과 센히메의 입장은 전혀 달라. 같은 것이 있다면 타다테루는 아우, 센히메는 딸이라는 혈육의 감정뿐…… 이 감정의 구애를 받아 양쪽을 모두 처벌해야 한다……는 생각은 아녀자가 내세우는 의리, 결코 차원 높은 인정의 이행이 아닐 것이야."

"……과연 그럴까요?"

"알겠나, 타다테루는 왕도에 따라 세상을 개조하겠다는 내 뜻을 이해하지 못하는 불초자식이야."

"……"

"더구나 그 불초자식은 육십만 석 영지와 백성을 위임받은, 권력도 무력도 가진 사나이야. 이러한 그가 실제로 세 가지 큰 죄를 범했어. 이에 비해 센히메는 아무런 힘도 없는 불쌍한 여자가 아닌가."

"예…… 예."

"그리고 센히메는 히데요리와 같이 죽지 않겠다고 도망쳐나온 게 아니라, 남편과 시어머니의 목숨을 구하려고 내 진중에도 쇼군의 진중에도 탄원한 열녀인 거야. 일이 잘못되어 남편도 시어머니도 자결하고 말았어…… 쇼군."

"예."

"센히메를 쇼군의 딸이라 생각하지 않고, 또 내 손녀라고도 생각하지 않고…… 다만 한 사람의 불행한 여자……라고 보았을 때 가엾다고 생각하지 않나?"

히데타다는 꼿꼿이 상체를 세운 채 눈을 감고 침묵을 지켰다.

"가엾을 것이야…… 가엾다고 생각하지 않는다면 사람이 아니지. 내가 자연스러운 인정을 소중하게…… 여겨야 한다고 한 것은 바로 이런 경우를 두고 한 말. 차원 높은 인정이란 그 뜻과는 달리 야기된 불행의 밑바닥에 있는 자에 대한 위로나 동정을 말하는 것이야. 그런 인정이 없다면 이 세상은 메마른 모래밭과도 같아…… 따뜻한 인간미는 근절되고 말아……"

이에야스는 가볍게 눈시울을 닦았다.

"센히메의 행동은 오사카에서 산본기의 집으로 옮겨 오로지 타이코의 명복만을 빌어온 코다이인에 비해 결코 모자라지 않아. 코다이인의 선례를 따르는 것이 좋아. 히데요리와 함께 죽지 않은 것은 잘못…… 이라 생각한다면 그건 좀 소견이 좁은 쇼군의 고집이야."

그때 히데타다는 눈을 뜨고 ——

"그 점은 아직 납득이……"

고개를 저었다. 눈에 핏발이 서 있었다.

10

이에야스는 깜짝 놀라 목소리를 떨었다.

"아직…… 아직도 납득이 안 된다는 말인가, 쇼군은?"

어느 모로 보나 뜻밖이었다.

지금까지 거의 아버지를 거역한 일이 없는 고분고분한 성격. 센히메를 처벌하면 안 된다는 의견은 아버지로서 당연히 기뻐해야 할 것이고, 기뻐하리라 기대하고 있었다. 그런데 눈에 핏발까지 세우고 항변하다니 어찌 된 일인가?

"알고 싶다, 센히메를 처벌해야 하는 이유를!"

히데타다는 똑바로 아버지에게 시선을 보내고 조용히 호흡을 가다듬었다.

"아버님은…… 보기 드물게 비범하신 분입니다."

"그, 그것이 어쨌다는 건가?"

"백 년에…… 아니, 천 년에 한 분 태어날까 말까…… 이 히데타다의 측근들은 두려워하며 존경도 하고 있습니다."

"그게 어쨌다는 것인지 묻고 있지 않은가!"

"이처럼 비범한 분이시지만…… 이대로 영원히 사신다고 할 수 없습니다. 그러므로 히데타다로서는 아버님과 다른 평범한 길이 있어야 한다……고 생각합니다."

"돌려서 말할 필요는 없어. 어째서 가엾은 센히메를 못 본 척해야 한다는 것인지…… 어서 그 까닭을 알고 싶어."

이에야스는 안타깝다는 듯 사방침을 두드렸다. 히데타다는 이에야스의 말에 선뜻 응하지 않았다. 더욱 침착해지려 노력하는 빛이었다.

"아까 말씀하신 인정이란 한마디만 해도 아버님 인정과 히데타다의 인정에는 큰 차이가 있습니다. 히데타다의 인정은 아직도 자기 몸을 꼬집어보아야 남의 아픔을 알 수 있을 정도…… 이따금 자기 몸을 꼬집지 않으면 남의 아픔을 잊을 정도로 얕고 어리석은 자입니다."

"잠깐!"

이에야스가 가로막았다.

"그렇다면 쇼군은 자기 몸을 꼬집어…… 그 아픔을 잊지 않기 위해 센히메를 용서하지 않겠다는 것인가?"

무섭게 추궁하여 상대의 기세를 꺾으려 했다.

"그렇습니다."

히데타다는 뜻밖에도 딱 자르듯 그 말을 긍정했다.

"센히메에게도 자결을 권하여 도요토미 가문의 뿌리를 끊지 않으면, 어리석은 저로서는 평화로운 시대를 반석 위에 올려놓을 자신이 없습니다."

"뭣이, 도요토미 가문의 뿌리를 끊지 않으면?"

"예. 센히메는 임신하고 있을지도 모릅니다."

"그렇다면 참으로 반가운 일! 쇼군도 알고 있을 것이야. 타케다 카츠요리武田勝賴가 텐모쿠잔天目山에서 자결했을 때 나는 그 혈연을 찾았어. 혈통을 끊는다…… 이런 것은 신불이 용서치 않아. 센히메가 임신……이라면 더더욱 자결은 안 되는 일. 그 아이들이 성장할 무렵에는 세상이 크게 달라질 것이야. 이미 난세의 증오 같은 것은 먼 옛날이야기가 될 터."

"하지만 그렇지 않은 까닭이 있습니다."

히데타다가 다시 냉정하게 반론을 폈다.

"그렇게 하면 이 히데타다는 방자하기 짝이 없는 몰인정한 인간으로 추락합니다. 하루 이틀 안으로 히데요리의 아들 쿠니마츠國松가 잡혀 오게 되는데, 저는 그에 대한 처형을 이미 명했기 때문입니다……"

11

이에야스는 자기 귀를 의심했다.

"뭐라고, 히데요리의 아들을?"

"예."

히데타다는 눈썹을 치켜올리고 강하게 고개를 끄덕였다.

"쿠니마츠는 이세伊勢의 미천한 여자가 낳은 자식입니다."

"그런 아이라면 처음부터 성안에는 있지 않았다. 진작 도요토미 가문과는 인연을 끊고 쿄고쿠京極 가문에 출입하는 상인의 손에…… 곧 쿄고쿠의 미망인 죠코인常高院의 손에 맡겨져, 정세가 어떻게 변하건 무사히 살 수 있도록 신분이 낮은 자에게 양육되고 있을 터…… 그런 아이를 일부러 찾아내서 어떻게 하겠다는 말인가. 찾아내면 문제가 복잡해진다. 잊어버리면 끝나는 일이야."

"그런데 그럴 수 없게 되었습니다."

"그럼, 참견하기 좋아하는 어떤 자가 고발이라도 했단 말이냐?"

"예. 그자의 이름은 말씀 드리지 않겠습니다. 어쨌든 찾아내어 며칠 안으로 저에게 끌고 오게 되어 있습니다."

"이 무슨 당치도 않은 짓!"

이에야스는 얼굴을 찌푸리고 혀를 찼다. 그리고 다시 한 번 놀랐다.

"큰일났구나! 그럼, 쇼군은 그 아이의 처형을 명했다는 말이냐?"

"모반자의 자식……이라면 벌해야 합니다. 그런데도 용서했다…… 고 하면 다른 자들도 처형할 수 없고, 따라서 천하에 본보기를 보일 수 없습니다."

"그, 그런 일은……"

이에야스는 다그쳤다.

"쇼군이 직접 할 필요가 없어. 이타쿠라에게 맡기도록. 카츠시게가 적절하게 조치할 테니."

히데타다는 그 말을 기다리고 있었다는 듯이 ──

"쿠니마츠의 처형을 결정한 것은 그 이타쿠라 카츠시게입니다."

"뭐, 카츠시게가……?"

"카츠시게에게는 그 나름대로 깊은 생각이 있는 것 같습니다. 쿠니마츠의 존재가 세상에 알려져 그 은신처를 고발한 자가 있었다, 그대로 두고 모른 체한다면 다른 자를 처벌해야 한다고 했습니다."

"다른 자……라니 누구인가?"

"예, 죠코인 일가, 쿄고쿠 가문입니다."

이에야스는 깜짝 놀라 입을 다물었다. 과연 일리가 있었다.

모반자 히데요리에게 쿠니마츠라는 아들이 있었다…… 더구나 그 아들은 쿄고쿠 집안의 은밀한 비호 아래 자라고 있었다……는 사실이 세상에 알려지고 말았다.

　쿠니마츠가 어디로 도피했는지 행방을 모른다고 내버려둘 수는 있다. 그러나 쿄고쿠 일족이 모습을 감출 수는 없다. 그렇다면 쿠니마츠를 도피하게 만든 책임자로 쿄고쿠 가문은 없애야만 한다.

　"으음, 그런가."

　이타쿠라 카츠시게로서는 쿠니마츠를 묵인하느냐, 요도 부인의 동생으로 그처럼 열심히 평화를 위해 노력한 쿄코인 일족의 안녕을 도모하느냐 하는 양자택일의 입장에 놓여, 쿠니마츠의 처형을 히데타다에게 상신했을 터.

　"그런 까닭으로 히데요리 모자를 자살로 몰아넣은 히데타다는 쿠니마츠도 처형할 것입니다. 따라서 인정을 버리고…… 제 자식인 센히메도 이대로 용서할 수 없습니다. 이 점을 이해해주십시오."

　과연 히데타다다운 슬픈 결심의 소산이었다. 이에야스는 망연자실한 표정으로 시선을 돌렸다……

후림불

1

'전쟁'이라는 엄청난 악업惡業은, 이를 근절시키려고 노력하는 자에게 도리어 불가사의한 희생을 강요하게 된다.

전쟁을 근절시키려는 이에야스의 비원은 물론 불교에서 말하는 대자대비大慈大悲에 뿌리를 두고 있었다. 이러한 바탕 아래서 전쟁을 뿌리뽑으려고 하면, 그 움직임은 표면적인 인간의 애증과 깊은 관련을 갖게 된다.

쿄토, 오사카는 현재 그와 같은 표면적인 인간의 애증을 추구하는 사람들에 의해 패배자 사냥이 집요하게 되풀이되고 있었다. 아니, 그것은 지금까지의 상식이기도 했다. 이유는 아주 간단했다. 적으로 싸운 자의 유족을 모조리 근절시킴으로써 원한의 대상이 되지 않으려는 복수 기피의 본능 바로 그것 때문이었다.

이런 상식으로 본다면 히데요리의 아들 쿠니마츠 또한 커다란 증오의 대상이 된다.

"분명히 히데요리에게는 아들이……"

그때 이미 오미츠於みつ가 낳은 딸의 처리문제는 결정되어 있었다.

여자아이에 대해서는 별로 책임을 추궁하지 않는 상식에 따라 센히메의 양녀로 맡겨지고, 후에 센히메가 절로 보내기로 되어 있었다.

그러나 남자아이는 그렇지 않아, 히데타다 측근에서는 자연스럽게 그것이 문제시되기 시작했다.

"쿠니마츠의 일이라면 걱정할 것 없네."

혼다 마사노부는 말했다.

"진짜 아들인지조차 의심스러웠어. 히데요리가 너무 어렸을 때의 장난이었으니까. 사실은 다른 사람의 씨……라 하여 태어나자마자 죠코인 님이 측근에서 물러가게 해 어느 상인의 자식으로 양육되고 있을 것일세. 어쩌면 죽었을지도 모르지. 좌우간 본인은 내력도 모르고 있을 테니 상관할 것 없어."

"그런데, 그렇지가 않습니다."

이렇게 말한 것은 이이 나오타카였다고.

"히데요리는 나중에 일부러 그 아이를 성안으로 불러 귀여워했다고 합니다."

이 소문은 거짓말이 아니었다.

히데요리가 일부러 되찾아오지는 않았다. 실은 그 아이와 이모할머니 사이인 쿄고쿠 집안의 죠코인이 어느 상인에게 주었다. 그런데 지난 겨울 전투가 벌어진다는 소문이 돌았을 때 그 상인이 뒷날의 화근이 두려워 오사카 성으로 돌려보냈다……는 것이 진상이었다.

그런 의미에서 쿠니마츠의 출생은 처음부터 저주받았다고 할 수 있다. 그 아이가 히데요리의 씨라는 말을 듣지 않고 도요토미 타이코의 손자라는 말을 듣지 않았다면 이러한 불운은 찾아오지 않았을 터.

세상 상식으로는 에도와 오사카가 손을 잡고 선생을 빌면 당언히 승리는 에도 쪽…… 이렇게 되었을 때 만약 타이코의 손자를 숨기고 있었다면 자기는 파멸……이라고 생각한다.

사실 죠코인이 나중에 센히메의 몸에서 태어날 아들을 꺼려 요도 부인과 상의한 끝에 쿠니마츠를 양자로 보낸 상대는 와카사若狹의 상인이었다. 그는 후시미의 노진쵸農人町에서 건어물 가게를 내고 있는 토이시야 야자에몬砥石屋彌左衛門이란 사람이었다.

죠코인은 쿄고쿠 집안의 가신 타나카 로쿠자에몬田中六左衛門을 통해 쿠니마츠를 양자로 보낼 때——

"유서 있는 분의 핏줄이므로 상속자로 삼게 할 것."

다만 이 말만 하고 보냈는데, 로쿠자에몬이 신분을 누설했던 듯.

2

쿠니마츠를 맡은 토이시야 야자에몬은 젊어서 과부가 된 제수를 유모로 삼아 일곱 살까지는 이 비밀을 오히려 즐겁게 여기면서 소중히 키워왔다. 도요토미 타이코의 손자로서 지금도 세력이 당당한 오사카 성주의 사생아…… 이 사실만으로도 상인의 아들로서는 비밀이 너무 엄청났다.

'언젠가 부름을 받아 큰 다이묘로 등용될지도 모른다.'

그러한 꿈도 확실히 있었다.

지금은 도쿠가와 가문에서 출가해온 정실 부인을 꺼리고 있지만 부자간의 정은 끊을 수 없다. 이윽고 다시 부름을 받아…… 이런 꿈을 안고 기품이 떨어지지 않도록 은밀히 로쿠자에몬을 청해 무신으로서의 예절을 가르치고 글공부도 시켰다.

그런데 사정이 돌변했다. 드디어 도쿠가와 가문과 도요토미 가문이 싸우게 될 것 같았다.

겨울 전투가 일어나기 석 달쯤 전의 일이었다. 야자에몬은 깜짝 놀라 다시 로쿠자에몬을 통해 도로 데려가라고 청했다.

"고귀한 분의 핏줄은 우리 같은 상인으로서는 황송하여 키울 수 없습니다. 제발 데려가주십시오."

당시 죠코인은 이에야스의 은밀한 부탁을 받아 오사카 성에 있으면서 계속 화친을 주선하고 있었다. 그때 쿄고쿠 집안 중신들이 독단적으로 쿠니마츠를 데려와 죠코인에게 보냈다. 그 무렵 죠코인은 자기 힘으로 화친을 성립시킬 수 있으리라 믿고 있었다. 그렇지 않았다면 다시 되돌려보냈을 터였다.

이렇게 해서 오사카 성에 돌아오게 된 쿠니마츠의 생애는 바람에 날리는 깃털처럼 변해갔다.

히데요리는 일곱 살이 된 쿠니마츠를 보고 애정보다 흥미를 느꼈다. 다시 생모를 불러들이고, 쿠니마츠를—

"도련님."

이렇게 부르게 했다.

센히메에게는 아직 자식이 없었다. 칸토와의 사이가 좋지 못한 때였으므로 우울함을 푸는 기분전환이 되기도 했다. 이 일은 쿠니마츠보다 그 생모를 더 기쁘게 했다. 다시 히데요리의 측근에 돌아와 총애를 받게 되었을 뿐만 아니라, 센히메가 자식을 낳지 못하는 여자라면 자기 자식이 후계자가 될지도 모른다는 꿈. 그러나 이 꿈도 여름 전투를 맞이하면서 뜬구름처럼 무산되고 말았다.

다행히 쿠니마츠를 키운 야자에몬의 제수가 유모로서 오사카 성에 들어와 있었으므로, 그녀를 통해 다시 노진쵸에 있는 야자에몬의 집에 보내졌다.

야자에몬은 깜짝 놀랐다. 같이 온 일행은 앞서 인연을 맺은 타나카 로쿠자에몬 부부와 유모, 그리고 역시 쿄고쿠 가문의 가신으로 오츠大

津에서 부교奉行°로 있는 소고宗語라는 자의 아들로 쿠니마츠의 놀이
동무로 있던 11, 2세 된 소년이었다.

타나카 로쿠자에몬 부부는 그렇다 치고, 1년 남짓이기는 하지만 오
사카에서 도련님 대우를 받은 쿠니마츠. 유모와 놀이동무인 소년까지
그곳의 관습에 따라 부하가 되어 있었다.

'도저히 우리 집에는 둘 수 없다……'

만약의 경우를 생각하여 절친한 사이인 그곳 카가加賀 무리의 숙소
인 자이모쿠야材木屋라는 집에 맡겼다.

그 집에는 카가의 무사들이 자주 숙박했다. 그러므로 눈에 잘 띄지
않으리라 생각했는데, 오히려 더 빨리 소문이 나는 결과가 되었다. 소
문이 났을 무렵에는 오사카 성이 함락되어 쿠니마츠의 아버지도 어머
니도 이 세상을 떠났다. 그리고 오사카와 쿄토 일대에서는 패잔병 사냥
이 벌어지고 있었다……

3

"카가 무리의 숙소인 자이모쿠야에 이상한 아이가 있다."

이런 소문이 나돌기 시작한 것은 오사카 성이 함락된 4, 5일 후부터
였다.

"이상한 아이라니, 무엇이 이상한가?"

"나이는 일고여덟, 살 가량. 근처 아이가 이름을 물었더니, 내 이름은
도련님이라고 대답하더라는 거야."

"뭐, 도련님……?"

"그래. 언제나 열한두 살 되어 보이는 부하를 데리고 다니는데, 그
아이도 도련님이라 부르고 있다더군. 도대체 뉘 댁 도련님일까?"

이런 소문이 그대로 넘어갈 리 없었다. 오사카의 잔당인 듯싶은 자는 고발하라는 포고가 내렸기 때문에 매일 여기저기서 고발자가 속출하고 있을 때였다.

당시 후시미의 경비는 이이 나오타카가 맡고 있었다. 그 이이에게 누가 고발했는지는 확실치 않다. 물론 조사하러 갔던 자도 신분이 높은 듯하다……는 정도만 알았을 뿐, 그 아이가 히데요리의 아들 쿠니마츠라고는 생각지도 못했다.

"그대의 집에 도련님이라 일컫는 수상한 아이가 있다는데, 이리 데려오지 않겠나?"

자이모쿠야 주인은 깜짝 놀라서 유모에게 알리고, 유모는 뒷문을 통해 타나카 로쿠자에몬에게 달려가 그 말을 했다.

로쿠자에몬은 새파랗게 질렸다. 좀더 일찍 와카사로 옮겨놓았더라면 좋았을 것을, 쿄고쿠 가문의 노신들 사이에도 반대하는 자가 있고 하여 결정이 늦어졌다.

로쿠자에몬이 옷을 갈아입고 자이모쿠야 가게 앞에 나타났을 때 이미 사태는 걷잡을 수 없게 되어 있었다.

타나카 로쿠자에몬은 쿄고쿠 타다타카京極忠高의 사생아로 둘러댈 생각이었다.

"무슨 혐의로 이러시는지는 모르겠습니다마는, 도련님이라 한 것은 저희 주군의 핏줄이기 때문입니다. 즉시 영지로 모셔갈 것이었는데 바쁘다 보니 오늘까지 늦어져서……"

타나카 로쿠자에몬은 정중하게 말했다. 상대는 떠름한 표정으로 그의 말을 제지했다.

"참, 이상한 일이군. 여기 있는 여자의 말과 그대의 말은 앞뒤가 맞지 않아."

로쿠자에몬은 당황한 나머지 관리 앞에 끌려나와 있는 유모를 미처 깨닫지 못했다.

"그대는 방금 쿄고쿠 님의 핏줄……이라고 했지?"

"그렇습니다."

"그런데 이 여자는 그렇게 말하지 않았어. 이봐, 그대가 말한 대로
다시 한 번 말해보도록."

"예…… 예. 제가 모시는 도련님은 이 세상에 둘도 없는 고귀한 분의
아드님이라고……"

"이 세상에 둘도 없다……면 보통 분이 아니군. 그분 이름은?"

"그, 그것은 말씀 드릴 수 없습니다!"

당황하는 유모의 모습을 본 로쿠자에몬은──

"아차!"

입술을 깨물었다.

세상에 둘도 없는 고귀한 분…… 그러한 말로 상대의 흥미를 끌었으
니 이름을 대지 않을 수 없었다.

"말씀 드리겠습니다. 여기에는 깊은 사연이 있습니다. 쇼시다이 이
타쿠라 이가노카미板倉伊賀守 님께 직접 말씀 드리고 싶습니다. 주선
해주십시오."

그때는 이미 다른 일대가 낮잠을 자고 있던 소고의 아들과 쿠니마츠
를 방에서 끌어내고 있었다.

4

유모인 토이시야의 제수는 강한 기질의 여자였다. 같은 후시미의 장
사꾼 집안 출신이었는데 유모로 오사카 성에 들어가 있었기 때문에 지
금은 완전히 '충성'이 몸에 배어 있었다. 아니, 그보다 히데요리의 아

들이라고 하면 말단관리로서는 황송하여 손을 대지 못할 것이라 착각하고 있었다.

그녀 뒤에는 쿄고쿠 집안의 미망인이 있었다. 미망인은 코다이인이나 오고쇼와도 친하므로, 그쪽에 손을 쓰면 이이도 이타쿠라도 문제가 아니라고 생각했다. 그래서 마지막 수단으로 결국 쿠니마츠를 타이코의 손자라고 내세웠다.

"무례한 짓은 삼가라. 감히 너희들이 손을 댈 분이 아니다."

"그럼 누구란 말이냐, 이 아이는?"

타나카 로쿠자에몬이 당황하여 입을 다물게 하려 했다. 그러나 벌써 유모는 길길이 날뛰며 쿠니마츠의 이름을 입밖에 내고 말았다.

"황송하게도 이분은 도요토미 타이코 님의 손자이신 쿠니마츠 님이시다."

"쉿."

로쿠자에몬이 제지했다. 그러나 쏟아진 물을 다시 주워담을 수는 없다. 자이모쿠야의 집 앞에 구경꾼들이 꾸역꾸역 모여들어 일제히 술렁거리기 시작했다.

"아니! 그럼 저 아이가 우다이진 님의······"

지금 쿄토와 오사카에서 가장 사람들의 흥미를 끌고 있는 비극의 주인공이 등장했다.

"쿠니마츠 님이 잡혔대."

"쿠니마츠 님이······?"

이 소문은 그대로 쿄고쿠 집안의 흥망과 관계되는 큰 사건으로 번지고 말았다.

"쿄고쿠 집안의 가신이 숨기고 있었다는군."

그렇다면 이 일은 반역이라고도 볼 수 있었다.

"쿄고쿠 집안과는 아무 관련도 없습니다. 고귀한 분의 핏줄이기는 하나 제가 양자로 삼은 아이이므로……"

타나카 로쿠자에몬은 필사적으로 변명하면서 이이 나오타카의 진지로 끌려가 그곳에서 다시 쇼시다이에게 인계되었다. 물론 유모도, 소고의 아들도 함께였다.

이이 나오타카는 마침 진중에서 점심식사를 하고 있었다. 끌려온 쿠니마츠를 걸상에 앉히고 도시락을 주었다.

"네 이름이 도련님이냐?"

"그렇다. 도련님이다."

"으음. 도련님은 술을 마실 수 있나?"

"주면 마실 수도 있다."

"그런가, 그럼 따라주어라."

쿠니마츠는 붉은 잔에 가득 따른 탁주를 맛있게 들이켜고 잔을 앞에 놓았다.

나오타카는 웃으면서 그 잔을 집어 자기도 한 잔 따랐다.

"무운이 막힌 도련님의 잔, 내가 마셔서는 안 될 술이지."

생각을 바꾼 듯 들었던 술잔을 던져버렸다.

순간 유모가 외쳤다.

"무례하구나!"

"뭣이?"

"황송하게도 우다이진 님의 유아, 제대로 된 세상이라면 그대 따위는 앞에 나설 수조차 없는 신분이다. 그런 분의 잔을 던지다니 예의도 모르는 촌뜨기 무사로구나."

나오타카는 여자의 무서운 욕설에 쓴웃음을 지었다.

"이건 놀라운 충성심…… 쿄고쿠 집안까지 끌고 들어가 죽고 싶은 모양이군."

그날 중으로 쿠니마츠는 이타쿠라 카츠시게의 손에 넘겨졌다.

5

이타쿠라 카츠시게는 쿠니마츠를 목욕시키게 하고 나서 유모에게 그가 좋아하는 음식이 뭐냐고 물었다. 그는 나이가 지긋하고 태도도 은근해서 유모도 온순해져 있었다.

"와카사의 가자미를 좋아하십니다."

"으음, 그러면 쪄서 말린 가자미겠군. 곧 구해드리도록 하지."

이렇게 말하고 카츠시게는 깊이 탄식했다.

"그대의 도련님은 틀림없는 히데요리 님의 유아인가?"

"예. 절대로 틀림없습니다. 쿄고쿠 님의 미망인으로부터 타나카 로쿠자에몬 님 내외의 손을 거쳐 토이시야 야자에몬이 양육했습니다. 틀림이 있을 리 없습니다."

"그대는 언제부터 유모로 있었나?"

"양육을 맡은 한 살 때부터입니다."

"그대의 이름은?"

"토이시야 야자에몬 집안에서 분가한 야사부로彌三郎의 홀어미로 이름은 라쿠라고 합니다."

"그러니까 젖먹이 때부터 키웠단 말이군. 사랑스럽겠어."

"물론입니다…… 목숨을 바쳐서라도 지켜야 할 분입니다."

"만약……"

카츠시게는 다시 크게 한숨을 쉬었다.

"쿄고쿠 집안의 미망인으로부터 타나카 아무개의 손을 거쳐 토이시야에게 갔다는 경로에 틀림은 없다…… 그러나 미망인이 그 아이가 실은 히데요리 님의 아들이 아니다……고 하신다면 어떻게 하겠나. 진실을 아는 것은 미망인인 죠코인 님밖에 없을 테니 말이야. 그대들은 소문만 믿고 그렇게 생각해버린 것이 아닐까?"

"당……당치도 않습니다. 어떻게 그런 일이 있을 수 있겠습니까. 실제로 저는 성안에 들어가기까지 했습니다."

"바로 그것이야. 그때는 겨울 전투 직전이어서 성안에서도 여러 가지로 정신이 없을 무렵이었지. 그러므로 자세히 알아보지도 않고 그대로 둔 것……이라고 나도 죠코인에게 들었는데."

"그분이 그런 말씀을……?"

유모는 혀를 차고 몸을 앞으로 내밀었다.

"죠코인 님을 뵙게 해주십시오. 이제 와서 가짜……라는 말을 듣는다면 도련님의 입장이 어떻게 되겠습니까? 실제로 성안에서는 자주 아버님의 무릎에도 안기시고……"

"잠깐!"

카츠시게는 씁쓸한 얼굴로 가로막았다.

"그대는 그렇게 믿고 있는 모양이지만, 내가 조사한 바로는 그렇지 않아. 아무래도 타나카 아무개라는 자가 그대들에게 엉뚱한 소리를 한 것 같아."

"아니, 그 타나카 로쿠자에몬 내외가……?"

"그래. 죠코인 님이 부탁하신 아드님은 타나카 아무개의 집에서 틀림없이 죽었다는 거야."

"예……? 그런, 그런 일이."

"내 말을 들어. 그래서 로쿠자에몬은 토이시야와의 약속 때문에 난처해져 자기 아들을 양자로 주었다는 소문이야. 만일 그렇다면 무엄하기 짝이 없는 일. 그 후 이 아들을 히데요리 님 아드님이라 꾸며, 잘하면 오사카 성 주인이 될지 모른다는 악한 마음을 먹고 되찾아왔다고 하는데…… 어떤가, 그대로서는 그렇게 짐작되는 일이 없나?"

카츠시게는 이에야스의 실망이 얼마나 클지 잘 알고 있었기 때문에 쿠니마츠만은 구하고 싶었다. 아니, 악당은 타나카 아무개……라고 하여 쿠니마츠도 구하고 쿄고쿠 집안의 은닉죄도 모면케 해주고 싶은 마음뿐이었다⋯⋯

6

카츠시게는 일부러 유모 한 사람만을 거실에 불러 이 여자의 기억을 교묘하게 교란시킬 생각이었다.

실은 잡힌 아이는 이전에 쿄고쿠 집안을 섬겼던 떠돌이무사의 자식이었다. 그것을 히데요리의 자식이라고 속인 발칙한 자⋯⋯ 이렇게 되면 그 부모도 자식도 멀리 추방하는 것 정도로 문제는 해결된다. 소문내기 좋아하는 세상에서도 납득할 것이고, 타나카 아무개는 무사이기 때문에 카츠시게의 마음을 읽고 기꺼이 어딘가로 몸을 숨길 것이라는 계산이었다.

'그러기 위해서는 먼저 유모의 입을 막아야 한다⋯⋯'

그런데 이 유모는 그렇게 쉽게 카츠시게의 암시에 걸려 기억에 혼란을 가져올 여자가 아니었다. 그녀의 생각은 카츠시게와는 반대인 듯했다. 이 아이가 정말 히데요리의 자식이라는 사실이 증명된다면 틀림없이 살 길이 있다. 그런데 감히 가짜라고 하다니 죽일 모양이라고 생각한 것 같다.

"쇼시다이 님에게 말씀 드리겠습니다."

유모는 눈을 치켜뜨고 대들었다.

"도련님이 로쿠자에몬의 아들⋯⋯ 그런 터무니없는 소문을 퍼뜨리는 자는 이이 님의 가신들이겠지요. 이이 님이 너무 무례한 행동을 해보다못해 제가 꾸짖었습니다. 여기에 앙심을 품고 그런⋯⋯"

"그렇지 않아!"

카츠시게는 안타까웠다. 끝내 암시를 눈치채지 못한다면 자신의 심중을 은근히 털어놓을 수밖에 없었다.

"나는 타나카 로쿠자에몬인가 하는 자의 입에서 직접 들었어."

"예? 로쿠자에몬이 그런……"

"그래. 지금 불러다 대질시키겠다. 마음을 가라앉히고 잘 들어야 한다. 로쿠자에몬이 하는 말이 사실이라면 가증스런 놈이기는 하나 부자를 모두 추방…… 그대는 사실을 모르고 그런 생각을 했으니 별로 처벌하는 일은 없을 것이다. 토이시야를 부를 테니 그렇게 알도록."

말끝에 무한한 수수께끼를 풍기면서 카츠시게는 손뼉을 쳐 부하를 불렀다.

"타나카 로쿠자에몬 부부를 데려오너라."

순간 유모는 깜짝 놀랐다.

'그런 일이 있을 리 없다.'

그녀가 알기에 타나카 부부에게는 자식이 없었다…… 있었다면 소고의 아들을 굳이 오츠에서까지 불러 놀이상대로 삼았을 까닭이 없지 않은가……?

무언가 내막이 있을 것 같다는 일말의 의혹을 품었다. 그러나 아직 유모는 카츠시게를 방심하지 못할 적이라 생각하고 경계했다.

타나카 부부가 불려왔다. 아내는 유모 이상으로 겁을 먹고 있었으나, 로쿠자에몬은 과연 무사답게 침착성을 버리지 않고 있었다.

"그대가 타나카 로쿠자에몬인가?"

"그렇습니다."

"그대는 무엄하기 짝이 없는 자, 카가의 무리가 묵는 숙소인 자이모쿠야에 숨겨둔 그대의 친자식을 무슨 이유로 큰 죄인인 쿠니마츠라고 속였느냐? 쿠니마츠라고 하면 도요토미 가문의 옛 영지라도 줄 거라 생각했더냐? 만일 그렇게 생각하고 한 장난이라면 어이없는 짓이야.

히데요리는 천하의 모반자, 아들 쿠니마츠는 당연히 처형이다. 그래도 그대의 자식이 아니라는 말인가?"

"황송하오나……"

로쿠자에몬은 얼른 입을 열었다.

"이 사람은 아직껏 쿠니마츠를 우다이진의 유아……라고 말한 일이 없습니다."

7

카츠시게는 안도하고 유모를 돌아보았다.

"그렇다면 소문을 즐기는 세상사람들이 멋대로 쿠니마츠니 우다이진의 유아니 하고 소문을 퍼뜨린 데 지나지 않는다. 그대는 그런 일은 모른다는 말이로군."

"예, 그렇습니다."

로쿠자에몬은 거듭 시인했다. 그는 카츠시게가 던진 수수께끼를 풀었던 모양인지 눈에 감사의 빛을 역력하게 떠올리고 있었다.

"그런가, 그럼 다시 한 번 묻겠다. 자이모쿠야에 묵고 있었던 아이는 그대의 친자식이 틀림없지?"

"그렇습니다. 제 자식이 틀림없습니다."

"좋아, 그럼 물러가서 기다리도록."

이렇게 말하고 카츠시게는 다시 한 번 다짐을 받았다.

"어쩌면 쇼군 님 측근이 그대에게 다시 사정을 묻게 될지 모른다. 그때도 냉정하게 사실대로 대답해야 한다."

"알고 있습니다."

"좋아, 두 사람을 데리고 나가거라."

카츠시게의 생각으로는 우선 두 사람을 돌려보내고 나서 이이 나오타카를 부를 작정이었다. 나오타카의 입만 봉하면 된다고 그는 생각하고 있었다.

그런데 뜻밖의 고발인이 나타남으로써, 그때 이미 혼다 마사즈미에 의해 별도로 조사가 시작되고 있었다. 고발인은 쿠니마츠의 놀이친구인 소고 아들의 어머니였다. 오츠의 부교로 있던 소고는 주군인 쿄고쿠 가문에 누가 미칠 것이 두려워 아내에게 고발하도록 했는지도 모른다.

"쿠니마츠는 히데요리 님의 혈육이 분명합니다. 후환이 두려워 토이시야 야자에몬이 그를 오사카 성에 다시 돌려보냈습니다. 이것은 물론 죠코인 님이 모르시는 일…… 타나카 로쿠자에몬과 토이시야가 서로 상의하여 '쿄고쿠 님의 일용품'이라 하며 길다란 궤에 쿠니마츠와 제 자식을 숨겨서 보냈습니다. 성안에서 이를 받으신 분은 쿠니마츠의 생모인 이세 부인…… 그러다가 성이 함락되기에 앞서 다시 토이시야에 보내왔습니다…… 이 점을 살피시고 제 자식놈을 돌려주는 자비를 베풀어주십시오."

표면적으로 자기 자식의 구명을 위한 탄원이었으나 그 내용은 쿄고쿠 집안에는 아무 책임도 없음을 증명하려는 것이었다.

고발을 받은 마사즈미는 즉시 체포의 경위에 대해 이이 가문에 문의했다. 그리고는 이를 히데타다에게 보고한 다음 직접 쇼시다이를 찾아나섰다.

그때 이미 마사즈미의 마음은 결정되어 있었다. 계속 추궁하다 보면 죠코인이 의심받고 쿄고쿠 집안에도 영향이 미친다.

'더 이상 감쌀 수 없다. 센고쿠 시대의 관례대로 무반자의 자식으로 처벌하고 법이 엄격하다는 것을 천하에 알려야 한다.'

이러한 경우 히데타다는 자기 의견을 강력하게 주장하지 않았다.

"쇼시다이와 은밀히 상의할 일이 있다. 안내하도록."

혼다 마사즈미가 이타쿠라 카츠시게에게 급히 말을 달려온 것은, 쿠니마츠가 로쿠자에몬과 유모의 시중을 받으며 와카사의 가자미 찜을 반찬으로 하여 저녁을 먹고 있을 때였다.

8

혼다 마사즈미와 이타쿠라 카츠시게의 밀담은 카츠시게의 거실에서 문을 열어놓은 채 1각 반(3시간) 가량이나 계속되었다.

그동안 두 사람은 코쇼도 부하도 일체 가까이하지 못하게 했으며, 이따금 심하게 다투는 소리까지 들렸다. 말할 것도 없이 카츠시게는 살려두자고 했고, 마사즈미는 처형을 주장하여 서로 양보하지 않았다. 마지막에는 다시 이이 나오타카가 불려왔다. 그리고 안도 시게노부도 호출을 받았다.

이렇게 되면 아무래도 처형을 주장하는 편이 우세해지고 카츠시게는 수세에 몰린다. 그러나 카츠시게도 좀처럼 양보하지 않아, 결국 시게노부가 쇼군 히데타다의 결정을 청하기 위해 후시미 성으로 달려갔다.

이때 시게노부는 히데타다를 만나지 않고 도이 토시카츠와 밀담을 나눈 뒤 그대로 쇼시다이 저택으로 돌아왔다.

"결정이 내려졌소."

시게노부는 돌아오자마자 큰 소리로 말했다.

"쇼군 님은 법도대로 처리하라고 하셨소. 쿠니마츠는 로쿠죠六條 강가에서 참형을 당하게 될 것이오."

순간 좌중은 조용해지고, 카츠시게는 뚝뚝 눈물을 흘렸다.

"그러면, 타나카 로쿠자에몬은?"

"물론 참형. 터무니없이 주군의 이름을 들먹여 하마터면 주인 가문에 누를 끼칠 뻔했다, 이것은 무사로서는 있을 수 없는 행동이라고."

"그럼, 유모는…… 어떻게 할 것이오?"

"유모는 여자이므로 무사할 것이오."

"시동은…… 소고의 아들은?"

"그 역시 어린아이이기 때문에……"

시게노부는 말하다 말고 고개를 갸웃하면서 덧붙였다.

"아니, 함께 처형하라고 하셨소. 쿠니마츠 혼자로는 황천길에 쓸쓸할 테니까."

묘한 동정이었다. 센고쿠 시대의 모반은 그 죄가 9족에게까지 미친다고 보는 것이 상식이었던 당시 이런 독단은 드물지 않았다.

그들이 이처럼 쿠니마츠의 처형을 강력하게 주장했던 최대의 이유는, 도요토미 가문에 대한 증오 이상으로 아직 잡히지 않은 잔당에게 힘을 과시하려는 것이 목적이었다.

'벌벌 떨게 하지 않으면 또 무슨 짓을 저지를지 모른다.'

폭력은 폭력을 극도로 두려워한다. 그래서 서로가 더욱 폭력을 휘두르는 악순환이 이어지는데, 그 악순환이 아직도 완전히 끊어지지 않고 있었다.

이타쿠라 카츠시게가 살며시 일어나 쿠니마츠가 묵고 있는 별채로 간 것은 이미 해시亥時(오후 10시)가 지났을 때였다.

결정은 그의 본의와는 다르게 다른 이들의 강요로 이루어졌다. 그러나 공교롭게도 이를 실행하는 것은 쇼시다이의 역할이었다.

한여름을 맞은 로쿠죠 강가의 찌는 듯한 더위와, 흐르는 한 줄기 맑은 강물이 이타쿠라 카츠시게의 눈앞에 떠올랐다. 아니, 그 찌는 듯한 강가의 자갈을 밟으며 죽음의 자리로 향하는 천진난만한 쿠니마츠의 그 어린 모습이……

'도대체 이 아이에게 무슨 죄가 있다는 말인가……'

복도를 건너가 방안을 들여다보니 쿠니마츠는 이미 소고의 아들과 베개를 나란히 하고 잠들어 있었다. 수척하게 여윈 유모가 그 옆에서 조용히 부채질을 하며 쿠니마츠로부터 모기를 쫓아주고 있었다.

타나카 로쿠자에몬은 조그마한 수첩을 꺼내 무언가를 쓰고 있었다.

이타쿠라 카츠시게는 그대로 조용히 긴 복도를 되돌아나왔다.

"모기향을 피워주어라."

작은 소리로 부하에게 말하고 다시 거실로 들어갔다.

나팔꽃, 박꽃

1

5월 23일 아침, 히데요리의 아들 쿠니마츠가 잡혀 로쿠죠 강가에서 처형당하게 되었다는 소식이 카타기리 카츠모토片桐且元°에게 전해졌다.

이 소식을 카츠모토에게 전한 사람은 그가 병으로 누워 있는 쿄토의 산죠三條 코로모다나衣棚에 있는 마츠다 쇼에몬松田庄右衛門의 아낙이었다. 그 여자는 매일같이 피를 토하는 카츠모토가 놀란 나머지 그대로 죽지나 않을까 두려워하면서도 그 소식을 전해주었다.

세상에서는 카츠모토가 오사카에서 곧바로 새 영지인 야마토 가쿠안 사額安寺로 옮겨 요양을 하고 있는 줄 알고 있었다. 그러나 그는 야마토에 좋은 의사나 약이 없다는 구실로, 기다시피 하여 쿄토로 옮겨왔다.

그 뒤로 카타기리 카츠모토는 이 산죠 코로모다나에 있는 마츠다 쇼에몬의 집에서 몰래 앓고 있었다.

카타기리 카츠모토는 물론 쿄토에도 집이 있기는 했다. 그러나 지금은 그 집을 이에야스의 아들 토토우미노츄죠 요리노부에게 빌려주고 있었다.

이러한 일들로 하여 카츠모토에 대한 평은 쿄토 주변에서도 별로 좋은 편이 아니었다.

"세상일이란 알 수 없는 거야. 오사카의 큰 충신이고 대들보라고 하던 카츠모토 님은 살아남아 상까지 받고, 이런저런 욕설을 듣던 오노 님은 히데요리 님을 따라 자결했으니 말이야."

카츠모토가 이렇듯 사람들로부터 비난을 받게 된 것은 단지 살아남았다……는 사실 때문만이 아니었다. 그가 이에야스로부터 여기저기 떨어져 있는 땅이기는 하나 야마시로山城, 야마토, 카와치河內, 이즈미和泉 등에 1만 8,000석의 영지를 받았다는 사실이 그가 인심을 잃게 된 보다 직접적인 원인이었다.

주군의 가문은 완전히 망했다. 그런데 비록 부득이하여 이에야스의 편을 들었다 해도, 자기 집을 요리노부에게 빌려준다거나 잠자코 포상을 받다니 너무 지조가 없다. 역시 카츠모토는 무사가 거울로 삼을 만한 사람은 아니었다……고 그를 자기 집에 기거하게 한 마츠다 쇼에몬까지도 속으로는 경멸하고 있었다. 마츠다 쇼에몬의 아낙도 그러한 남편의 마음을 알고 있었기 때문에 일부러 쿠니마츠의 처형을 알리고 싶은 마음을 갖게 되었는지도 모른다.

"아니, 로쿠죠 강가에서…… 언제라고 하던가?"

카츠모토는 약을 달이던 손도 멈추지 않고 조용히 물었다. 너무나 그 태도가 침착하여 마츠다 쇼에몬의 아낙은 안도하면서도 한편으로는 실망스럽기도 했다.

"예. 바로 오늘 오후라고 합니다. 시내가 온통 그 소문으로 들끓고 있습니다."

"허어, 오늘 오후라는 말이지."

"공교롭게도 그 장소는 로쿠죠 강가…… 로쿠죠 강가는 이십 년 전에 칸파쿠 히데츠구關白秀次° 님 처첩 서른세 명이 타이코 님에게 참살 되었던 축생총畜生塚이 있는 곳, 인연이란 정말 돌고 도는 수레바퀴라고 모두 야단들입니다. 어르신도 작별하러 가시겠습니까?"

"작별……이라니, 쿠니마츠 님에게 말인가?"

"예. 하나뿐인 아드님…… 뜬세상의 바람은 너무나 모질군요."

"그래, 가야만 하겠지. 그러나 사람들이 많이 쏟아져나왔다면 지금 내 몸으로는 무리일지도 몰라. 나는 지금부터 부탁해놓은 약을 찾으러 가야겠어."

아낙은 자못 불만인 얼굴로 비아냥거렸다.

"그럼, 저 혼자 가서 염불을 올릴 수밖에 없군요. 아무리 적이었다고는 하나 철없는 아이에게 무슨 죄가 있겠어요?"

카츠모토는 그 말을 듣는지 못 듣는지, 달인 약을 천천히 보시기에 따라 냄새를 맡듯 후후 불면서 마시기 시작했다……

2

마츠다 쇼에몬의 집은 결코 크지 않았다. 그러나 폭이 세 간 반에 길이가 열두 간쯤 되는 대지에 안마당을 사이에 두고 조그마한 별채가 있었는데, 이 별채의 손님이 누구인지 이웃이 알 수 있을 정도로는 좁지 않았다.

쇼에몬은 마음속으로 카츠모토를 경멸하고는 있었으나, 지금 쿄토 자기 집에 있는 그의 이름을 다른 사람에게 누설하거나 하지는 않았다. 만약 누설하면, 쫓기고 있는 오사카 잔당 중에서 카츠모토를 죽이려는 자가 나타날지도 몰랐다. 그렇게 되면 자신의 모처럼의 친절이 허사가되고, 장차 카츠모토 일족에게 신뢰를 받을 연줄마저 끊기게 된다는 계산도 그는 하고 있었다.

현재 남아 있는 문헌에 따르면, 카츠모토는 야마토의 가쿠안 사에서 자결했다고도 하고 병으로 쓰러졌다고도 한다. 그 기록을 보면 그는 쿄토에는 몰래 나왔던 것으로 생각된다. 후시미 성에 있는 쇼군 히데타다에게는 맏아들인 타카토시孝利가 대신 문안을 드렸다. 아마 타카토시만은 카츠모토의 거처를 알고 있으면서 은밀히 아버지의 신변을 경호하고 있었을 터였다.

마츠다 쇼에몬의 아내로부터 쿠니마츠 처형의 소식을 들은 카츠모토는 잠시 후 왕골로 된 삿갓을 깊숙이 눌러쓰고 쇼에몬의 집을 나섰다. 아직 진시辰時(오전 8시)도 되기 전이었다. 그는 얼른 가마를 불러 타고 신쿄고쿠新京極의 산죠 아랫거리에 있는 세이간 사誓願寺 문 앞에 이르렀다.

이 세이간 사는 텐쇼天正 연간에 타이코의 소실 마츠노마루松の丸 부인이 재건한 절이었다. 쿄고쿠 타카츠구京極高次의 누나인 마츠노마루 부인은 요도 부인과 함께 타이코의 총애를 다투었다.

카츠모토는 문 앞에서 가마를 내렸다. 그리고는 그대로 안으로 들어가 주지가 있는 고쇼인護正院 현관에 섰다.

"계십니까?"

걸음걸이도 조용했지만 음성 또한 나직했다. 조금이라도 호흡이 흐트러지면 목구멍과 콧구멍이 대번에 막혀 심하게 각혈을 하고는 했다.

주인을 부르고 나서 카츠모토는 삿갓을 벗었다.

안내하러 나온 젊은 승려는—

"아!"

카츠모토의 얼굴을 잘 알고 있었던지 깜짝 놀라 안으로 들어갔다.

고쇼인의 주지가 나올 때까지 카츠모토는 현관 마루에 걸터앉아—

"역시 당황하고 있었구나."

가만히 중얼거렸다.

"쇼에몬의 집 나팔꽃에 물 주는 걸 잊고 왔어."

안에서 주지 치신智信 스님이 나와 카츠모토의 손을 잡고 객실로 안내했다. 그동안 카츠모토는 다시 호흡을 가다듬었다.

"좀 나아지신 것 같군요."

주지의 말에 카츠모토는—

"알고 계시오?"

쿠니마츠에 대한 이야기를 꺼냈다.

"무엇 말씀입니까?"

"결국…… 쿠니마츠 님의 처형이 오늘…… 집행되는 모양이오."

"그럼, 저어……"

주지는 숨을 죽이고 얼른 손뼉을 쳐서 시좌하는 중을 불렀다.

"어떤 분의 사건에 대해 쇼시다이는 묵인할 방침인 것 같다고 한 말을 그대는 누구에게 들었지?"

"예, 혼아미 코에츠 님으로부터입니다."

주지는 당황하며 다시 카츠모토를 보았다.

"혹시 잘못 듣지 않았습니까, 카츠모토 님?"

카츠모토는 이 말에는 대답하지 않고—

"앞서 부탁한 일, 준비해주셔야 하겠소이다."

천천히 말했다.

3

주지는 다시 시좌하는 중을 돌아보고—

"확인해보게. 로쿠죠 강가로 사람을 보내면 알 수 있을 테니까."

당황하는 어조로 지시하고 카츠모토에게로 향했다.

"물론 준비는 했습니다마는, 역시 그렇게 되었군요……"

카츠모토는 그 말에도 별로 반응을 보이지 않았다.

"준비하신 법호法號는?"

숨을 쉬기조차 아끼는 것처럼 나직하게 말했다.

"지금부터 코다이 사高臺寺 그분에게도 공양을 부탁 드리고 와야겠소. 수고스럽지만 좀 적어주실 수 없겠소?"

"알겠습니다. 곧 적어오겠습니다."

"아, 그리고 위패는……?"

"물론입니다."

"관도 말한 대로?"

"어김없이 준비해놓았습니다. 겉으로 보기에는 단순히 흰 나무. 그러나 안에는 두껍게 옻칠을 하고 문장도 작게 새기도록 했습니다."

"여러 가지로 고맙소. 그런데 매장할 장소는 정하셨소?"

"예. 마츠노마루 부인 묘역에 묻었다가 후에 세상이 잠잠해지거든 다시 아미다가미네阿彌陀ヶ峰의 타이코 님 묘지 곁으로 이장하도록…… 절 안에 기록으로 남겨둘 생각입니다."

당시 마츠노마루 부인은 니시노토인西の洞院에 있는 쿄고쿠 저택에서 병으로 누워 있었다. 그 마츠노마루 부인이 묻힐 묘역이라는 말에 카츠모토는 몇 번이나 고개를 끄덕이고——

"그럼, 법호를 가르쳐주십시오."

촌각을 아끼는 사람처럼 재촉했다.

"알겠습니다."

주지는 얼른 일어나 나갔다가 이윽고 작은 종이쪽지를 미농지에 얹어가지고 돌아왔다.

카츠모토는 받아들고 공손히 이마에 대더니 절을 올리고 소리를 내어 읽었다.

"로세이인 운산 치세이도지漏西院雲山智西童子."

"그것으로 되겠습니까?"

카츠모토는 이 물음에도 직접 대답하는 말을 아꼈다.

"얼마 후면 히가시야마東山에 잠들게 될 소년에게 서녘 서 자가 거듭 들어 있군요……"

다시 한 번 이마에 대었다가 카츠모토는 비로소 조용히 눈시울을 손으로 눌렀다.

"어차피 이 세상에는 피안彼岸도 정토도 없는 모양이오…… 때때로 서산에 지는 해를 다시 한 번 붙잡았으면 하고 몽상하는 것은 키요모리 뉴도淸盛入道°만은 아닌 것 같소. 나의 나팔꽃 축원도 아무 효과가 없었소."

"나팔꽃……이라니요?"

"난 지금 쇼에몬 집 정원 한구석에 나팔꽃을 기르고 있지요. 그 나팔꽃이 꽃을 피웠으면…… 꽃이 피면 다시 좋은 운이…… 이렇게 기원하고 있었습니다……"

카츠모토는 이렇게 말하고 고개를 저으면서 주지로부터 건네받은 법호를 종이에 싸가지고 그대로 일어나려 했다.

"뒷일은 아들인 타카토시와 타메모토爲元에게 일러두었으니 공양에 대해서는 잘 부탁하겠소."

"벌써 가시렵니까?"

주지가 깜짝 놀라 부축하려 했다.

카츠모토는 희미하게 웃으며 후의에 감사했다.

"아직 완전히 혈육이 끊어진 것은 아니오. 또 한 분 따님이 계십니다. 그래서 나는 오고쇼로부터……"

말하다 말고 다시 웃었다. 아마 그 때문에 오고쇼로부터 영지도 받았다는 말을 하고 싶었는지도 모른다.

　현관에 나온 카츠모토는 갈근탕을 한 그릇 청했다. 자기 몸의 피로를 생각해서였다.

4

　코다이 사 경내에서는 요란한 매미 울음소리에 쓰르라미 소리까지 섞여 들리고 있었다.

　'한낮이 되기도 전에 어찌 이리 울어대는 것일까……'

　카츠모토의 감정이 점점 더 크게 파도치기 시작한 것은 이 쓰르라미 소리를 듣고 나서부터였다.

　쓰르라미는 카츠모토에게 타이코의 그 처량한 지세이辭世°를 떠올리게 했고, 또한 지금부터 자기가 찾아가려는 사람의 불가사의한 운명을 되새기게 했다……

　이슬로 떨어지고 이슬로 사라지는 이 몸이거늘
　나니와浪花(오사카)의 영광은 꿈속의 꿈……

　타이코의 지세이를 들었을 때 카츠모토는 그 나름대로 인생을 안 것 같은 느낌이 들었다.

　그러나 이러한 이해만으로 끝날 인간 세상이었을까……? 꿈속의 꿈은 나니와의 영광이기는커녕 이 천지를 영원히 감싸고 놓아주지 않는 한없는 저주……

　카츠모토 자신의 인생이 헤어나지 못한 악몽이라면…… 미츠나리의 인생도 하루나가의 인생도 모두 한 점의 빛조차 머물지 않은 잿빛 인생

190

만이 아니었던가……

아니, 사나이들의 인생만이 아니다. 요도 부인은 물론이고, 코다이
인도 마츠노마루 부인이나 산죠三條 부인도 그 옛날에 누렸던 후시미
성의 영화를 지금의 불행과 어떻게 연결짓고 있을까……?

기억의 밑바닥에는 아직도 어렴풋이 그 무렵의 애증이 흔적을 남기
고 있을지 모른다. 그러나 이 모든 흔적조차 아무런 의미도 없는 한때
의 꿈에 지나지 않는 것, 그래서 한 방울의 이슬도 하나의 구원도 남길
수 없었던 것이 아닐까……?

카츠모토는 마음의 흥분을 경계했다. 경계하면서 토요쿠니 신사와
이어진 코다이인의 암자 앞에 섰다. 그러나 안내를 청하는 말이 선뜻
나오지 않았다.

그곳에 있는 코다이시高臺祠라 일컫는 사당만은 잘 꾸며져 있었다.
세 간 반에 네 간의 작은 규모이기는 하나, 내부는 마키에蒔繪°로 장식
되어 있고, 난간에는 토사 미츠노부土佐光信가 그린 「산쥬롯카센 회권
三十六歌仙繪卷」°이 걸려 있었다. 아니, 코다이시뿐만이 아니었다. 히
데타다의 지시에 따라 코보리 엔슈小堀遠州의 손으로 이루어진 정원은
키쿠카와菊澗의 물을 끌어들였고, 나무 한 그루 돌 하나의 배치에 이르
기까지 아름답게 꾸미려고 세심하게 배려한 흔적이 엿보였다.

'그러나 이것이 무엇이란 말인가?'

이 모두 타이코가 자기의 아내 녜녜寧寧에게 선사한 사랑의 유물은
아니었다. 그것은 숙적이라고도 할 수 있는 오고쇼의 힘을 과시하는 경
애의 증거가 아니었던가?

"계십니까?"

카츠모토는 이렇게 인기척을 내면서 자기 눈과 지혜로는 확인할 수
없는 보이지 않는 서주를 향해 통곡하고 싶어졌다.

돌이켜볼 때 타이코의 위업은 모두 꿈처럼 사라졌는데 이에야스는

그 반대인 것처럼 생각되었다. 같은 자매이면서도 오에요 부인만은 도쿠가와 가문에 있었기 때문에 요도 부인과는 하늘과 땅의 차이······ 도대체 이러한 차이를 누가 어떠한 기준으로 정했단 말인가······?

카츠모토가 부르는 소리를 듣고, 암자 옆 카라카사노친唐傘亭이란 다실에 기거하면서 계속 코다이인을 섬기고 있는 케이준니慶順尼가 대답과 함께 얼굴을 내밀었다.

"누구세요? 어머, 카타기리 님! 아니, 안색이 몹시 창백하시군요."

카츠모토는 나오려는 기침을 꾹 참았다.

"코다이인 님을 뵙고 싶소. 급히······ 급히······"

5

"어서 들어오라고 하세요."

카라카사노친 안에서 소리가 들렸다. 그 소리에 ──

'아아, 코다이인 님······'

카츠모토는 갑자기 시야가 흐려졌다.

"코다이인 님! 불길한······ 불길한 소식입니다."

코다이인은 다실 안에서 화분을 만지기도 하고, 화로의 재를 고르기도 하고 있었던 모양이다.

"웬일인가요, 이처럼 다급하게?"

자기 자식이나 동생에게 하는 듯한 어조로 말하면서 코다이인은 카츠모토에게 자리에 앉으라고 눈짓을 했다.

여전히 정정한 여승의 모습. 두건 밑으로 드러난 미소 띤 얼굴에서는 윤기가 흘러 카츠모토보다 훨씬 더 젊어 보였다.

"누군가 또 절친한 사람이 죽기라도 했나요?"

"아닙니다, 쿠니마츠 님이 체포되었습니다."

"쿠니마츠……라니?"

"히데요리 님이 이세의 여자에게 낳게 한 도련님 말씀입니다."

"히데요리의 아들이……?"

"예. 후시미에 있는 카가에서 체포되어 오늘 미시未時(오후 2시)에 로쿠죠 강가에서 처형된다고 합니다."

"몇 살이지요, 그 아이는?"

"여덟 살이라고…… 지금까지 상인의 집에서 자란 분입니다."

"기억이 나지 않는군요. 하기야 본 일이 없으니까. 그런데 구해주고 싶다는 말인가요?"

카츠모토는 고개를 거칠게 저었다.

"구할 방법이 있었다면 이렇듯 급히 달려와 전해드리지 않았을 것입니다. 처형은 이미 결정되었다…… 어떻게도 할 수 없다…… 이런 사실이 두렵습니다."

카츠모토는 거의 어리광 부리듯 예의도 차리지 않았다. 타이코의 코쇼로 처음 섬기던 무렵부터 누나나 어머니처럼 꾸중을 들어왔기 때문일지도 모른다.

"이치노카미市正 님."

"예…… 예."

"그대는 이런 나이가 되어서도 허둥대고 있나요. 알아들었어요. 쿠니마츠가 잡히고 로쿠죠 강가에서 오늘 미시에 처형된다…… 그러므로 이 여승에게 무언가 손을 써달라는 말이군요."

말하다 말고 코다이인은—

"차를 대접하도록, 마음이 진정될 테니까."

곁에서 놀라고 있는 케이준니에게 일렀다.

"이미 나는 어떤 말을 들어도 놀라지 않아요. 히데요리 님도 요도 부인도 모두 내가 묻어주어야 할 사람들이 되었어요…… 여기에 또 한 사람, 명복을 빌어야 할 쿠니마츠라는 아이가 늘어났다…… 단지 그뿐 아니겠어요? 그대도 마음을 크게 가지세요."

"그것은…… 그것은…… 너무 박정하신……"

말하고 나서 카츠모토는 더욱 당황했다.

'역시 코다이인은 요도 부인을 증오하신다……'

그 핏줄인 쿠니마츠이므로 놀라움도 슬픔도 적은 것…… 이런 생각이 들며, 한층 더 응석조로 버릇없이 말하고 싶었다.

"코다이인 님! 쿠니마츠 님은 코다이인 님과는 아무 인연도 없습니다만, 타이코 님에게는 유일한 손자입니다. 그분이 처형을 당한다……그런데도 코다이인 님은 모른 체하고 그냥 두시렵니까?"

코다이인은 비로소 크게 끄덕였다.

"그러면 그 다음 일을 침착하게 말해보세요, 이치노카미."

6

카타기리 카츠모토는 혀를 찼다.

여전히 꿋꿋하기만 한 코다이인의 기질. 혀를 차면서도 감정은 더욱더 응석 비슷하게 흐트러지기만 했다.

"잘 말씀하셨습니다…… 코다이인 님에게는 남이지만 타이코 전하에게는 혈육인 손자…… 이 카츠모토가 로쿠죠 강가로 모시고 싶습니다. 그리고 명복을 비는 염불을……"

"아, 그 말이 하고 싶었군요?"

"타이코 님은 저승에서 혈육의 비운을 생각하며 울고 계실 것입니다. 설마 거절하시지는 않겠지요? 보십시오, 오늘의 날씨를…… 비가 내리기는커녕 아침부터 해가 쨍쨍 내리쬐고 있습니다."

"이치노카미."

"예, 말씀하십시오."

"강가에는 가겠어요."

"함께 가주시겠습니까?"

"그러나 가기만 한다고 공양은 되지 않아요. 시체를 인수하여 묻어줄 준비는?"

"아……"

비로소 카츠모토는 제정신으로 돌아왔다.

"그 일이라면 이미 준비시켰습니다."

"그래요? 어디에 묻으려 하나요?"

"세이간 사 안의 고쇼인입니다."

"세이간 사 안……이라면 마츠노마루의 절이 아닌가요?"

"예…… 앞으로 마츠노마루 님도 그 절에서 잠들 것입니다. 거기에 은밀히 무덤을 만들어……"

그때 이미 코다이인은 카츠모토의 말을 듣고 있지 않았다.

"케이쥰니, 곧 정오가 될 테니 절의 머슴에게 일러 가마 둘을 준비시키세요. 제 시각에 닿지 않으면 안 되니까."

이렇게 지시하고 다시 카츠모토에게 시선을 돌렸다.

"이치노카미, 잘 말해주었어요."

"예…… 예."

"그러나 나는 그 쿠니마츠라는 아이 때문에 가는 것은 아니에요."

"예……?"

"타이코가 울고 있을 것이라고 한 그대의 말…… 그 한마디 때문에 타이코의 명복을 빌기 위해서 가겠어요."

"황송합니다."

"나는 무엇보다 어리석은 것을 싫어하는 여자예요. 타이코가 세상을 떠난 뒤 어리석은 자들이 모여들어 나니와의 꿈을 완전히 불살라버렸어요. 남은 것이 없지 않아요?"

"예…… 예. 모두 이 카츠모토가 못난 탓입니다."

"그대를 책망하는 것은 아니에요. 남은 것이라고는 내가 이에야스 님에게 청해서 후시미나 오사카에서 억지로 여기 옮겨다놓은 이 다실과 거처뿐…… 그 점을 잘 기억해두세요."

"예…… 예."

"진정한 공양은 외로운 것이에요, 서글픈 것이지요."

이때 케이쥰니가 가마를 준비했다고 알려왔다.

"케이쥰니, 이치노카미를 도와 태워주어요. 남자가 되고도 너무 마음이 약해요."

꾸짖고 밖으로 나온 코다이인은 너무나 강한 햇빛에 그만 눈을 가늘게 떴다. 순간 역력히 눈앞에 떠오르는 것은 아직 본 일도 없는 쿠니마츠의 모습이 아니라, 잠시 오사카에서 같이 살던 무렵의 앳된 히데요리의 모습이었다.

"그래…… 타이코를 위한 공양만은 아니야. 히데요리에 대한 공양이기도 해."

조용히 중얼거리고 정원 사잇길을 통해 절 바깥 문 쪽으로 갔다.

7

가마가 로쿠죠 강가를 향해 달리는 동안 코다이인의 심정은 카츠모토 이상으로 복잡했다.

타이코와 둘이 오사카 성을 쌓기까지의 갖은 고생이 정말인 것 같지 않았다. 이것도 저것도 모두 희미하고 먼 환상으로만 느껴졌다.

'인생이란 바로 그런 것일 테지……'

그렇게 생각하면서도 가슴속에 한 가지 의혹만은 뚜렷이 살아 있었다. 히데요리가 과연 타이코의 친아들이었을까 하는 의혹.

타이코가 잠자리에서 입버릇처럼 되풀이하던 말은 언제나 같았다.

"네네, 오늘밤 내 아들을 배도록 해. 나는 아들을 갖고 싶어."

그 소망에 부응하고 싶어 당시 네네는 언제나 신불에게 기원했다. 그러나 자연의 뜻에 어긋났는지 끝내 열매를 맺지 못했다.

그 일로 네네 쪽에서 타이코를 나무란 적이 있었다. 그리고 아침까지 말다툼을 하며 밤을 밝힌 일도 있었다.

"당신이 너무 많은 여자를 건드렸기 때문이에요. 조금은 참고 정력을 비축해야 하는 것인데."

이러한 두 사람의 다툼을 가장 잘 알고 있었던 사람은 토라노스케虎之助인 카토 키요마사였다. 아니, 키요마사뿐 아니라 네네 밑에서 자란 측근무사들은 모두 이를 걱정하고 있었다. 그들은 조선에서 싸우는 동안 자주 호랑이 사냥을 했고, 배편이 있을 적마다 호랑이의 생식기에서 채취했다는 비약을 보내왔다.

그 무렵 네네는 이미 자기가 아기를 낳을 생각은 단념하고, 안타깝기는 하지만 마츠노마루 부인이나 산죠 부인의 임신을 은근히 바랐다. 그 여자들과의 잠자리에서도 타이코는—

"내 아들을 가져라, 내 아들을 배어라."

똑같은 말을 했을 것이 틀림없다. 이런 생각에 어쩌다가 자기를 찾아오는 타이코를 비아냥거리며 놀리던 일조차 있었다.

그러나 임신하지 못한 것은 네네만이 아니었다. 훨씬 젊은 오마아於まあ(마에다의 딸) 부인도 히메지姬路 부인도 마찬가지였다. 노부나가의 다섯째딸로 후시미의 셋째 성에 있던 산노마루三の丸 부인도, 사이

쇼宰相 부인도 끝내 임신하지 못했다.

마츠노마루 부인과 산죠 부인도 네네와 마찬가지로 이상하게 여겼던 모양인지 —

"전하는 씨가 없는 것 같아."

잘못은 여자에게 있지 않고 타이코 자신에게 있다고 수군거렸다.

그럴 때 뜻밖에도 요도 부인만이 임신했다.

당시 뒷소문은 대단했다. 맨 먼저 의심받은 것은 이시다 미츠나리石田三成였고, 그 다음은 나고야 산자名古屋山三가 의심을 받았다. 의심받는 것은 당연한 일이었다. 소실들 중에서는 요도 부인이 가장 노골적으로 남자들을 가까이했고, 타이코에 대해서도 멋대로 행동했다.

그 아이는 죽고 그 후 얼마 안 되어 히데요리가 태어났다. 이때도 먼저 아이 이상으로 의심을 받았다.

타이코가 큐슈로 출전할 때와 요도 부인의 임신이 좀 엇갈린 듯한 느낌이 들기도 했다……

'정말 오늘 처형되는 아이가 타이코의 손자일까……?'

코다이인은 맑게 갠 하늘 아래 다시 그 생각을 떠올리고 있었다.

8

히데요리의 출생을 의심한다는 것은 코다이인을 산채로 지옥에 떨어뜨리는 일이었다.

'어찌 되었건 도리가 없는 일……'

그렇더라도 여자의 집념은 그렇게 쉽게 소멸되지 않는다.

'비록 누구의 씨라 해도 모진 팔자를 가지고 태어난 아이…… 양자로 삼았다고 여기면 된다.'

망상이 떠오를 때마다 코다이인은 자신을 꾸짖곤 했다.

'모든 것은 신불의 뜻, 불만을 품어서는 안 된다.'

타이코 자신이 자기 아들이라 믿고 만족하게 여기며 죽었다. 이 일만은 어떤 일이 있어도 입밖에 내지 않겠다…… 그것이 타이코에게 아내가 바치는 공양이요, 위로였다……

그런데 이러한 마음은 도요토미 가문의 존재 자체가 위기에 처하게 된 현실을 보고 있는 동안 마침내 이상하게도 하나의 냉혹한 기대로 바뀌었다.

히데요리를 타이코에게 점지한 것이 신불이라면 빼앗아가는 것 또한 신불이라는 신앙과도 같은 냉혹한 방관이었다. 아니, 그보다 더 잔인한 복수심이 밑바닥에 깔려 있었는지도 모른다.

'히데요리가 만일 타이코의 친아들이었다면 신불이 결코 파멸로 이끌지 않았을 것이다.'

도무지 이치에 맞지 않는 생각이었으나, 그 미신과도 같은 감정이 차차 뿌리를 내려, 코다이인의 '안도감'이 있었던 것도 부정할 수 없는 사실이었다.

코다이인은 가마를 타고 로쿠죠 강가로 가면서—

'나는 타이코의 명복을 빌러 가는 것이지 쿠니마츠의 명복을 빌러 가는 것은 아니다.'

카츠모토에게 한 말을 마음속으로 되풀이하지 않을 수 없었다.

그런데—

로쿠죠 강둑에 가마를 세우고, 타이코가 조카 칸파쿠 히데츠구의 처첩과 자식들 서른여덟의 유해를 함께 매장한 축생총 쪽으로 몰려가는 군중을 보는 순간 코다이인의 가슴은 무섭게 떨리기 시작했다.

행렬이 다다른 곳에는 푸른 대나무 울타리가 쳐져 있고, 그쪽으로 간 사람들은 모두 약속이라도 한 듯이 염주를 굴리면서—

"나무아미타불, 나무아미타불……"

남의 불행을 자기 일처럼 여겨 염불을 하고 있었다.

'정말 부끄럽구나. 마음을 비워야지……'

"보십시오. 맨 앞에 끌려오는 것이 타나카 로쿠자에몬, 그 다음이 쿠니마츠 님입니다."

"그 뒤의 아이는?"

"쿠니마츠 님과 함께 체포된 쿄고쿠 집안 부교의 아들입니다."

"가엾게도…… 좀더 가까이 가서 내세의 행복을 빌어야겠어요."

목소리는 조용했으나 다시 자신을 되돌아보고 마음의 동요를 진정시키지 못하는 코다이인이었다.

이때 코다이인의 귀에 옆사람의 말소리가 들려왔다.

"인과因果는 돌고 도는 수레바퀴야. 이십 년 전에 타이코는 칸파쿠의 어린 자식들을 모두 죽였어. 그때 사람들은…… 세상은 틀림없는 인과의 수레바퀴, 좋은 일 나쁜 일이 다 같이 돌고 돈다……고 풍자했는데, 사실이 되고 말았어."

9

이 말을 들은 것은 코다이인만이 아니었다. 카타기리 카츠모토 역시 깜짝 놀라 그 말을 듣고 있었다.

세상은 틀림없는 인과의 수레바퀴
좋은 일 나쁜 일이 함께 돈다

또 다른 사람이 당시의 라쿠슈落首°를 읊기 시작했기 때문에 카츠모토는 코다이인의 몸을 밀듯이 하면서 인파를 헤쳤다.

"이쪽…… 이쪽이 더 잘 보입니다. 좀더 앞으로 나가시지요."

정말 무자비할 정도로 활짝 갠 하늘이었다.

구름 한 점 없는 창공에서 햇볕이 쨍쨍 내리쬐어 군중의 머리 위에 아지랑이를 피어나게 할 것만 같은 무더위였다.

"아, 망나니가 울타리 안으로 들어가는군. 그들이 목을 베려나?"

"설마…… 타이코 님 손자를 감히 망나니 따위에게……"

군중이 있는 한 수군거리는 소리는 그칠 리 없다. 그렇다고 귀를 막을 수도 없었다.

"아, 저것 보게. 꿋꿋해 보이는 귀여운 소년이야."

"정말 그래. 큰 아이는 울고 있는데 작은 아이는 강물을 보고 있어. 목이 타는 것인지도 몰라. 나무아미타불, 나무아미타불……"

당시의 정경을 바제의 『일본 예수교사』에는 쿠니마츠가 당당하게 이에야스의 배신을 꾸짖고 태연히 처형당했다고 씌어 있다. 그러나 여덟 살밖에 안 된 아이가 그런 분별 있는 발언을 했을 것 같지는 않고, 아마도 처형하는 자가 망나니라는 사실을 알고—

"나는 도련님이다, 무례한 놈이로구나."

같이 참수된 타나카 로쿠자에몬이 가르쳐주어 이렇게 말한 것이 아닐까 한다.

처형자는 망나니였다. 여기에는 카츠모토도 깜짝 놀란 모양인지—

"이게 무슨 짓이냐!"

소리지르려다 말고 얼른 입을 다물고 말았다.

코다이인에 대한 위로……라기보다, 히데요리의 아들이나 타이코의 손자를 처형하는 것이 아니라—

"그 이름을 사칭한 무엄한 놈."

전혀 엉뚱한 자를 처형한다는, 쇼시다이 이타쿠라 카츠시게의 깊은 생각에서 나온 처사……임을 깨달았기 때문이다.

이렇게 하는 것도 이에야스의 힐책이 있을 때 변명할 수 있는 하나의 구실이 될지도 모른다.

"이 부근에서……"

카츠모토는 울타리에서 한 간쯤 떨어진 강기슭에 자리잡았다.

"너무 무리를 하신 것 같습니다. 땀이 등에까지 배셨습니다. 이 카츠모토는 유해의 처리를 확인하고 싶어 이런 데까지……"

코다이인은 대답하지 않았다. 대답하는 대신 쿠니마츠의 표정을 살피려고 좀더 가까이 울타리 쪽으로 다가갔다.

거기서는 뒤로 결박당한 어린 얼굴의 움직임이 보였다.

뜨겁게 달아오른 울퉁불퉁한 돌의 열기가, 깔아놓은 거적을 통해 앉아 있는 정강이에 파고드는 듯. 때때로 코를 실룩거리며 타나카 로쿠자에몬 쪽을 바라보고는 했다.

타나카 로쿠자에몬은 땀을 줄줄 흘리면서 두 눈을 감고, 이미 죽은 사람처럼 움직이지 않았다.

임석한 관리는 카츠모토도 코다이인도 알지 못하는 삼십대 무사로, 그는 걸상에 걸터앉아 계속 이마의 땀을 닦고 있었다.

코다이인은 가슴의 염주를 내밀듯이 하고 숨을 죽였다.

'할아버지인 타이코와 닮은 데가 있을까……?'

10

참으로 불가사의한 코다이인의 심리였다.

'손자는 할아버지를 닮는다고 하는데……'

어린 쿠니마츠가 타이코를 닮았다면 어떻게 하겠다는 말인가……?

이미 그 어린아이의 머리 위에는 물을 뿌린 처형의 칼날이 쳐들려 있지 않은가……?

아니, 그보다 닮았을 리가 없다는 부정적인 기대가 지금까지 더 크지 않았는가……?

'저 아이가 할아버지를 닮았을 리 없어. 히데요리는 타이코 아들이 아니지 않은가……'

또 하나의 코다이인은 처형될 아이를 위해 순순히 염불을 하려고 하는데, 다른 코다이인은 짓궂은 호기심과 사실을 밝히려는 집념의 악귀가 되어 있었다.

'닮지 않았다……'

눈으로 흘러드는 땀을 손끝으로 털어냈다. 그러면서 코다이인은 마음속으로 중얼거렸다.

'타이코는 전혀 닮지 않고, 요도 부인을 많이 닮았다.'

그럴 수밖에 없다. 히데요리가 요도 부인의 배에서 태어난 것은 의심할 여지가 없다. 그리고 그 히데요리의 자식이라면 쿠니마츠가 할머니 요도 부인을 닮는 것은 지극히 당연한 일.

코다이인이 이렇게 생각했을 때 소고의 아들이 큰 소리로 울음을 터뜨리며 앞으로 몸을 굽혔다. 어쩌면 군중 속에서 아는 사람의 얼굴을 보았기 때문인지도 모른다.

걸상에 앉은 무사가 무어라고 했다.

칼을 든 망나니는 그쪽으로 약간 고개를 숙여 보이고 울고 있는 소년 가까이 가서 입술을 일그러뜨리고 꾸짖었다. 그러나 그 말은 물소리 때문에 잘 들리지 않았다.

"처형이 시작될 것 같습니다."

카츠모토가 말했다.

"맨 먼저 쿠니마츠 님, 다음이 저 소년입니다."

"……"

"지금 타나카 로쿠자에몬에게 이렇게 말했습니다. 쿠니마츠의 유모와 그대의 처는 처벌하지 않는다고……"

여전히 코다이인은 대답하지 않았다.

망나니의 칼에 다시 물통의 물이 뿌려졌다. 한 사람이 하나씩 벨 모양이었다.

세 자루의 칼에 차례로 물이 뿌려지고, 세 명의 망나니는 물방울을 닦으면서 서로 얼굴을 마주보며 히죽 웃었다. 이 웃음을 신호로 망나니들은 세 사람 뒤로 걸어가 칼을 비스듬히 쳐들었다.

코다이인은 이때 비로소 깨달았다. 처형될 세 사람 앞에는 약간 낮게 구덩이가 패여 있었다. 그래서 목이 잘린 시체가 뒤로 넘어가지 않도록 되어 있었다.

내뿜어지는 피가 그 구덩이에서 사방으로 흩어지지 않게 하기 위해서 그렇게 했을 터.

걸상에 앉은 무사가 무어라 말하면서 일어섰다.

그 순간 쿠니마츠는 티 없는 표정으로 흘끗 뒤를 돌아보고 나서 눈을 꼭 감았다.

죽기 직전의 나이를 초월한 체념과 자위 본능의 긴장인 듯.

"얏!"

시퍼런 칼날이 제일 먼저 목덜미를 내리쳤다. 그렇다, 내리치는 소리가 분명히 코다이인의 귀에 들렸다…… 동시에 떼굴떼굴 자갈 사이로 목이 굴러가고, 앞으로 고꾸라진 동체에서 뭐라 말할 수 없는 선명한 피가 쏟아져나왔다.

"아……"

그 순간이었다. 코다이인은 비틀거리며 뜨겁게 달아오른 자갈밭에 털썩 주저앉아—

"아아……"

기묘한 소리를 질렀다.

11

"왜 그러십니까, 기분이……?"

카츠모토는 허리를 구부렸다. 두 손으로 겨드랑이를 부축하여 일으키려 했다.

코다이인은 그 손을 완강하게 뿌리쳤다.

'괜찮아…… 아무렇지도 않아……'

이렇게 말하려 했다. 그러나 말이 되어 나오지 않고 다시 신음이라고도 탄성이라고도 할 수 없는 헐떡임이 새나왔다.

'어떻게 된 일일까……?'

이러한 현상은 코다이인이 생각해본 일조차 없는 이상한 경험이었다. 이미 여자는 물론 인간으로도 시들었을 육체. 그 육체가 쿠니마츠의 피를 보는 순간 느닷없이 청춘을 되찾았다. 아니, 청춘이라기보다 여성으로서의 감각……이라고 하는 편이 정확할지 모른다.

'어떻게 이런……'

"아아……"

다시 헐떡이며 코다이인은 이번에는 자기 힘으로 일어서려고 했다. 그러나 머리끝부터 발끝까지 짜릿하게 느껴지는 쾌감은 분명히 잊어버렸던 규방에서의 황홀한 성감性感이었다. 그대로 일어난다는 것은 어림도 없는 일이었다.

'이러한 일이 어째서 생겼을까?'

"코다이인 님, 자아, 일어나십시오."

카츠모토가 다시 상체에 손을 댔다.

"아아……"

손이 닿고 보니 유방의 감각까지 살아 있었다.

'가까이 오지 마라, 다가오지 마라!'

이렇게 말하려 했다. 그러나 코다이인은 젖가슴에 와닿은 카츠모토의 손을 위에서 꼭 누르며 몸부림쳤다.

소고의 아들이 처형된 모양이었다.

"으악!"

꼬리를 끄는 날카로운 비명이 중단되었다.

"이번에는 타나카 로쿠자에몬…… 과연 침착하기 짝이 없습니다."

카츠모토의 속삭이는 목소리와 때를 같이하여 여름밤의 개구리 울음처럼 일제히 염불소리가 울려퍼졌다……

코다이인이 가까스로 정신을 차렸을 때는 이미 쿠니마츠의 시체는 그 자리에 없었다. 카츠모토가 미리 손을 썼던 대로 세이간 사의 머슴들이 인수하여 옮겼을 터였다.

"기분은 좀……"

다시 카츠모토가 하는 말에 —

"이제 괜찮아요. 혼자서도 걸을 수 있으니, 손을 놓으세요."

코다이인은 달아오른 조약돌에 두 손을 짚고 일어났다. 하반신이 축축하게 젖어 있었다.

'여자의 업業이라는 것일까……?'

비틀거리며 일어난 코다이인은 눈을 감은 채 온몸의 부정을 털어 없애려는 듯이 염불을 외우기 시작했다.

처형은 벌써 끝나고 사람들은 흩어지기 시작했다. 그런데도 어린 목에서 해를 향해 뿜어대던 핏줄기만은 아직도 선명하게 코다이인의 눈속에 남아 있었다.

"기뻐하실 것입니다."

카츠모토는 또 코다이인의 손을 잡았다.

"쿠니마츠 님으로서는 그 무엇과도 바꿀 수 없는 코다이인 님의 공양…… 저도 깊이 감사 드립니다."

"나무아미타불…… 나무아미타불……"

"돌에 걸리지 않도록 조심하십시오. 둑에 가시면 가마가……"

"나무아미타불…… 나무아미타불……"

피로 얼룩진 형장에는 물이 끼얹어졌다. 거기서 모락모락 김이 오르고 있었다.

12

쿠니마츠가 처형당한 23일, 카타기리 카츠모토는 해질 무렵이 되어서야 산죠 코로모다나에 있는 마츠다 쇼에몬의 별채에 비틀거리며 돌아왔다.

쇼에몬의 아낙이 문 여는 소리를 듣고 살며시 별채로 다가갔다. 카츠모토는 머리맡에 향을 피우려던 자세인 채 엎드려 있었다.

"아니, 왜 그러십니까?"

쇼에몬의 아낙은 깜짝 놀라 뛰어들어가더니 카츠모토를 일으켰다. 그녀는 카츠모토가 형장에 갔던 일을 알지 못했다.

"자, 여기 탕약을 식혀놓았어요. 이걸 드시고 정신을 차리세요."

"고마워."

카츠모토는 한 손으로 사발을 받치고 한 모금 마시고 나서 ─

"이대로 잠시 혼자 있게 해주지 않겠나."

나직하게 말했다.

"너무 많이 걸어서 그런 것 같아. 잠시 가만히 쉬고 있으면 숨찬 증세가 진정되겠지."

"그렇지만 역시 이바라키茨木에 알리지 않으면……"

"아니, 아직 일러."

"하지만 만일의 경우에는 알려달라고 집안 분들이."

"그래서 아직 이르다고 한 거야."

카츠모토는 고집스럽게 고개를 저으며 희미하게 웃었다.

"그대가 보기에는 멀지 않았다……고 생각한 모양이군."

"예…… 아니, 아닙니다. 그렇지 않습니다."

"그렇지는 않으나 역시 걱정이 되나?"

"예…… 예."

"많은 신세를 졌어. 옳아, 그대의 눈이 정확해. 나는 멀지 않았어. 그래서 별채에 있는 문갑과 이 향로와 다구茶具 등을 모두 유물로 그대에게 주려고 해. 글로 써서 남길 테니 기억해두도록 해."

"아닙니다, 어찌 그런 약하신 말씀을……"

"말도 못하게 된다면 그야말로 마지막이야…… 기쁘게 받아주기 바라겠어. 그리고 말을 할 수 있을 때 부탁할 게 하나 있어."

그녀는 걱정스러운 듯이 카츠모토를 눕혀주고 머리맡에 앉았다.

"저희가 할 수 있는 일이라면 무엇이든……"

"하지 못할 일은 아니야. 또 그대들의 장래를 위해서도 도움이 될 것이고……"

"말씀하십시오, 무슨 일이신지."

"나는 말이지…… 카타기리 이치노카미라는 수상한 자가 열흘쯤 전부터 집에 숨어 있는데…… 숨겨줘도 벌을 받지 않을지…… 이렇게 쇼시다이에게 고발했으면 싶어."

"예, 쇼시다이에게……?"

"그래. 직접 이타쿠라 이가노카미 님에게 말씀 드리고 싶다……고 하면 틀림없이 쇼시다이가 직접 만나줄 거야. 쇼시다이를 만나면 그대는 정말 나를 모르는 것처럼 하도록. 카타기리 이치노카미라고 하는데 과연 사실인지……? 그렇게 말하면 아마 이가노카미가 스스로 확인하러 올 것이야."

"……"

"알아들었겠지. 그러면 나는 이가노카미와 마지막으로 대면할 수 있고, 그대들은 혹시 나중에 문제가 되어도 변명할 수 있어. 잔당에 대한 수색이 엄하므로 틀림없이 낯선 자를 묵게 해서는 절대로 안 된다는 포고가 내렸을 거야."

"예…… 예."

"좋아…… 알았으면 잠시 나 혼자 있게 해줘…… 너무 많이 걸어서 피곤하군."

13

그날 밤 쇼에몬 부부는 카츠모토가 말한 대로 쇼시다이에게 밀고하는 형식을 취할 것인가 아닌가에 대해 오랫동안 상의했다. 쇼에몬이 쇼시다이의 집을 찾아가기로 결정한 것은 역시 오사카의 잔당소탕이 엄중한 데 대한 공포에서였다.

사실 쿠니마츠의 처형을 전후하여 쿄토에서의 잔당소탕은 광적이라고 할 수 있을 정도로 더욱 심해졌다.

쵸소카베 모리치카長曾我部盛親는 체포되었으나, 오노 하루후사大野治房나 도켄道犬의 행방은 아직도 몰랐다. 더구나 히데요리가 살아 있다는 등의 소문이 사실인 것처럼 시중에 퍼지고 있기도 했다.

소문의 출처는 알 수 없었다. 성이 함락되던 날 히데요리라 자칭하고 자결한 자는 측근인 아무개였다. 히데요리는 카타기리 카츠모토 전에 이바라키 성주로 있던 이바라키 단죠茨木彈正의 아들 히라타 한조平田半藏, 나오모리 요이치베에直森與一兵衛, 요네다 키하치米田喜八 이하 측근 일곱 장수들의 호위를 받으며 성을 나갔다는 것이었다.

그리고 성과 가까운 곳에 있던 오다 우라쿠사이織田有樂齋의 진지로 들어가 그곳에서 알몸에 거적을 두르고 마치 쓰레기처럼 꾸며 요도가와淀川에 띄워 보냈다고.

이러한 소문에 다시 꼬리가 붙었다. 그때 히데요리는 단도를 간직하고 있다가 만약에 발각되면 자결할 결심으로 강어귀 근처까지 떠내려 갔다고, 마치 보기라도 한 것처럼 이야기가 유포되고 있었다.

강어귀에서 카토 히고노카미加藤肥後守의 배에 이르렀을 때는 앞서 말한 측근 일곱 장수들 가운데 히라타 한조, 나오모리 요이치베에, 요네다 키하치 세 사람만 남아 있었다.

카토 히고노카미는 여기서 이중장치로 된 선실을 만들어 주종 네 사람을 밑바닥에 숨겨 바다로 나갔다. 이번에는 바다에서 기다리고 있던 후쿠시마 가문의 배에 옮겨 타고 히고肥後와 사츠마薩摩를 향해 갔다는 것이었다……

이 소문은 한참 뒤까지도 꼬리를 물고 계속되어 쿄토, 오사카의 일부 사람들 사이에서는 오랫동안 사실로 믿어지기도 했다.

히고에 도착한 히데요리는 그곳에서 키쿠마루 지사이菊丸自齋라 이름을 바꾸고 유복한 상인이 산중에 은퇴하여 사는 것처럼 가장했다. 나오모리 요이치베에의 여동생을 은밀히 쿄토에서 데려와 소실로 삼고, 그 소실의 배에서 두 남매가 태어났다. 딸은 오타츠於辰, 아들은 키쿠마루菊丸라고 불렸다……는 『노인 일언기老人一言記』 등의 히데요리 사츠마 전래설에 관한 이야기가 있었다. 그러나 카츠모토가 쿄토에 있을 무렵에는 물론 소문이 그렇게 발전되었을 리는 없다.

"히데요리 님은 살아 있다."

이 소문이 퍼져 있어 잔당소탕을 하는 사람들을 초조감에 몰아넣고 있었다.

히데요리만이 살아 있는 것이 아니고, 성이 함락되기 며칠 전부터 히데요리도, 요도 부인도, 오쿠라 부인도 성안에 없었다, 그러므로 죽었을 리 없다……는 소문도 있었다.

그 이상으로 잔당소탕을 엄격하게 단행한 것은 맨 먼저 슨푸로 철수하리라 여겨졌던 이에야스가 가을까지 쿄토에 머물겠다고 한 점이 크게 작용했는지도 모른다……

잔당소탕을 하는 사람들은 이에야스의 쿄토 체류를 '잔당사냥'을 위한 것으로 해석하고 더욱 서둘러야 한다고 판단했을 수도 있다.

상의 끝에 쇼에몬은 카타기리 카츠모토라 일컫는 인물이 묵고 있다고 이타쿠라 카츠시게를 찾아가 고발했다. 그의 고발에 이타쿠라 카츠시게는 깜짝 놀라 산죠 코로모다나에 있는 쇼에몬의 별채로 카츠모토를 찾아오게 되었다……

14

카타기리 카츠모토는 이타쿠라 카츠시게에게 아직도 많은 의문을 품게 하는 인물이었다.

물론 간교한 영웅이라고는 생각지 않았다. 그러나 의리에 투철한 인물이라고 단정할 수도 없었다. 그렇다고 해서 도요토미 가문의 기둥을 갉아먹으면서까지 자신의 출세를 꾀하는 흰쥐의 부류라고는 생각되지도 않았다.

카츠모토는 때로는 몹시 타산적인 사람으로 보이면서도 때로는 매우 성실했다. 도쿠가와 편에 있는 이타쿠라 카츠시게의 눈에도 그렇게 보였을 정도이니 오사카 쪽으로서는 더욱 못마땅하고 불쾌한 존재였을 것이 틀림없다.

그러나 이에야스는 카츠모토의 입장을 동정하여 이번 전투가 끝난 후에는 가봉까지 하였다.

"영지 중 마음에 드는 곳에서 조용히 병을 요양하라."

이렇게까지 위로를 받고 있으면서도 어째서 몰래 쿄토에 숨어들어와 있는 것일까?

'묘한 사람이다.'

호위병 한 사람만을 데리고 몰래 쇼에몬의 집을 찾은 이타쿠라 카츠시게는 별채 울타리로 들어서려다가 흠칫 놀라 걸음을 멈추었다.

비좁은 안뜰 네모진 곳에서, 내리쬐는 한여름의 햇볕 아래 유령 같은 모습이 웅크리고 앉아서 흙을 파고 있었다. 아니, 단지 흙을 파고 있는 것만은 아니었다. 울타리 밑에 무언가 묻으려고 기진맥진한 몸으로 무서운 집념을 보이면서 조그만 구덩이를 파고 있었다.

'이치노카미로구나……'

그러나저러나 이 얼마나 야윈 모습인가. 지난번에 만났을 때는 아직 갑옷차림의 늠름한 대장으로 보였는데……

"이치노카미 님이 아니오?"

"오……"

카츠모토는 깜짝 놀라 얼굴을 들었다.

"역시 오셨군요……"

쉰 목소리로 말하고 얼른 옆에 놓인 사발 속의 것을 구덩이 속으로 감추듯이 쏟았다.

"무엇을 하시오, 이 뙤약볕 아래서?"

"보셨습니까? 하하하……"

"그 사발에 든 것은 무엇입니까?"

"이 집 아낙이 끓여준 된장국입니다."

"허어…… 입에 맞지 않는 모양이군요. 그러나……"

카츠시게는 웃었다.

"모처럼의 친절…… 남기기가 미안해서 버리려는 것이오?"

과연 카츠모토답다……고 생각하며 이렇게 말했다.

"이것을 좀 보십시오."

카츠모토는 울타리를 감아오르며 약간 덩굴을 뻗고 있는 나팔꽃을
가리켰다.

"이 나팔꽃…… 이 꽃을 피우려고. 나팔꽃은 타이코 님이……"

"아니, 타이코 님이……?"

"그렇소. 나가하마 성長濱城에 갓 들어갔을 무렵, 아침잠이 없는 타
이코 님은 내게 이런 말을 하셨지요. 스케사쿠助作, 나팔꽃을 그대가
가꾸도록 하라……고."

이렇게 말하고 카츠모토는 나팔꽃 뿌리께에 쏟은 된장국에 얼른 흙
을 덮고 일어났다.

"누추한 병상이지만 우선 들어갑시다, 이가노카미 님."

비틀거리고 일어나 울타리에 의지하며 툇마루에 올라섰다.

카츠시게는 갑자기 눈시울이 뜨거워졌다.

15

"타이코 님이 나팔꽃을 기르고 계실 무렵은 전성기였지요……"

쓰러지듯 별채에 다다른 카츠모토는 가만히 사발을 장지문 밖에 놓

고 안으로 들어갔다.

향내가 희미하게 코를 자극해왔다. 카스시게가 오리라 예상하고 피워놓았을 것이 틀림없다.

"모처럼 오고쇼 님이 마음에 드는 성에 살라고 하며 황송하게도 영지까지 내려주셨는데 어째서 이런 곳에 와 있을까…… 이가노카미 님은 의아해하시겠지요."

"그렇소, 무슨 까닭으로 이런 곳에 숨어 계시오? 내려주신 영지가 모두 마음에 들지 않는다…… 설마 그렇지는 않을 텐데요."

"당치도 않은 말씀입니다…… 이가노카미 님, 실은 오늘 쿠니마츠 님의 처형을 코다이인 님과 같이 보고 왔습니다."

"쿠니마츠 님이 아니라, 그 이름을 사칭한 자의 처형이겠지요."

"아니, 그건 아무래도 좋습니다. 아직 코다이인 님이 계신데…… 이것으로 도요토미 가문은 자취도 남지 않게 되었습니다."

카스시게는 굳이 입을 열려 하지 않았다.

'카츠모토는 무엇 때문에 나를 이런 곳에 불렀을까……?'

그 의문을 풀 수 없었기 때문이다.

"이 일로 해서 저는 오고쇼 님을 비롯한 도쿠가와 가문 사람들을 미워하지도 않거니와 원망도 하지 않습니다."

"으음."

"이 모두 저의 기량 부족이 초래한 불행…… 오고쇼 님도 귀하도 모두 도요토미 가문을 어떻게 해서라도 존속시키려고 애쓰신 것 잘 알고 있습니다. 그것을 알기에 제게는 이 세상이 지옥이었지요……"

카츠모토는 다시 정원의 나팔꽃을 가리켰다. 바싹 마른 손가락 끝이 삭정이처럼 떨리고 있었다.

"저것을 보십시오. 제게는 저 울타리가 타이코 님의 성으로 보입니다…… 저 나팔꽃이…… 타이코 님의 혼령으로 보입니다……"

"으음."

"그렇게 만들고 싶지 않았어요! 나 자신은 어떻게 되건 히데요리 님만은 어떻게든 한 영지, 한 성의 주인으로 남기고 세상을 떠나고 싶었어요……"

"……"

"그것이 완전히 거꾸로 되어 도요토미 가문은 이제 의지할 울타리도 없는 신세…… 그런데도 이 카츠모토에게는 작은 성이나마 셋이나 있습니다. 또 은퇴하여 어딘가에서 편안히 요양하라는 고마우신 말씀…… 그러나 이가노카미 님……"

"……"

"타이코 님의 자취가 흔적마저 사라진 지금 과연 나 혼자 성에 살아도 되겠습니까?"

"아!"

카츠시게는 저도 모르게 짤막하게 소리를 지르면서 카츠모토를 바라보았다. 카츠모토가 어째서 쿄토에 나왔는지 그 이유를 비로소 분명히 알게 되었다.

"그러면…… 귀하는 거성이 없어진 타이코 전하를 위해 순사할 생각으로……?"

"이해해주십시오. 내가…… 내가…… 만일 어느 성에서 죽는다면 타이코 님뿐 아니라, 후세에까지 카타기리 카츠모토는 오사카 성을 적에게 팔아먹은 발칙한 자…… 인정도 모르는 놈……이라고 비웃음을 당할 것입니다."

여기까지 말하고 카타기리 카츠모토는 구깃구깃한 옷자락을 움켜잡고 울기 시작했다.

이타쿠라 카츠시게는 카츠모토로부터 고개를 돌렸다. 그리고 그 역시 얼른 눈물을 닦았다……

16

"부탁이오, 이가노카미 님……"

잠시 울고 나서 카츠모토는 힘없는 소리로 말했다.

"제가 오고쇼 님이 배려해주신 성에서 죽지 못하는 까닭을 이해해주십시오."

카츠시게는 카츠모토의 말에 대답하는 대신 묵묵히 정원의 나팔꽃에 시선을 보내고 있었다. 겨우 울타리의 대나무에 덩굴을 뻗기 시작한 나팔꽃에는 벌써 조그마한 꽃망울이 맺혀 있었다.

"배려해주신 성에서는 죽을 수 없다…… 그렇다고 오고쇼 님이나 귀하를 비롯한 도쿠가와 가문의 여러분에게 어찌 원한이 있겠습니까…… 배려에 대해서는 오로지 감사할 뿐……"

카츠모토는 카츠시게의 무릎 앞에 두 손을 짚고 문득 말을 끊었다. 안타깝게 매달리는 눈빛은 고집으로 일관하는 무사의 그것이 아니라 인간의 양심에 호소하는 선율과도 같았다.

"고맙게…… 여기기는 하면서도…… 내려주신 성에서는 죽을 수 없는…… 이 착잡하고…… 종잡을 수 없는 가슴의 혼란을 이해해주십시오…… 이건 결코 오고쇼 님이나 칸토에…… 원한을 품고 죽는 것이 아닙니다."

"그렇다면……"

카츠시게는 겨우 시선을 카츠모토에게 되돌렸다.

"이치노카미 님은 이미 이 코로모다나에서 최후를…… 하고 마음을 정하셨습니까?"

카츠모토는 순순히 고개를 끄덕였다.

"처음에는 자결할 생각이었습니다. 그러나 그것은 안 된다…… 그러면 칸토에 대한 원한으로 생각한다. 하나밖에 없는 목숨이니 버릴 때는 신중하게…… 이렇게 생각하고 진작부터 이 카타기리 카츠모토는 식음을 폐하고 있습니다."

"식음을 끊었다는 말씀이오?"

"그렇습니다. 그래서 몰래 된장국을 묻다가 들키고 말았습니다. 내가 먹을 음식은 타이코 님의 혼령에 바치고 말라죽겠다…… 이 어지럽게 흐트러진 마음을 이가노카미 님이……"

"알겠습니다!"

카츠시게는 대답하지 않을 수 없었다.

'얼마나 이치노카미다운, 그러면서도 정직한 최후란 말인가……'

자기 마음의 그림자에 겁을 먹고 큰소리를 치며 죽어간 그 흔한 무사들의 죽음에 비할 때 자못 미련을 가진 것처럼 보이지만, 그러나 카츠시게에게는 이 죽음에 대한 태도가 보통 용기로는 도저히 흉내낼 수 없는 하나의 훌륭한 경지로 보였다.

"오고쇼 님의 은혜는 은혜, 그러나 타이코 님에 대한 의리도 저버릴 순 없다…… 그런 말씀이시군요."

"이해해주시겠습니까?"

"저는 아직 미숙하기는 하나 마치 내 일처럼 생각됩니다."

"감사합니다! 하하하……"

카츠모토는 다시 허리를 펴고 무릎에 앙상하게 마른 손을 얹으면서 웃었다.

"앞으로도 이 집 아낙이 갖다주는 식사는 계속 나팔꽃에 주겠습니다…… 그리고 여기에 꽃이 피는 것이 먼저냐, 아니면 이 몸이 타이코 님 앞에 끌려가 꾸중을 듣는 것이 먼저냐…… 아니, 어쨌거나 이가노카미 님, 감사합니다."

카츠시게는 더 이상 아무말도 묻지 않고 그날은 그대로 카츠모토와 헤어져 돌아왔다.

그리고 카츠모토가 죽어 그 유해를 이바라키에서 달려온 그의 아들 타카토시의 가신이 옮겨갔다고 마츠다 쇼에몬이 카츠시게에게 보고해 온 것은 그로부터 나흘째 되는 날, 오사카 성이 함락된 지 20일 후가 되는 5월 28일의 일이었다……

카타기리 가문에서 발표한 그의 사망 장소는 야마토 영지의 가쿠안 사. 이때 카츠모토는 60세였다.

난무하는 뇌신雷神

1

오사카 성이 함락된 지 한 달.

혼아미 코에츠가 바라본 세상은 이루 말할 수 없을 정도로 타락하고 혼란한 세계였다.

그 어느 곳에도 '정법正法'은 없었다. 그 어디에도 맑은 '아름다움'은 없었다.

쿄토 사람들은 도요토미 가문의 멸망으로 세상에 다시 평화가 돌아왔다고 겉으로는 기뻐하고 있었다. 그러나 그 생활의 밑바닥에는 올바른 질서도 올바른 미래에 대한 희망도 보이지 않았다.

엄중한 잔당 색출이 그 원인이었다. '평화'가 돌아오는 것과 동시에 세상은 우선 추악한 '밀고'의 세상으로 바뀌고 말았다. 어디에 어떤 무사가 도망쳐 숨어 있다……는 정도가 아니었다. 나중에는 누가 어떻게 도요토미 가문의 편을 들었느니, 누구는 어떠한 말로 도쿠가와 편을 욕했느니 하는 어이없는 밀고가 꼬리를 물어 그때마다 누가 누구에게 잡히거나 끌려갔다.

'이 기회를 이용하여 마음에 들지 않는 자들을 모두 함정에 빠뜨려 제거하자.'

처음에는 약간의 상금을 노리고 하는 밀고였다. 그것이 차차 악의를 품은 중상이 되고 사람들 사이의 험악한 감정충돌로 변해갔다.

'도요토미 우다이진 님의 어용 상점.'

본인도 모르는 사이에 이런 쪽지가 큼지막하게 가게문에 붙여져 있거나 밤중에 숱한 진흙이 던져지고──

'도요토미 가문의 잔당, 누구누구의 숙소.'

이런 글자가 씌어 있기도 했다.

실제로 혼아미 거리에 있는 그의 상점에도──

'도요토미 가문의 단골 칼 감정가.'

서투른 글씨로 격자문 옆의 기둥에 낙서가 되어 있었다.

'오고쇼도 이 혼란이 우려되어 철수를 연기했을 터……'

그러고 보니 오고쇼에게 작별인사를 다녀오시오…… 이타쿠라 카츠시게는 이런 연락을 해놓고도 그 후 아무 연락도 없었다. 오사카 함락 후의 뒤처리가 예상외로 지연되고 있기 때문이라 생각되었다.

'인간이란 어째서 이처럼 어리석은 것일까?'

전란이 사라졌다면 그 다음에는 어떻게 하면 올바른 자가 행복해질 수 있는 세상을 만들 것인가를 진지하게 생각해야 한다. 그런데도 사람들은 또다시 사사로운 원한을 쌓으려 하고 있다. 결국 극락이란 그림의 떡인가?

그날 그는 혼아미 네거리의 자기 집에서 나왔다. 토산품에 그림을 그리는 일을 하고 있는 화가로, 니시진西陣에 살고 있는 타와라야俵屋를 찾아갈 생각이었다.

타와라야 소타츠俵屋宗達는 원래 직물기술자였다. 그는 천성적으로 그림을 좋아했다. 직물의 밑그림을 그리면서 야마토에大和繪°를 모방

하는 동안 야마토에와도 다르고 카노 파狩野派°와도 다른 활달한 화풍의 그림을 그리기 시작했다. 마침내 그는 본업은 가족에게 맡기고 그림만 그렸다. 지금은 그가 부채에 그리는 그림이 쿄토 선물용으로 다섯 손가락 안에 꼽힐 정도가 되었다.

코에츠는 이 소타츠에게 자기 감정서에 가을 풀이며 봄에 피는 뱀밥, 고비 따위 등을 그리게 하여 우아한 밑그림으로 삼고 있었다.

'소타츠 그 사람은 원만한 사나이, 소타츠는 오늘날의 혼란을 어떻게 보고 있을까……?'

이런 생각을 하면서, 쓸쓸함을 견디다못해 코에츠로서는 서로 통할 수 있는 사람을 찾아나선 방문이었다……

2

소타츠의 집에서는 천 짜는 소리가 들리지 않았다.

이상한 일은 아니다. 요즘은 그림이 본업처럼 되어, 그림을 배우기 위해 제자로 들어오겠다고 희망하는 사람이 많아졌다고 웃기도 하던 소타츠였다……

"집에 있나?"

격자 미닫이를 열었으나 대답이 없었다.

코에츠는 그대로 봉당으로 들어가 다시 한 번 안을 향해 말했다.

"토쿠유사이德有齋일세. 들어가겠네."

화실은 별채에…… 있음을 알고 있고, 가족이 없을 때는 종종 대답이 없다는 사실도 코에츠는 알고 있었다. 소타츠는 젊어서부터 귀가 어두워 일에 열중하면 더욱 잘 듣지 못했다.

"있군, 있어."

코에츠가 별채로 걸음을 옮기는데, 소타츠는 이쪽으로 등을 돌리고 방안 가득히 펴놓은 종이에 무언가 열심히 그리고 있었다.

병풍의 밑그림인 듯. 여러 장을 이어놓은 큰 종이 위에 조그만 무릎 받침 방석을 깔고 그 위에 몸을 구부려 고개를 갸웃거리고 있었다.

"허어, 어느 다이묘에게 보낼 선물인 모양이군."

이 말 역시 듣지 못했을지도 모른다고 생각하면서 코에츠는 짚신을 벗었다. 그리고 소타츠의 등뒤로 다가가 그림을 들여다보았다.

이상한 그림이었다.

소타츠가 즐겨 그리는 강아지나 화초 그림이 아니었다. 우선 위쪽 공간에 작은북이 그려져 있었다. 아니 그것도 하나가 아니라 두 개나 세 개를 그릴 작정인 밑그림의 선이 있었다.

"으음."

아직도 소타츠는 코에츠가 왔다는 것을 깨닫지 못하고 있었다. 혼자 신음하면서 무언가 생각하고 있었다.

'……무엇을 그릴 작정일까?'

코에츠가 이렇게 생각했을 때, 소타츠는 무릎 밑에 구겨놓은 종이 중에서 하나를 집어들고 작은북의 원 밑에 놓고 구김살을 폈다.

"아, 뇌신雷神의 그림이다!"

코에츠의 눈이 휘둥그레졌다. 작은북을 치면서 하늘을 달리는 뇌신을 그리려는 모양이었다. 그런데 이 뇌신의 멍청해 보이는 동안童顔은 또 무엇이란 말인가. 위엄도 없거니와 소름끼치는 모습……이라는 느낌도 들지 않았다. 축제 분위기에 들떠 있는, 바로 소타츠 자기 자신과도 같은 배꼽을 빼게 하는 뇌신이었다.

'얼간이 같은 사나이로군……'

생각하는 순간 코에츠는 깜짝 놀랐다.

'이것은 소타츠가 아니야. 어디선가 본 얼굴이다……'

"그렇다!"

코에츠는 자기 자신에게 말했다.

'니죠 성에 있는 오고쇼가 화를 내고 싶지도 않은데 눈을 부릅뜨고 분노하는 체하는 얼굴이다!'

참다못해 코에츠는 등뒤에서 소타츠의 어깨를 두드렸다.

"아……"

소타츠는 뒤를 돌아보았다. 돌아보면서 당연히 히죽히죽 웃을 것…… 이라고 코에츠는 생각했다. 그러나 그의 생각은 어긋났다.

소타츠는 돌아보는 순간 깜짝 놀랐다. 그리고는 얼굴이 굳어져 잠시 숨을 죽이고 코에츠를 쳐다보았다. 아니, 그뿐만 아니라 눈시울이 붉어지면서 젖어들어갔다.

'어떻게 된 일일까……?'

도리어 코에츠가 놀라 잠깐은 아무말도 하지 못했다.

3

소타츠는 가만히 일어나 무릎받침을 움켜쥐고 펼쳐놓은 종이 위에서 비켜섰다. 그리고는 당장이라도 울 것 같은 표정으로 조용히 종이를 말고 있었다……

코에츠는 숨을 죽이고 잠자코 있었다.

인간이 서로 사귈 때는 성격이라든가 근성에서 오는 중압감의 차이가 있었다. 그런 의미에서 소타츠는 코에츠를 대하기가 어려웠는지 언제나 겸손한 편이었다.

"어째서 일을 계속하지 않나?"

코에츠가 이렇게 말했을 때는 이미 뇌신의 얼굴도 작은북도 둘둘 말리고, 소타츠는 위험한 장난을 하다 들킨 어린아이처럼 얌전하게 무릎을 모으고 앉아 있었다. 그 눈은 여전히 조심스러웠으며, 눈물에 젖어 있었다.

코에츠는 다다미를 두드렸다.

"왜 대답이 없나? 자네와 나 사이에 못할 말이라도 있나?"

"헤헤헤……"

소타츠는 가는귀가 먼 사람이 흔히 그렇듯이 억양 없는 목소리로 바보처럼 웃었다.

"헤헤헤……로는 알 수 없지 않은가. 자네는 이 그림을 나에게 보이기 싫은가?"

"헤헤헤……"

깨닫고 보니 소타츠의 큰 눈에서 눈물이 흐르고 있었다.

'이상한 사나이로군. 무엇을 생각하고 있을까……?'

그때 소타츠는 얼른 일어나 그림도구를 올려놓은 선반에서 작은 밑그림 하나를 꺼내 코에츠 앞에 펼쳤다.

그것은 한 달쯤 전에 코에츠가 부탁했던 향 포장지였다. 상단에는 대담하게 금박을 칠하고, 그 위에 은으로 고사리 순이 네댓 개 세련된 수법으로 그려져 있었다.

"은은 곧 검어집니다. 그러면 이것이 또렷하게……"

얼른 화제를 돌림으로써 뇌신에 대한 말을 피하려는 소타츠의 생각인 모양이었다.

딴전을 피우는 소타츠의 태도에 코에츠는 더욱 흥미를 느끼며, 연거푸 다다미를 두드렸다.

"포장지 이야기를 하자는 것이 아닐세. 으음, 포장지는 이만하면 됐네. 시골 다이묘의 선물로는 값비싼 향인데다 자네의 그림에 내 글씨, 그리고 금으로 채색되었다면 누구라도 만족할 테지…… 그런데 내가 말하고 싶은 것은 이 향 포장지가 아니라, 지금까지 자네가 그리고 있던 작은북에 대해서야."

"죄송합니다."

소타츠는 불쑥 내뱉고 난처한 듯 무릎 위에 얹은 손을 비볐다.

"무엇이 죄송하다는 말인가? 그렇다면, 나하고 뇌신이 무슨 상관이라도 있나?"

"아닙니다…… 죄송합니다."

다시 소타츠가 말했다.

"어르신이 저를 너무 꾸짖으시므로……"

"그럼, 그것이 이…… 코에츠란 말인가?"

"예. 처음에는 그렇게 생각했습니다만, 그리고 있는 동안 마음이 변했어요…… 좀더 귀찮은 뇌신도 있다고."

"아, 이제 알았어! 그러니까 그 뇌신이란 이 코에츠이기도 하고 또 니죠 성의……"

"죄송합니다."

소타츠는 세 번이나 굳어진 소리로 말하고 몸둘 곳을 모르는 듯 어깨를 움츠렸다.

"어르신이 좋아하시는 오고쇼 님 말입니다."

4

그 얼마 후였다…… 소타츠의 말을 듣다 말고 코에츠가 배를 움켜잡고 웃기 시작한 것은.

"와하하하…… 그렇군. 이거 재미있는걸. 그래서 그대는 낭황했었군. 그대다운 일이야…… 타와라야."

"죄송합니다…… 결코 원한이나 감정이 있어서 그런 것은 아니니 용서하십시오."

"하하하…… 원한이나 감정은 없지만 못마땅하다는 말이지…… 그렇군, 자네에게는 이 코에츠가 뇌신으로 보였나?"

"그것이…… 아니, 처음에는 그렇게 생각했습니다만…… 다음에는 니죠 성의……"

소타츠는 솔직하게 말하려는 듯했다. 이번에는 코에츠가 손을 들어 그 말을 제지했다.

"잠깐 타와라야…… 이름은 말하지 말게. 오해를 받게 되면 곤란한 일이니까."

"그, 그렇군요."

"그보다 타와라야, 자네에게 묻고 싶어. 자네는 니죠 성의 그분이 싫은 모양이군?"

"죄송합니다."

"그 이유를 묻는다면 어리석은 일이겠지…… 꼬장꼬장 잔소리가 귀찮기 때문이라고 자네는 이미 그림으로 대답하고 있으니까. 도대체 무엇이 귀찮다는 건가?"

"한 가지를 보면 백 가지를 알 수 있습니다."

소타츠는 노하지 않는 코에츠의 모습에 겨우 안도한 듯 느릿느릿 말하기 시작했다.

"저는 쿄토 토산품 그림을 마음껏 그리고 싶었습니다…… 그리고 타이코로부터 직접 천하 제일이라는 인정을 받는 일을 즐거움으로 삼고 있었지요. 그런데 니죠 성 어른은 잔소리가 너무 많습니다. 이런저런 이유를 붙이거나 하고, 내가 천하 제일을 인정하는 것은 권위가 없다, 그림에 대해서는 화단畵壇에서 인정하는 바가 되어야 한다……고. 정말 까다로운 분입니다."

"으음, 그래서 혹시 진상할 그림을 부탁 받는다면, 자네는 뇌신을 그릴 생각이었나?"

"그뿐만이 아닙니다. 어르신 앞이라 말씀 드립니다마는, 저 쿠니마츠 님 처형이 과연 옳은 일입니까? 젖먹이의 손목을 비튼다는 말은 바로 그런 일을 두고 하는 말 아닙니까. 몰락한 무사들 역시 마찬가지입니다. 이미 전의를 잃고 뿔뿔이 흩어진 자들을 그토록 집요하게 색출할 필요가 어디 있겠습니까. 죄송합니다마는, 저는 그런 분에게 호의를 가질 수 없습니다."

소타츠로서는 보기 드물게 단호하게 말했다. 그리고는 서둘러 코에츠에게 사과했다.

"……그런데, 어르신이 좋아하시는 분을 나쁘게 말해서 죄송합니다. 용서해주십시오."

"하하하……"

"아니, 우스운 일이라도 있습니까?"

"아니, 실은 이 코에츠도 그분이 싫어졌네. 나는 말일세, 그분이 히데요리 님이나 생모님까지 죽일 분이라고는 생각지 않았어…… 그런데 자네 말처럼 쿠니마츠 님까지 찾아내어 처형했어…… 그렇다면 난세의 무장과 어디가 다르단 말인가?"

소타츠는 깜짝 놀라 코에츠를 바라보았다.

"그, 그게 진심이십니까? 어르신께서 설마 저를 놀리려고 하시는 말씀은 아니겠지요?"

"그렇지 않아. 그분이 지난날 무장들과 다름이 없다면 또다시 원한을 품은 보복이 반복되어…… 세상은 머지않아 난세로 되돌아갈 것일세. 나는 이런 세상에서 사는 것이 싫어 자네를 찾아온 거야."

소다츠는 조심스럽게 고개를 가웃했다.

그의 눈에 비치는 코에츠는 때때로 자기의 뜻과는 반대의 말을 하여 상대를 떠보는 버릇이 있었다. 그 함정에 걸려들면 반드시 그 다음에는 무섭게 소리지르는 '뇌신'이 되고는 했다.

5

"진심이십니까?"

소타츠는 다시 말했다.

"무슨 일에나 철저하신 토쿠유사이 님, 그런 토쿠유사이 님이 그분을 싫어하시게 되었다…… 저에겐 좀처럼 납득이 가지 않습니다."

코에츠는 그 말을 진지하게 받아들이고 고개를 숙였다.

"타와라야."

"역시 거짓말이겠지요. 어르신은 그분에게 반해 있을 텐데요."

"그렇지 않아. 아니…… 그 일은 이제 그만두세. 그보다 자네가 이 세상에서 가장 싫어하는 것은 무엇인가?"

"그야……"

소타츠는 아직도 상대의 기색을 살피는 눈빛이었다.

"제가 이 세상에서 가장 싫은 것은…… 민달팽이, 그리고 역시 번개입니다."

"으음, 역시 그렇군."

"그렇다고 언짢게 생각하지는 마십시오. 번개 중에서는 그래도 토쿠유사이 님이 제일 나은 편입니다."

"으음."

코에츠는 다시 진지하게 고개를 끄덕였다.

"그럴 테지. 나로서도 자네의 재능과 인품이 뛰어나 좀처럼 찾아보기 어려운 사람이라 생각하고 늘 마음속으로 존경하고 있었는데, 역시 그랬었군……"

"토쿠유사이 님, 그게 아닙니다. 제가 싫어하는 것은 번개가 아니라, 왜 그 있지 않습니까, 봄에 산에서 만나는 긴 짐승…… 뱀 말입니다. 그 것을 싫어합니다."

코에츠의 얼굴에는 아직도 웃음이 되돌아오지 않았다.

칼의 감정서에 무늬를 그리게 하거나 토산품 부채에 일일이 비평을 하고 또 향의 포장지나 색종이 등의 휘호에 이르기까지…… 그런 그림을 그리면 글씨가 빛을 잃는다는 등 잔소리를 늘어놓기 때문에 싫어하리라…… 생각은 하고 있었다. 그러나 그런 감정을 엉뚱하게도 뇌신의 그림을 통해 할 줄이야……

'그렇구나, 역시 나는 잔소리가 심했어……'

이렇게 생각하면서 코에츠는 자신의 이 반성은 그대로 니죠 성의 이에야스에 대해서도 되풀이되어야 한다는 느낌이었다.

틈만 있으면 잘난 체 이것저것에 대한 의견을 늘어놓았다. 때로는 화가 나기도 했겠지. 옳은 말이라면 해야 한다고 어린아이처럼 설친 일이 없지 않았다.

'그러면서도 정작 중요할 때 아무런 도움도 되지 못했다……'

히데요리나 요도 부인이 제거되었을 뿐만 아니라, 아무 죄도 없는 쿠니마츠까지 저렇게……

"소타츠."

"용서하십시오, 토쿠유사이 님."

"나는 말이지, 이제부터 니죠 성에 갈 생각일세."

"니죠 성에……?"

"그래. 거기 가서 그분에게 하고 싶은 말을 전부 쏟아놓아야겠어. 내 분을 풀어야겠어."

"그것은 성급하신 일! 만약 그랬다가……"

"죽으면 그만이야. 오히려 죽게 되면 그것을 마지막으로 다시는 벼락이 떨어지지 않을지도 모를 일일세. 아니, 그게 아니라…… 이런 세상에 나 자신이 작별을 고하고, 다시는 사람을 대하지 않아도 될 탄바丹波 산속으로 들어가 숨어살겠네."

"토쿠유사이 님, 잘못된 생각이십니다!"

소타츠도 진지한 표정으로 무릎걸음으로 다가앉았다.

"뇌신으로 계시는 것이 훨씬 좋습니다. 탄바 산속에서 도깨비가 되느니보다는 말입니다. 그건 단념하시고……"

6

혼아미 코에츠와 같은 까다로운 사람도 타와라야 소타츠를 대하면 어린아이로 돌아가고는 했다. 아니, 어린아이로 돌아간다기보다 상대의 천진난만한 태도를 접하다 보면 어느새 자기 자신의 그 점잖은 체하는 상식의 옷은 벗겨지고 말았다.

소타츠가 자못 진지한 표정으로 산속의 도깨비보다는 뇌신인 편이 낫다고 코에츠에게 단언하는데 ─

"아니, 도깨비가 되는 것이 좋아!"

코에츠도 짐짓 고집을 부리며 고개를 저었다.

"누가 말려도 소용없어. 혼아미 코에츠는 굳게 결심했어!"

"이렇게 부탁 드립니다. 뇌신이라 해도 어르신 같은 뇌신은 좋은 뇌신입니다."

"내 결심을 굽힐 수는 없어, 소타츠. 일단 각오한 이상 쉽사리 마음을 바꾼다면 뇌신이라는 말까지 들은 내 체면이 서지 않아."

"그럼, 무슨 일이 있어도……?"

"그래. 지금부터 니죠 성으로 가서 그분에게 이 뱃속에 쌓인 모든 것을 털어놓고, 곧바로 탄바 산속으로 들어가겠네."

"그…… 그렇게 하시면 생……생…… 생명이 위험할지도."

"생명 따위가 뭐란 말인가!"

말하는 동안 코에츠의 눈에서는 눈물이 흘렀다.

"생명이 다 뭐란 말인가! 이 세상은 니치렌日蓮 대선사°의 가르침을 어겨가면서 부정과 불의에 눈감고, 마음에도 없는 아부를 하며 살아갈 데가 아니야. 그래서는 생명을 훔치는 도둑이 돼."

큰 소리로 말하면서, 정말 그렇다는 생각을 떨칠 수 없었다.

"그래, 생명을 도둑질하는 거야! 나만이 아니라 자네도 마찬가지일세. 아니, 이보다 더 심한 삶의 도둑은 일흔 살이 넘어서까지 아녀자의 목숨을 빼앗는 그 니죠 성의 악귀일세. 그렇고말고. 자기가 자신의 생명을 훔치는 것도 부족해 남의 생명까지 도둑질하다니…… 말릴 생각은 말게, 소타츠. 나는 그 늙은 악귀에게 창자라도 끄집어내어 던지고 이 세상 떠나겠어……"

이는 제정신이 아닌 코에츠의 불가사의한 본연의 흥분이었다. 어쩌면 평생의 노력이 아무 열매도 맺지 못한 데 대한 분노가 걷잡을 수 없이 폭발한 것인지도……

'이거 큰일났다!'

소타츠는 낯빛을 바꾸고 코에츠에게 달려들었다. 코에츠가 분에 못이겨 그대로 뛰어나갈 것 같았기 때문이다.

"거기 누구 없느냐, 혼아미 어르신이……"

"이걸 놓게, 소타츠!"

"아니, 놓을 수 없습니다. 번개라고 한 것은 제가 잘못했습니다. 사실 어르신은 번개도 도깨비도 아닙니다. 소타츠가 가장 좋아하는…… 마음으로부터 존경하는……"

"그만둬, 소타츠. 그런 아부의 말에 넘어갈 나라고 생각하나?"

"부탁입니다! 여봐라, 누가 없느냐……"

코에츠는 이미 그때 자기가 무엇을 하려 하고 있는지 분명하게 깨닫고 있었다.

'농담으로 한 말이 뜻밖에도 진실이 되었구나.'

그래도 좋다고 코에츠는 생각했다.

이 기세를 몰아 이에야스에게 마지막 충고를 한 다음 속세를 떠나자. 호죠北條 씨에게 강력하게 충고를 한 다음 미노부身延로 숨어버린 니치렌 대선사처럼…… 뜻밖에도 그 결심을 소타츠가 하도록 해주었다. 소타츠는 좋은 친구였다…… 이렇게 생각하면서 코에츠는 거칠게 그 손을 뿌리치고 짚신을 신었다.

7

"기, 기다리십시오!"

소타츠의 다급한 소리를 뒤로 들으며 코에츠는 봉당을 나왔다.

바깥은 지나치게 햇빛이 쨍한 한여름의 염천炎天이었다. 문득 반성하는 기분에 사로잡힌다면 치솟은 흥분은 그대로 한낱 백일몽으로 사라질 것만 같았다.

'그렇다, 나는 분노해야 한다. 일생에 한 번, 진짜 분노를 폭발시켜도 좋은 때다!'

그러나 이러한 기세도 가마에 오를 때까지. 코에츠는 가마에 오르고 나서 차차 기세가 수그러지며 생각에 잠기기 시작했다.

'이대로의 옷차림으로는 안 된다. 상대는 일본 제일의 권력자……'

역시 의복만은 예의에 벗어나지 않도록 차려입고 단정한 태도로 충고를 해야 한다고 코에츠는 생각을 정리했다.

"먼저 우리 집으로 가게. 내가 옷을 갈아입을 때까지 기다렸다가 쇼시다이에게 가도록 하세."

일생 일대의 강도 높은 충고를 하려는 자가 횡설수설한다면 자기 자신에 대해서도 충실하지 못한 것이다.

이렇게 생각하는 순간 코에츠는 이미 소타츠와 마주앉아 있을 때의 그와는 달라져 있었다. 그는 우선 자기 집에 돌아와 얼마 전에 구운 '감색 찻잔' 하나를 상자에 넣어 선물을 마련했다.

감색 찻잔…… 쵸지로長次郎에게 지도를 받아가며 자신의 가마에서 구워낸 유약을 바르지 않은 감빛 도는 찻잔이었다. 코에츠는 그 빛깔이나 모양에도 자신이 있었다. 중간 부분이 잘록한 특징을 가진 쵸지로의 그것과는 달리 이 감색 찻잔은 전체적으로 둥그스름하고 깊숙하게 만들어져 있었다.

손바닥에 우주를 감싼다…… 그러한 꿈을 따뜻한 감빛으로 구워냈다고 자부하는 코에츠 자신의 작품이었다.

찻잔을 가지고 집에서 나온 코에츠는 곧바로 쇼시다이 저택으로 가마를 달렸다.

먼저 순서에 따라 이타쿠라 카츠시게를 찾아가기로 했다. 카츠시게가 없으면 직접 니죠 성으로 가서 카츠시게의 아들 시게마사를 통해 면회를 부탁할 생각이었다.

마침 카츠시게는 저택에 있었다.

"이가노카미 님, 대단히 실례인 줄은 알지만, 실은 이타쿠라 님의 말씀도 기다리지 않고 직접 내가 오고쇼 님을 뵙고 작별인사를 드리려고 왔습니다. 오랜 교분을 믿고 염치없는 청을 드립니다마는 주선해주셨으면 합니다."

코에츠는 이렇게 말하면서 가지고 온 찻잔을 내밀었다.

"작별……이라니 여행이라도 떠나십니까?"

"그렇습니다. 이제 쿄토에서 사는 것이 싫어졌습니다."

"그럼, 가시는 곳은?"

"말하고 싶지 않습니다!"

코에츠는 강하게 고개를 저었다.

"세상을 버리렵니다. 이처럼 탁해진 세상에 미련이 없다……고 하기보다…… 도저히 견디기 어려운 심정입니다. 그러므로 오고쇼 님이나 귀하와도 영원한 이별이 될 것입니다."

"으음, 과연……"

카츠시게는 눈앞의 찻잔 상자와 노인을 번갈아 바라보고 나서 ─

"알겠습니다. 오고쇼 님이 요즘 무척 바쁘십니다만…… 지금 그 말씀 전하기는 하겠습니다."

이렇게 대답하고 그 길로 가까이 있는 니죠 성으로 들어갔다.

8

이타쿠라 카츠시게는 좀처럼 돌아오지 않았다.

당시 이에야스는 코에츠 이상으로 흥분한 상태에서 그 역시 인생의 마지막 투쟁을 시작하고 있을 때였다. 매일같이 면회를 청하는 다이묘와 공경은 물론, 승려, 학자, 신관 등 여러 방면의 사람들이 대기실을 가득 채우고 있었다.

시동이 늦은 점심을 가져왔을 무렵에는 ─

'아마 오늘은 뵙지 못할 것 같군.'

참을성 있는 코에츠도 그만 반쯤 단념하고 있었다. 그런데 상을 물리고 나서 얼마 후 카츠시게가 땀을 닦으면서 돌아왔다.

"다른 분도 아닌 노인장이라서 역시 만나시겠다고 합니다."

이렇게 말하고 카츠시게는—

"지나치게 심한 말씀은 삼가주십시오."

작은 소리로 덧붙였다.

코에츠는 갑자기 가슴의 고동이 빨라지기 시작했다. 지나치게 심한 말이기는커녕 기가 죽어 완전히 투지를 잃고 있었다.

'그러나 두 번 다시 뵙지 못할 터.'

자기 자신을 꾸짖고 카츠시게와 함께 니죠 성으로 향했다.

다시 1각(2시간) 가까이 기다리다가 코에츠는 이에야스의 거실로 안내되었다. 그때는 벌써 해가 기울고 정원에서는 요란하게 쓰르라미가 울어대고 있었다.

"기다리게 해서 미안하네."

이에야스가 말했다.

"가까이 오게. 나도 자네를 만나고 싶었어."

바로 그때였다. 정원 가득히 햇빛이 쏟아지고 있었으나 갑자기 쏴 하고 급류와도 같은 소리를 내며 비가 쏟아지기 시작했다.

"여우비로군!"

이에야스는 깜짝 놀란 듯 쏟아지는 빗줄기를 바라보며 혀를 찼다.

"요즘에는 모든 것이 미쳤어. 이럴 때는 조심해야지, 그렇지 않으면 건강을 해치게 돼. 어때 자네는 별일 없었겠지?"

코에츠는 당황해서 고개를 저었다.

어떻게 하면 독설을 퍼부을까 단단히 마음먹고 왔는데 상대의 말이 너무나 부드러웠다.

'그 수법에 넘어가지는 않겠다.'

"감사합니다. 보시다시피 몸은…… 그러나 이 코에츠가 오늘은 작별을 드리러 왔습니다."

"아, 그 이야기는 카츠시게에게 들었네. 자네는 이 세상이 싫어졌다고 하던데, 그 말은?"

"예. 어디를 보나 어리석기 짝이 없는 추잡한 일들뿐, 쿄토에 살기가 싫어졌습니다."

"그럼, 어디에 몸을 숨길 생각인가?"

"어리석은 인간들을 이 눈으로 보지 않아도 될 곳에 찾아들어 은거하고 싶습니다."

"은퇴한다…… 부러워, 자네가."

"예?"

"자네는 부아가 치밀면 은퇴라도 할 수 있지. 그러나 나 같은 사람은 아무리 화가 나는 일이 있어도 은퇴가 용납되지 않네. 은퇴한 몸이면서도 이런 형편이라네."

이에야스는 이렇게 코에츠에게 말하고 곁에 대기하고 있는 이타쿠라 시게마사에게 —

"노인에게 다과를 대접하게."

지시하고, 사방침 앞으로 몸을 내밀었다.

"참고로 알아두고 싶군. 자네가 가장 못마땅한 것은 무엇인가? 여러 가지가 있을 테니 차례로 말해보게."

9

이에야스의 이 말은 바로 코에츠가 기다리고 있던 것.

"말씀 드려도……"

"아, 상관없어."

이에야스는 코에츠의 말이 자기에게 쏘아댈 비난의 화살일 줄은 모르고 부드러운 표정으로 고개를 끄덕였다.

"나는 아마 칠월 안에 슨푸로 돌아가게 될 거야. 돌아가면 다시 쿄토에 나올 수 없겠지. 따라서 이것이 이승에서의 마지막 작별…… 자네의 솔직한 말을 듣고 싶어."

"말씀 드리겠습니다!"

코에츠는 기죽지 않으려고 가슴을 폈다.

"저는 오고쇼 님이 계시다…… 그러므로 도요토미 가문이 오사카 성에서 물러나기만 하면 무사히 존속할 수 있다…… 이렇게 믿어 의심치 않았습니다."

"으음…… 나를 믿고 말이지?"

"예. 그런데 이런 결과가 되다니…… 우다이진 님과 생모님을 자결시키고 도요토미 가문을 단절시켜 천하를 위해 무슨 이익이 있습니까? 우다이진 님도 생모님도 이번 소요에는 장식물에 불과한 분들, 진정한 적도 아니고 소요의 중심도 아닙니다. 그런데도 무리하게 제거하여 표면적으로 수습한들 무슨 소용이 있습니까? 모처럼 오고쇼 님이 평생을 두고 추구하신 이상에 먹칠을 하고, 다음에 일어날지도 모를 소요의 뿌리를 한층 더 깊이 뿌리내리게 한 데 지나지 않습니다…… 그러므로 다음 소요가 싹트기 전에 어딘가 사람이 없는 곳에 숨어버리겠다…… 이렇게 마음을 굳혔습니다."

코에츠는 가능한 한 이에야스의 얼굴을 보지 않으려 하면서 단숨에 여기까지 말했다.

'조금도 말을 꾸미지 않겠다. 이것이 니치렌 대선사와 함께 사는 혼아미 코에츠의 모습이다.'

"그런가, 잘 말했네……"

이에야스는 코에츠의 예상과는 달리 전혀 화를 내지 않았다. 다행히 혼다 마사즈미는 그 자리에 없었다. 그러나 이타쿠라 카츠시게와 시게

마사 부자, 그리고 나가이 나오카츠는 코에츠의 거친 말에 깜짝 놀라 얼굴을 마주보고 있었다.

이때 아챠阿茶 부인이 시녀에게 다과를 들려가지고 들어와서 대화가 잠시 중단되었다.

아챠 부인은 슨푸에서 이에야스를 섬기던 카즈사노스케 타다테루의 생모인 챠아茶阿 부인과는 다른 사람이었다. 그녀는 코슈甲州의 무사이다 큐자에몬飯田久左衛門의 딸로, 이마가와 가문의 가신 카미오 마고베에 히사무네神尾孫兵衛久宗의 아내였다. 그 뒤 이에야스의 소실이 되었다가 지금은 측근에서 로죠老女˚ 역할을 하는 꿋꿋하기로 소문난 여자였다.

"아챠도 노인의 말을 듣는 것이 좋을 거야."

다과를 코에츠 앞에 놓고 그대로 물러가려는 아챠 부인에게 이에야스가 말했다.

"혼아미 노인은 말이지, 우다이진과 요도 부인이 죽은 이후 이 세상이 싫어졌다고 하는군."

"예. 저도 여기 앉아 듣겠습니다."

아챠 부인은 시녀들만 물러가게 하고 공손히 한구석에 앉았다.

"노인, 이 세상이 싫어진 자네의 첫번째 이유는 알겠어. 그럼, 두번째 이유는?"

"아무 죄도 없는 쿠니마츠 님의 처형. 그런 어린 생명이 어째서 평화를 위한 제물이 될 수 있겠습니까? 이것이야말로……"

"세번째는?"

이에야스는 그 이상 듣기가 괴로워서였는지 격한 소리로 코에츠의 말을 가로막았다.

"셋째는…… 우다이진 님 부인에 대한 처리입니다."

그때 이미 코에츠의 얼굴은 불길처럼 달아올라 있었다.

10

어느덧 비는 멎고 석양빛이 붉게 정원을 물들이고 있었다. 그 붉은 빛에 예사롭지 않은 뭉게구름이 엉기고 있었다.

"우다이진의 부인이 어떻다는 건가?"

이에야스는 눈에 띄게 낯빛이 창백해졌다. 그러나 아직 곧이곧대로 쏘아대는 상대의 말을 듣고 싶어하는 듯했다.

"예…… 제가 알기로는 센히메 님이 성에서 떠나신 데 대해 쇼군 님이 격노하시어 그분에게도 자결을 강요하실 결심…… 이처럼 저항도 없는 여성이나 어린아이…… 그러한 분들을 잇따라 희생시키지 않으면 유지할 수 없는 평화라면, 그 평화에 무슨 뜻이 있겠습니까?"

"노인."

"예."

"아직 남았나…… 센히메에 대한 일 말고 또 못마땅한 일이?"

"있습니다!"

코에츠는 언성을 높였다.

"그런 일을 허락하시는 오고쇼 님도 그렇거니와 이를 만류하려 하시지 않는 코다이인 님도, 코다이인 님…… 코다이인 님은 쿠니마츠 님에 대한 처형이 끝난 뒤 제가 찾아갔으나 면회를 허락지 않고, 측근 여승의 말에 따르면 방에 틀어박혀 염불만 외우신다고…… 그런 공허한 염불만으로도 세상이 깨끗해지고 올바른 평화가 찾아온다면 아무도 고생하려 하지 않습니다. 어째서 직접 오고쇼 님을 찾아가 구명을 호소하시지 않았는가…… 혹시 생모님에 대한 질투로, 꼴 좋군 하고 도요토미 가문의 불행을 기뻐하고 계신지도 모릅니다. 어쨌든지 모든 것이 추잡하기만 하고……"

"토쿠유사이 님!"

참다못해 카츠시게가 코에츠를 나무랐다.

그러나 코에츠는 입을 다물지 않았다.

"세상의 모습을 진정으로 바로잡으려면 성인의 학문을 배워야 한다…… 이렇게 말씀하신 것은 바로 오고쇼 님…… 그런데 어떻게 되었습니까? 이번 소요는 처음부터 끝까지 성인의 도道이기는커녕 지리멸렬한 부도덕일 뿐……"

"그만 됐네."

"아직 남았습니다. 한마디만 더…… 그런 뒤 화가 나시면 죽여주십시오. 원래 쇼군 님의 효성부터가 큰 잘못입니다. 잠자코 오고쇼의 억지를 묵인하는 효심은 참다운 효심이 아닙니다. 만약 이 늙은이가 쇼군 님이라면 어떤 간언을 드려서라도 결코 우다이진 님이나 생모님을 죽게 하지는 않았을 것입니다."

"코에츠 님!"

카츠시게의 목소리가 노기를 띠고 코에츠의 말을 중단시켰다.

"무례가 지나치지 않소!"

무언가 말하려던 이에야스가 그 일갈에 그만 멍한 표정이 되어 입을 다물었다.

코에츠는 예상과 같이 사정을 거꾸로 받아들이고 있었다. 사실 코에츠와 이에야스의 의견은 같았는데……

"오고쇼 님은 피로하시오. 말씀 드리고 싶은 일은 모두 말씀 드린 것 같군요, 과감하게 말입니다. 이제 남은 말씀은 없겠지요. 이만 돌아가시는 게 어떻겠소?"

부드러워진 카츠시게의 어조에 코에츠도 섬뜩한 모양이었다.

"예…… 이 코에츠는 모두 말씀 드렸습니다. 그런데도 오고쇼 님은 노하시지도 않고……"

코에츠는 아직도 미진한 듯 일동의 안색을 살피며 고개를 숙였다.

11

가슴에 맺힌 울분을 모두 털어놓았다……는 말이 이 경우 코에츠에게는 어울리지 않았다.

'그처럼 독설을 퍼부었는데도 왜 이에야스는 노하지 않을까?'

이 사실이 도리어 마음에 걸려 코에츠는 올 때보다도 더 석연치 않은 뒷맛을 느끼고 있었다. 그러나 이제 그만두라는 카츠시게의 말, 코에츠는 물러나올 수밖에 없었다.

"용서하십시오……"

다시 한 번 누구에게인지 모르게 말하고 코에츠는 자리에서 일어섰다. 카츠시게의 아들인 시게마사가 코에츠를 데리고 나갔다.

이에야스는 아직 시선을 정원에 보낸 채 망연히 생각에 잠겨 있었다. 이에야스가 노하지 않은 것은 물론 코에츠가 자기와 똑같은 불만을 털어놓았기 때문.

갑자기 주위가 어두워졌다. 석양이 뭉게구름에 가려졌을 뿐 아니라 당장 소나기라도 쏟아질 듯 부산스럽게 구름이 움직이고 있었다. 아닌게 아니라—

"우르릉!"

멀리서 천둥이 치기 시작했다.

"오고쇼 님."

카츠시게가 손을 비비면서 말했다.

"코에츠는 늘 최선만을 추구하는…… 이 세상에서는 살기 어려운 맑은 물 속의 물고기 같은 사람입니다."

이에야스는 흘끗 카츠시게를 바라보았다. 그러나 그 말에는 긍정도 부정도 하지 않았다. 얼른 시선을 다시 정원으로 옮겨 가만히 무언가에 귀를 기울이고 있었다.

"용서하십시오. 하고 싶은 말을 참지 못하는 것이 기질……이라기보다 그의 애정입니다."

"알고 있네."

이에야스는 가만히 고개를 끄덕였다.

"아챠."

말석에 다소곳이 앉아 있는 아챠 부인을 불렀다.

"예, 무엇을 좀 가져올까요?"

"아니, 아무 생각도 없어. 그것보다도 그대가 후시미 성에 한번 다녀와야겠어."

"쇼군 님에게……?"

"그래. 직접 쇼군을 만나 이렇게 말하도록. 우다이진의 부인을 빨리에도에 돌려보내라고…… 알겠나, 내가 그랬다고 하면서 절대로 어기면 안 된다고."

"아니, 센히메 님을 에도로…… 어머!"

"그대도 좋다고 생각하나?"

"예…… 예."

"그럴 테지. 코에츠도 같은 말을 했어. 아녀자의 목숨을 빼앗지 않으면 유지하지 못할 평화라면 아무 소용도 없는 일. 경호는 안도 노부마사安藤信正가 좋아. 그리고 아챠, 그대가 곁에 있도록. 행차는 우다이진 부인으로서 부끄럽지 않도록 차릴 것…… 알겠지, 그대가 총책임을 져야 해."

"알겠습니다."

"그리고 우다이진의 딸이 하나 있을 거야. 그 아이는 우나이진 부인의 양녀이므로 동반하게 할 것. 두 사람을 에도로 보내는 것은 말하자면 도요토미 가문의 명복을 위한 일. 이 문제에 대해 이의를 제기한다면 오고쇼인 내가 용서치 않겠어. 단단히 그 뜻을 전하도록."

이렇게 말한 뒤 이에야스는 목소리를 떨구었다.

"센히메를 보낸 다음에는 쇼군도 사람을 코다이 사에 보내라고 전할 것. 코다이인은 염불에만 전념하며 두문불출하신다는 거야."

깨닫고 보니 주위는 완전히 어두워졌고 천둥소리가 서쪽에서 점점 쿄토 쪽으로 가까워지고 있었다……

12

서쪽 하늘에서 —

"우르릉!"

시작한 천둥과 함께 처마를 때리는 빗소리가 들렸다. 그와 함께 어느새 줄기찬 호우로 변하고…… 정원에서 마루 끝으로 하늘을 찢는 듯한 번개가 지나갔다.

"오……"

이에야스는 눈썹을 치켜올리고 일어서려는 아챠 부인을 제지했다.

"갠 다음에 가도 좋아, 곧 갤 테니까."

"예…… 예."

"그리고 카츠시게."

이타쿠라 카츠시게는 귀에 손을 대고 무릎걸음으로 다가앉았다.

"뭐라고 하셨습니까?"

"혼아미 노인에 대해서일세."

"코에츠에 대해서는 부디 너그럽게."

"화를 내는 것이 아니야. 나는 부러워, 그 노인이……"

"예……"

"그 노인은 이 세상이 싫어졌다고 했어."

"예. 버릇없는 말을 함부로."

"이 세상이 싫다……고 했지만 살아 있는 동안에는 어딘가에서 살아가야 하겠지."

"참으로 버릇없는 자…… 부디 귀담아듣지 마시기를."

"그렇지 않아. 나는 그 노인을 좋아하는 거야. 비록 무섭게 욕을 퍼붓기는 해도."

"죄송할 뿐입니다."

"쿄토 북쪽에 넓은 빈터가 있었는데, 그대는 기억하고 있나? 내가 후시미 성 공사 때 군사를 데리고 진을 쳤던 타카가미네鷹ヶ峰 근처 말일세."

"예, 그곳에는 요즘 도적떼들이 출몰하여 지나다니는 사람들도 없습니다마는……"

"그러니까 좋지. 도적이 출몰하는 곳이라면 별로 사람들이 가까이 가지 않을 것 아닌가…… 사람이 싫어진 코에츠가 살기엔 다시없이 좋은 곳일세. 그 타카가미네 부근 일대를 코에츠에게 주게."

"코에츠에게 그 일대를?"

"그래, 되도록 넓은 땅을. 그리고 자기가 좋아하지 않는 자는 그만두고 좋아하는 자들만 데리고 옮기도록…… 이렇게 전하게."

"예……?"

"모르겠나, 이것이 이에야스가 그에게 내리는 벌일세. 이 세상이 싫다면 그런 황무지에서나 살라고 말이야. 거기서 자기 마음에 드는 찻잔이건 와카和歌°건 칠기건 아름다운 것들만 만들며 멋대로 살아가는 편이 좋을 것일세."

내뱉듯이 말하고 이에야스는 다시 빗줄기로 시선을 옮겼다.

천둥은 좀처럼 멎을 것 같지 않았다. 정원의 자갈에 발을 드리우는 듯한 굵은 빗줄기였다.

"으음, 과연……"

카츠시게는 겨우 이에야스의 마음을 깨닫고 저도 모르게 미소를 떠올렸다.

'마음대로 떠들어대고도 그 노인은 상을 받았다……'

쿄토 북쪽의 타카가미네 주변은 산이 있고 물이 있으며 꽃과 새까지 어우러져…… 은거지로서는 정말 나무랄 데 없이 훌륭한 곳…… 더구나 마음에 드는 자들만 데리고 가서 아름다운 것을 만들며 마음대로 살라니 이 얼마나 놀라운 배려인가.

'승부가 났다…… 역시 오고쇼가 이겼어……'

이런 생각이 드는 순간 카츠시게는 자기 일처럼 기쁨이 솟았다.

13

요즘 이에야스가 불쾌한 원인을 카츠시게는 누구보다 잘 알고 있었다. 5월 초순의 전투 이후 무엇 하나 이에야스의 마음대로 되는 일이 없었다.

"이 일은 완전히 새로운 세상이 되었다고 방심하고 있던 나에게 신불이 내린 천벌."

이에야스는 이렇게 말하고 있었다. 너무도 마음과는 다른 결과가 되었기 때문에 카츠시게도 그만 놀라 점쟁이에게 점을 치게 한 일까지 있었다.

"올해 운세가 아주 좋지 않습니다. 아무쪼록 건강에 조심하셔야 할 것입니다."

그런 말을 듣고 깜짝 놀랐던 일을 기억하고 있다.

웬만한 사람이었다면 벌써 분노를 터뜨리고 끝내 병석에 누웠을 터.

그러나 이에야스는 무서운 인내심으로 참아왔다.

모든 것을 자기의 방심 탓으로 돌려, 서둘러 슨푸로 돌아가는 대신 쿄토에 남아서 히데타다에 대한 포폄褒貶을 자기 혼자 떠맡으려 했다. 그 때문에 혼아미 코에츠 같은 달인도 모든 것이 이에야스의 계략에서 나왔다고 믿고 화를 내고 있다.

오늘도 카츠시게는 코에츠의 공격에 이에야스가 어떤 식으로든 변명을 하리라 믿고 있었다. 그렇게 하면 약간은 마음이 가벼워지겠지…… 생각하고 일부러 코에츠를 만나게 했다. 그런데 이에야스는 역시 그 자리에서도 변명은 하지 않았다. 아니 그뿐 아니라, 무례한 공격을 당하면서도 코에츠에게 어떤 선물, 어떤 유물을 줄까 천둥이 치는 속에 조용히 생각하고 있었다.

코에츠도 물론 예사 인물이 아니었다. 결국은 이에야스의 고심과 호의를 알고 울게 될 터…… 쿄토 북쪽 타카가미네 주위 일대를 코에츠에게 주고 그곳에서 마음대로 마을을 이룩하라니, 이 얼마나 너그러운 배려인가……

코에츠는 현재 직접 가마를 걸어놓고 질그릇을 굽기도 했지만, 제지에서 필묵의 제조에 이르기까지 여러 가지 일에 손을 대고 있었다. 그뿐 아니라 각각의 기술자들을 모아 후세에 남을 미술품 제작에 손을 대고 있었다.

이에야스는 이를 잘 알고 은퇴하는 대신 속세와는 다른 세계를 만들라고 암암리에 가르쳐주고 있지 않은가…… 이렇게 살아야 한다고 하는 이에야스의 인생은, 화를 내어 바른말을 하고 세상을 버리는 코에츠의 인생보다 한층 더 깊이가 있음은 말할 나위도 없다.

'그 모든 것이 유언의 경지에 도달하셨다……'

코에츠의 그 폭언 중에서도 취할 것은 취하고 있었다.

"오, 비가 멎었군."

이에야스가 말했다.

"천둥소리가 에이잔叡山을 넘어가면 탈것을 준비시키고 떠나도록."

옆에 있는 아챠 부인에게 말하고 나서——

"쇼군은 이미 헌상금 준비가 되어 있겠지?"

나가이 나오카츠에게 물었다.

이때의 헌상금은 1만 냥. 쇼군 히데타다는 1만 냥을 조정에 바치고, 무가 제법도武家諸法度 13개조와 더불어 궁정과 공경 가문이 지켜야 할 법을 제정하기로 되어 있었다.

'벌써 또 다른 일을……'

카츠시게는 철두철미한 이에야스의 인생을 새삼스럽게 우러러보지 않을 수 없었다.

# 천명과 운명

1

일단 쿄토에 머물면서 자기 손으로 전후 처리를 하겠다고 각오한 이에야스, 그 뒤부터 카츠시게의 눈에는 이에야스가 신으로도 보였고 집념의 화신으로도 보였다.

"아직 노력이 부족해."

카츠시게의 얼굴을 보면 이렇게 말했다. 무언가 결단을 내려야 할 때는 5대 종단의 원로나 코야산高野山 승려들을 불러 의논하고는 했다. 그리고 일단 결단을 내리면 주저 없이 히데타다에게 지시를 내려 실행케 했다.

오사카 성에 남아 있던 금이 후시미로 옮겨진 것은 6월 2일. 그 수량은 황금 2만 8,060장, 은 2만 4,000장이었다. 그 보고를 받고 이에야스는 감개가 무량한 듯 카츠시게에게 이렇게 말했다.

"이 금이 좀더 빨리 없어졌더라면 도요토미 가문은 망하지 않을 수 있었을 텐데……"

이런 말이 측근의 입에서 외부로 누설되면서 잘못 전해져, 이에야스

는 진작부터 요도 부인과 히데요리에게 낭비를 강요한 것처럼 소문이
나기도 했다. 그러나 이에야스의 감회는 전혀 다른 데 있었다.

"언제나 인간에게는 운명과 숙명, 그리고 천명이라는 세 가지가 작
용하고 있어. 자식을 위해 타이코가 남긴 막대한 유산이 실은 자식을
멸망시키는 숙명의 고리가 됐어."

이 말을 들었을 때 카츠시게는 그 의미를 잘 이해하지 못했다.

"운명과 숙명, 천명은 어떻게 다른 것입니까?"

"그 정도의 나이가 되고도 아직 모르겠나?"

"예, 그 차이를 알고 싶습니다."

"들어보게, 여기에 작은 찻잔 하나를 올려놓은 둥근 쟁반이 있다고
가정하세."

"작은 찻잔 하나를 올려놓은 둥근 쟁반이?"

"그래. 그 찻잔을 사람이라고 하세. 그러면 이 찻잔은 쟁반 안에서는
오른쪽으로도 가고 왼쪽으로도 가는 등 쟁반 가장자리가 가로막힐 때
까지는 자유롭게 움직이겠지. 이렇게 사람이 자유롭게 움직일 때까지
가 운명이야. 따라서 운명이란 그 사람의 의지로 개척할 수도 있고 쌓
아올릴 수도 있어."

"과연…… 그렇겠습니다."

"그리고 이 쟁반의 가장자리…… 가로막혀 움직일 수 없게 되는 곳,
더 이상은 가지 못한다고 막아선 이 쟁반의 가장자리…… 이것이 숙명
이라는 거야."

"그럼, 오사카 성의 황금은……?"

"히데요리의 생각과 의사를 가로막는 숙명이 되었어. 그러나 그 숙
명 위에 천명이란 것이 있어."

"예……?"

"천명이란 쟁반, 그 위의 찻잔, 그리고 또 그 쟁반의 가장자리……

이런 모든 것을 만들어내는 천지의 명命이야. 인간은 사람의 힘으로는 어떻게 할 수 없는 천명이 있다는 사실을 깨닫게 될 때 비로소 자기를 살릴 수 있어. 나의 천명은 무엇이냐…… 이를 깨닫는 일은 또한 자기에게 부과된 사명이기도 해. 이를 깨닫지 못하는 동안에는 아무리 움직여도 허사가 되는 것이야…… 숙명의 테두리 안에서의 발버둥밖에 되지 않아."

이런 말을 들었을 때 카츠시게는 비로소 이에야스의 각오를 알 것 같았다.

이에야스는 천명을 깨달았다. 항거할 수 없는 천명을 새삼스레 깨닫고, 사람이 할 수 있는 일을 다하기 위해 마지막 용기를 발휘하고 있는 것이 분명했다.

2

이에야스는 6월 15일에 다시 입궐했다. 불탄 오사카 성의 정리를 끝내고, 새로 바쿠후 직할의 성을 쌓아 키나이畿內°의 번영을 도모하기 위해 부근 도로를 크게 개수하는 공사를 착수하게 되었다고 보고했다. 선물로는 은 1,000냥과 솜 200묶음을 헌상했다.

그 무렵에는 물론 조정과 공경들이 지켜야 할 법 제정에 대해 그 초안을 스덴崇傳과 텐카이天海 등에게 열심히 검토시키고 있었다. 당시 고미즈노오後水尾 천황과 상황上皇°(고요제이後陽成) 사이에 불화가 있어, 공경들도 우왕좌왕함으로써 조정이 음모의 수굴로 화할 위험성을 느끼게 했기 때문이다.

조정의 법제法制만이 아니었다. 13개조에 달하는 '무가 제법도'도 이와 병행하여 발표할 준비를 서두르게 했다. 그리고 일본 전국에 걸쳐

한 영지에 성 하나만을 두도록 하는 제도를 마련했다. 곧, 거성 이외의 성채는 모두 헐어 무력에 의한 반란이 일어날 수 없도록 근본대책을 세우는 방안을 신중히 연구하였다.

한 영지에 성 하나만을 두도록 하는 제도가 포고된 것은 윤6월 13일. 그리고 이를 보고하기 위해 쇼군 히데타다를 입궐시킨 것은 그로부터 이레가 지난 21일이었다.

이때 히데타다는 황금 1만 냥을 헌상하고, 아울러 일본에 평화가 온 것을 계기로 연호를 바꾸도록 주청했다.

이에야스가 입궐했을 때 헌상한 은은 1,000냥. 쇼군 히데타다는 황금 1만 냥…… 이 9,000냥의 차이에 은퇴한 이에야스의 '마음가짐'의 한도가 있다고 카츠시게는 보고 있었다.

그동안에도 물론 잔당사냥은 불탄 후의 축성이나 도로의 보수와 병행하여 계속되었고, 이 일은 주로 히데타다의 지휘에 맡겨져 있었다.

마침내 쇼군 히데타다가 여러 다이묘들을 후시미 성에 소집하여 무가 제법도의 시행을 선포한 것이 7월 7일.

케이쵸 연호를 '겐나元和'로 바꾼 것은 7월 13일.

궁정과 공경 가문의 법률은 7월 17일 제정. 이 법을 제정한 다음다음 날인 19일 쇼군 히데타다는 후시미 성을 떠나 에도로 향했다.

처음에는 이에야스가 먼저 슨푸로 돌아갈 예정이었다. 그러나 거꾸로 되어 히데타다가 후시미를 떠난 뒤 이에야스는 나카노인 미치무라中院通村에게『겐지 이야기源氏物語』°의 강의를 듣겠다고 하는 바람에 카츠시게는 난처했다.

원래 학문을 좋아하는 이에야스였다. 그러나『겐지 이야기』는 궁중의 사랑 이야기가 아닌가.

'새삼스럽게 무엇 때문에……?'

이런 생각이 들었으나 마지못해 미치무라에게 그 말을 전했다.

나카노인 미치무라도 고개를 갸웃거렸다. 격무에 지친 74세 노인이 주인공의 엽색獵色 이야기를 듣고 무엇을 얻겠다는 것일까?

이에야스는 니죠 성에서 강의를 들으면서도 불교 종단의 본산本山과 말사末寺의 법도를 정하는 또 하나의 아주 어려운 일을 해치웠다. 어쩌면 미치무라의 사랑 이야기 강의보다 궁정 내부의 사정을 알려는 것이 목적이었는지도 모른다.

궁정에서는 7월 28일에 이르러 칸파쿠의 경질을 단행했다. 타카츠카사 노부히사鷹司信尙가 물러가고, 전 칸파쿠인 니죠 아키자네二條昭實가 다시 칸파쿠에 임명되었다.

이에야스가 카츠시게에게 단둘이 의논할 일이 있다고 쇼시다이 저택에 그의 아들 시게마사를 보내 부른 것은 그 28일 밤이었다.

3

그날 밤 이에야스는 혈색이 좋았다. 금방 목욕을 한 모양인지 새하얀 고급 비단옷을 걸친 거구에서는 훈훈한 체온이 느껴졌다.

벌써 가을 바람이 불기 시작했으며, 정원에서는 싸리꽃이 떨어지고 있었다.

거실의 등불은 여전히 하나뿐, 카츠시게가 들어왔을 때 ─

"좀 어둡군. 크게 마음먹고 하나 더 켜도록 할까."

곁에 있는 시녀에게 이렇게 말하고, 100돈쭝(375g)짜리 초를 두 개로 늘렸다.

"카츠시게, 드디어 쿄토에서 할 일은 끝났네."

"수고가 많으셨습니다."

"아니 나는 다 끝냈다고 알고 있는데, 카츠시게 자네가 보기에 빠뜨린 것은 없나?"

"빠뜨리기는커녕 카츠시게는 한 가지 일을 할 때마다 아아, 이것은 어떤 점을 조심해야 한다는 말씀이로구나…… 하고 일일이 교훈을 받았습니다."

"그렇지는 않을 텐데."

이에야스는 가볍게 웃고 나서 말했다.

"오늘 니죠 칸파쿠 재임명이 있어서…… 이제 조정도 평안해지리라 믿고, 나는 곧 쿄토를 떠나 슨푸로 돌아가겠네. 이번이야말로 마지막 낙향…… 그래서 그대를 불렀네."

"무슨 특별한 분부라도 계십니까?"

"카츠시게, 생각해보면 나도 오래 살았어."

"예…… 신불이 지켜주셨다…… 일본을 위해…… 카츠시게는 이렇게 생각하고 감사하게 여기고 있습니다."

"그 후 어떻게 되었나? 코에츠 노인 말이야."

"예. 코에츠에게 오고쇼 님의 말씀을 전했더니 한동안 멍하니 있다가 결국 크게 몸을 흔들며 흐느껴 울었습니다. 몰랐어, 몰랐어…… 그런 분인 줄도 모르고 그런 망언을 했다고……"

"그런가? 그럼, 타카가미네 일대에 코에츠 노인은 자기가 원하는 마을을 만들겠군."

"예. 그렇습니다…… 이렇게 된 이상 코에츠도 니치렌 대선사의 뜻에 맞는 이상적인 마을을 만들어보겠다고 흥분해 있습니다. 괜찮으시면 출발하시기 전에 다시 한 번 노인을 부를까요?"

"아니, 그럴 것까지는 없네. 그에게 이상적인 마을을 만들게 해주면 내 마음은 자연히 알게 될 것일세. 그런데 노인은 어떠한 마을을 만들 생각일까?"

이에야스가 흐뭇하게 여기며 물었다. 카츠시게는 몸을 내밀고 코에츠의 '이상'에 대해 말하기 시작했다.

"코에츠는 세상에서 전쟁이 일어나는 것은 모두 가난 탓이라고, 재물을 소유하려고 다투는 데서 비롯된다……고 했습니다."

"으음, 소유하려는 욕망 때문이란 말이지."

"예. 성급하고 단순한 자는 도적이나 강도가 되고, 좀더 지혜가 있는 자는 사람들을 모아 대장이 된다. 무사의 대장이란 바로 도적이 커진 것. 그러므로 코에츠는 타카가미네의 새 마을에 소유하지 않고 사는 습관을 뿌리내리게 하겠다고 했습니다."

"허어, 소유하지 않고 사는 마을……이라면, 단지 일만 하면서 살아가는 마을인가?"

"예. 모두 역할을 분담하여, 종이를 만드는 자는 종이를 만들고 그림을 그리는 자는 그림을 그린다, 칠기를 만드는 자는 칠기를 만들고 붓을 만드는 자는 붓을 만들며 물건을 팔아 생긴 금은은 전부 모두의 생활에 쓰도록 한다, 금도 물건도 빛과 물과 공기처럼 누구의 것도 아닌 모든 사람의 것…… 이러한 생활이 천지 자연의 생활이라고 코에츠는 말했습니다."

4

이에야스는 점점 더 열기를 띠고 말하는 카츠시게의 설명을 귀에 손을 대고 듣고 있었다.

"그럼, 돈은 마을이 공동으로 관리한다는 말인가?"

"예. 그것을 나누려 하기 때문에 빈부의 차가 생긴다, 빈부의 차가 생기면 도적이나 무사 같은 것이 등장하여 분쟁이 생기고 전쟁이 일어난다, 새로운 마을에 모이는 기술자들은 위도 없고 아래도 없으며 모두가 기능에 따라 일하는 동격同格인 백성…… 이곳에 사는 사람은 이 마을의 돈으로 안심하고 살 수 있도록 해 보이겠다고, 그야말로 기세가 대단합니다."

"알았네, 알았어. 과연 노인다운 발상이야."

무엇을 생각했는지 이에야스는 손을 저으며 가로막았다.

"하지만 그것만 가지고는 안 돼. 인간에게는 활동할 수 있는 자와 그렇지 않은 자가 있으니까. 활동력이 있는 자가 그렇지 못한 자의 말을 순순히 들을 리가 없지."

카츠시게는 말을 중단당하자 시무룩해졌다.

"그건 노인의 말입니다. 물론 인간에게는 타고난 기량이 있다, 돌을 나르는 힘은 있지만 글을 쓰게 하면 어린아이만 못하다, 아니, 그보다 어린아이가 없는 부부도 있고 여덟, 아홉씩이나 아이를 가진 사람도 있다, 이 경우 마을에서 모두 잠자코 그들을 부양할 것인가…… 하고 저도 반문했습니다."

"허어…… 자네가 반문했다는 말이지?"

"예. 반문하지 않고는 납득할 수 없는 점이 있었습니다. 능력차이가 있는데도 똑같이 배당한다면 불공평하지 않냐고 꼬집었습니다."

"으음, 그랬더니……?"

"노인은 정색을 하고 대꾸했습니다. 이가노카미 님은 앞을 보지 못하는 사람이라고."

"뭐, 앞을 보지 못한다고……?"

"예. 지금 눈앞에 보이는 사람만이 사람의 전부가 아니다, 또한 능력, 재능도 마찬가지다, 오늘 한 사람의 인간이 살고 있다는 것은 아득한 옛날부터 그 조상이 있고, 먼 미래로 이어지는 생명이란 나무의 한 줄기이다, 그것을 내다볼 수 있다면 결코 불공평하지 않다…… 곧 현재 이웃에 자식이 많다고 그것으로 주판을 놓아서는 안 된다, 지금 당장에는 큰 손해인 것 같으나 자식이나 손자의 대에 이르면, 이쪽에 자식이 많고 상대가 훌륭한 일꾼이 되어 봉양받게 되는 경우가 없다고 어찌 장담할 수 있겠느냐, 사람의 세상은 당대에만 국한된 게 아니다, 백 년, 천 년을 내다보는 올바른 눈을 가지고 주판을 놓지 않으면 해답이 나오지 않는다⋯⋯고 호된 꾸중을 들었습니다."

이에야스가 갑자기 소리내어 웃기 시작했다.

"카츠시게⋯⋯ 그것은 자네의 패배였네. 그런데 내가 한 말은 그게 아니야. 현재 살고 있는 인간들의 불평을 누르고 납득시키기 위해서는 아무래도 마을의 어른이 있어야 한다는 말일세."

"마을의 어른이⋯⋯?"

"그래. 그 어른이 백 년, 천 년의 생명을 생각하고 그 어느 한 가지에서 태어난 자라도 행복해질 수 있도록 올바른 길을 제시하지 않으면 안 된다고 한 거야. 최초의 마을 어른으로는 노인이 좋아. 그는 니치렌 대선사를 본보기로 삼는, 중생을 사랑할 수 있는 인물이야. 그런데 그 노인이 다음 어른이 될 만한 자를 양성하지 않는다면 어떻게 되겠나. 마을에 잠시 동안의 번영은 가져올 수 있어도 대대로 번영할 수는 없을 것일세. 후대에까지 이어지는 번영이 참다운 번영, 이를 지키는 것이 마을 어른의 덕⋯⋯ 그 덕을 이어나갈 만한 자가 없다면 모두가 다 덧없는 꿈 이야기야."

이에야스는 말꼬리를 떨면서 고개를 돌리고 눈물을 지었다.

5

카츠시게는 흠칫 놀라 숨을 삼켰다.

이에야스는 코에츠가 앞으로 만들려 하는 새로운 마을 이야기를 하는 것은 아닌 모양이었다.

'덕을 이어나갈 만한 마을 어른이란 히데타다를 두고 한 말임이 틀림없다.'

이런 생각을 하는 순간 카츠시게는 온몸이 굳어졌다.

'불만이시구나. 쇼군의 전후戰後 처리에 대해……'

"노인은 좋겠어."

잠시 후 이에야스는 다시 웃는 얼굴로 돌아갔다.

"마을이나 나라나 이제부터 새로 일으킨다……고 할 때는 즐거운 거야."

"예…… 예."

"그러나 일단 일으키고 보면 말일세, 이것도 부족하고…… 저것도 부족하고……"

"……"

"아니, 부족한 점이 아직 어딘가에 남아 있을 것만 같은데 허락된 생명의 등불은 이미 꺼져가고 있어……"

말하다 말고 이에야스는 비로소 깨달았다는 듯이 ―

"카츠시게, 촛대의 불똥을 잘라주지 않겠나. 오늘밤은 자네와 밝은 데서 이야기하고 싶군."

덧붙였다.

"죄송합니다. 미처 깨닫지 못하고."

"오오, 밝아졌군. 어디까지 이야기를 했더라?"

"마을을 만들었다면 다음에는 마을의 어른을 길러야 한다……고 하는 말씀까지."

"그렇군, 사물에는 모두 중심이 있어. 과일에 씨가 있듯이 말이야. 그러므로 노인에게 내가 말하더라고 일러주게. 가상 중요한 것은 교학敎學…… 이 교학을 옳게 펼칠 수 있는 후계자 양성…… 이것은 자칫하면 소홀하기 쉬운 급소야…… 일흔넷이 된 이에야스가 절실히 깨달은 것은 바로 이 일이었다고 전하게."

"알겠습니다. 그런데 오고쇼 님."

"무엇이든 오늘밤에는 주저하지 말고 묻게. 나도 돌아가기 전에 자네와 깊은 말을 나누고 싶어."

"이번에 상경하셨을 때 일어난 사건 중에서 가장 오고쇼 님 마음에 들지 않은 일은 무엇이었습니까……? 그걸 여쭙고 앞으로 자기 반성의 교훈으로 삼겠습니다."

"가장 마음에 안 든 일 말인가?"

"예…… 예."

"마음에 안 든 일이 네 가지였어. 첫째는 얼마 안 되는 동안에 싸우는 방법이 서툴러졌다는 것…… 세키가하라로부터 십오 년, 이것이 큰 놀라움이었어."

"역시 평화가 계속되었기 때문에 방심을……"

이에야스는 카츠시게의 말에는 직접 대답하지 않았다. 그리고 한결같은 어조로 말을 이었다.

"싸움이 서투르면 약해지는 거야. 약해지면 자신이 없어지고 자신이 없으면 싸움의 수법이 잔인해져. 무기가 발달했는데도 싸우는 인간이 겁쟁이가 되고 잔인해진다면 차마 볼 수 없는 추태야. 이것에 대해서는 나중에 야규 마타에몬에게 새로 연구하게 할 작정일세…… 둘째는 덕과 법에 대해서 생각이 거꾸로 되었다는 것이야."

"덕과 법…… 말씀입니까?"

"그래. 쇼군을 위시하여 중신들의 생각이 모두 거꾸로 되어 있어. 정치의 핵심은 덕이 먼저냐 법도가 먼저냐……? 자네도 거꾸로 보는 축의 하나일 테지, 카츠시게. 덕과 법이 거꾸로 되면 마구 위신만 내세우게 되는 거야."

이렇게 말하고 나서 이에야스는 시선을 짓궂게 카츠시게에게 고정시키고 있었다.

6

카츠시게는 당황했다. 이에야스가 무엇 때문에 자기를 불렀는지 그것이 차차 분명해진 만큼——

'덕과 법은 어느 것이 우선이냐?'

이런 질문을 받는 순간 가슴에 시퍼런 칼날이 와닿은 것 같은 자책감을 느꼈다.

사실 쇼군에게 말끝마다 '위신'을 세우라고 충고한 자 중에는 카츠시게도 들어 있었다.

덕이 중요하다는 것은 잘 알고 있었다. 그러나 당연히 제후들에게 바쿠후의 위신을 심어놓아야만…… 하고 생각한 것은 측근에게나 후다이에게도 공통된 생각이었다. 그런데 이에야스에게는 바로 그것이 두번째 불만이었고 한다.

"알겠나, 카츠시게?"

이에야스는 시선을 떼지 않고 다시 말했다.

"법이란 필요에 따라 남을 속박하는 밧줄인 거야."

"그렇습니다……"

"그 밧줄로 묶어 자유를 빼앗는 자에게 납득할 수 없는 부도덕한 행위가 있어도 좋다고 생각하나?"

"그야 말씀하시지 않아도……"

"그럴 테지. 아버지 자신이 절약하면서 그 가족에게 사치를 금한다, 사치를 금하는 법을 정하기 전에 아버지가 솔선수범한다면 굳이 위신

따위를 내세우지 않아도 가족들이 쾌히 그 법도를 지키게 되는 거야."

"옳은 말씀……이라고 생각합니다."

"그런데 그 반대라면 어떻게 되겠나. 평화를 희구한다는 것은 무의미한 살생을 하지 마라, 사람들을 잘살게 하라……는 말."

"예."

"그 평화를 희구한다고 하는 사람들이 죽이지 말아야 할 자들까지 죽였다…… 이것은 바로 무력에 자신이 없는 겁쟁이의 잔인성과도 통하는 거야."

카츠시게는 저도 모르게 시선을 내리깔았다.

겁쟁이……라는 말에 몸둘 곳 없이 부끄러웠다. 죽이지 않아야 할 자들까지……라고 한 것은 물론 히데요리나 요도 부인, 그리고 쿠니마츠를 가리킨 말이다.

히데요리나 요도 부인을, 쿠니마츠를 용서하지 말라고 주장하던 자도 겁쟁이…… 그렇다면 쇼군 히데타다를 겁쟁이로 만든 것은 주위의 중신들이었다. 이제 와서는 이타쿠라 카츠시게도 그 테두리에서 벗어나 있다고는 할 수 없었다.

"알겠나, 법도가 먼저냐 덕이 먼저냐…… 이를 분명히 새겨두지 않으면 겁쟁이임을 위신으로 가장하는 잔인한 자가 되고 마는 것일세. 내가 싸움이 서투르고 겁쟁이가 되었다고 한 것은 그런 뜻으로 한 말이야. 덕이란 자기 몸을 꼬집어보고 남의 아픔을 아는 인정에서 출발하는 거야. 그 인정을 잘 살피는 삶에 덕이 있는 거야. 그 덕이 먼저이고, 말하자면 법은 모두가 서로 납득하는 합의……일세."

"……"

"그 합의가 위신이나 강제를 통해서만 시행될 때는 악정惡政…… 악정은 결국 난세로 통하는 것일세. 선정善政이란 백성들이 납득할 때 비로소 가능한 거야…… 그러므로 다이묘 쪽에서 볼 때는 설득력일세……

260

이 설득력의 배후에 있는 것은 다이묘들 각자가 일상생활을 통해 쌓아 올린 덕…… 내가 이번에 무가 제법도 십삼 개조를 포고케 한 것은 그 설득력과 덕을 나 자신이 지녀야 한다고 하는 신불에 대한 맹세인 거야……"

7

이에야스에가 뜻밖에도 무가 제법도에 대한 말을 꺼내었을 때 카츠시게는 더욱 당황했다.

카츠시게 역시 이 조항을 결정할 때 의논하는 자리에 참석해 있었다. 그러나 이는 무사계급의 망동을 금지시키기 위한 질서유지의 법령이었을 뿐, 신불에 대한 이에야스의 인간다운 맹세가 그 이면에 숨어 있을 줄은 생각지도 못했다.

그러나저러나 법령은 그 법령에 구속되는 피통치자의 납득 위에 있지 않다면 무의미하다니, 이 얼마나 뜻깊은 통찰인가.

"선정은 피통치자의 납득과 통치자의 설득력 위에서 성립된다…… 더구나 그 설득력은 통치자의 덕을 통해서만 힘을 발휘한다."

이 말은 훌륭한 쇼시다이가 되고자 밤낮 없이 노력한다고 자부해온 카츠시게의 눈을 번쩍 뜨이게 할 만큼 정확한 지적이었다.

'정말 그렇다! 그렇지 않으면 어떤 경우든 상하 일체의 협력은 기대할 수 없다……'

"납득과 설득력……"

저도 모르게 입밖에 내어 중얼거렸다.

"세번째 불만은 나 자신에 대한 분노였어."

이에야스는 자조적인 웃음을 떠올리고 다시 눈을 가늘게 떴다.

"나는 너무 오만했어. 자만심이지. 이 이에야스가 깊이 생각해서 한 일이므로 이제는 염려 없다……고 믿었지. 그 태만, 그 안이한 자세, 이것은 아무리 꾸짖어도 모자랄 정도의 방심이었어……"

견디다못해 카츠시게가 말을 가로막았다.

"오고쇼 님, 그 일은 더 이상 말씀하시지 않아도……"

"알고 있나, 내가 얼마나 자신을 호되게 꾸짖었는지……?"

"예…… 이제 네번째의 불만을 듣고 싶습니다."

"네번째…… 아니, 실은 그 일 때문에 자네를 불렀다고 생각하게. 그 일로 의논하고 싶은 것이 있어서 말일세."

"예. 말씀하십시오."

"다름 아니라……"

이에야스는 아주 가벼운 어조로—

"카즈사노스케 타다테루의 일일세."

말하면서 한숨을 쉬었다.

"카즈사노스케 님 문제는 쇼군 님에게 일임하시지 않았습니까?"

이에야스는 침울한 표정으로 머리를 흔들었다.

"쇼군으로서는 다스리지 못해. 아니, 쇼군에게 맡기려 했던 내가 잘 못이었어. 내 자식의 일은 역시 내가 책임져야 하는 것이었어."

카츠시게는 다시 전신이 굳어져 숨을 죽였다.

이 문제가 지금 다시 거론되리라고는 생각지도 못했다.

이 문제는 부자간의 일, 아마 쇼군도 이에야스의 기분이 좋아졌을 때 결단을 내릴 것이다……고 카츠시게는 생각하고 있었다.

'다시 이 문제를 꺼내시다니……'

그렇다면…… 지금까지 카츠시게가 생각해온 내용보다 결코 가볍지는 않을 터.

'이 때문에 종종 눈물을 흘리셨구나……'

"카츠시게가 삼가 여쭙겠습니다. 카즈사노스케 님을 어……어떻게 하시렵니까?"

말을 하면서 카츠시게는 떨리는 자기 목소리를 깨닫고 더욱 몸이 굳어지고 숨이 막혔다.

8

카츠시게는 이에야스나 히데타다의 측근 중에서 '타다테루 문제'와 관련된 사정을 잘 알고 있는 사람 중의 하나였다.

'카즈사노스케 님은 아무것도 모른다……'

카츠시게 역시 오쿠보 나가야스가 죽은 후 그 저택에서 발견된 작은 문갑 속의 연판장을 보았다. 그 연판장은 천주교 다이묘들이 단결하여 쇼군 히데타다를 제거한 뒤 타다테루를 받들고 에스파냐 왕과 손을 잡아 세계로 진출한다는 무서운 음모라는 소문이 떠돌고 있었다.

오쿠보 나가야스는 그 무역자금과 군비를 조달하기 위해 막대한 황금을 은닉했고, 그 때문에 벌을 받았다. 아니, 나가야스 일족만이 아니었다. 그 연판장에 이름이 올랐던 오쿠보 타다치카, 사토미 타다요시里見忠義, 이시카와 야스나가石川康長 등은 모두 각자의 영지를 빼앗기고 말았다.

이타쿠라 카츠시게는 그 무렵 쿄토의 천주교도 사냥이 너무 가혹해서 몰래 배 몇 척을 빌려 쿄토에 있던 선교사들을 나가사키長崎로 피신시켜준 일까지 있었다.

세상의 소문은 그 후에도 얼마 동안 사라지지 않았다.

나가사키에 주재하는 카피반 모로가 포르투갈 왕(에스파냐 왕이 겸임)에게 보낸 밀서가 이에야스의 손에 들어갔다고도 하고……

그 사본을 카츠시게도 본 일이 있었다.

"천주교 교도가 결속하여, 이기리스와 오란다에 접근하려는 일본 왕이에야스와 그 맏아들 쇼군을 죽이고, 다른 아들인 타다테루를 옹립하기로 결정했다. 따라서 앞서 약속했던 대로 군함과 병력을 급파하기 바란다⋯⋯"

이런 노골적인 내용이었다.

카츠시게는 이 일련의 사건에 대해 큰 의문을 가지고 있었다.

'여기에는 뒤에 숨어 있는 연출자가 있고, 그자가 순진한 센고쿠의 무장들을 함정에 빠뜨린 것이 틀림없다.'

그 연출자가 과연 소텔이었을까, 아니면 오쿠보 나가야스나 다테 마사무네였을까?

당사자인 타다테루 자신은 알지도 못하는 사이에 이 집안 싸움의 주역을 떠맡고 있었다.

'문제의 발단은 역시⋯⋯'

이렇게 생각하면서 카츠시게는 타다테루도 불쌍하고 이에야스도 여간 가엾지 않다는 마음을 떨칠 수가 없었다.

"카즈사노스케는 말이지, 역시 용서할 수가 없겠어."

이에야스는 낯빛이 변한 카츠시게로부터 시선을 돌리면서 단언하듯 다시 말했다.

"알겠나, 타다테루의 이번 출전은 영지에서 나오는 진로가 나빴어."

"출전하신 진로라니요⋯⋯?"

"타카다高田에서 오사카를 공격하러 나온 거 말일세. 전투에 늦지 않으려면 길은 자연히 정해진다. 타카다에서 엣츄越中로 나와 카가, 에치젠, 오미近江, 오츠⋯⋯로 잡는 것이 최단거리인 거야. 그런데도 타다테루는 에치젠에서 오미로 나와, 미노美濃를 거쳐 이세로 우회했어. 그리고 이세, 이가에서 야마토로 나가 콘고잔金剛山을 넘어 오사카

松平
忠輝

에…… 이 때문에 전투에 지각했으니, 그대로 내버려둘 수는 없어."

"그러나 그것은 다테 님이 옆에 계시면서……"

"바로 그 점일세. 누가 옆에 있건 그처럼 크게 우회하여 싸울 기회를 놓치다니 무장의 자격이 있다고 생각하나?"

9

이에야스의 눈이 다시 눈물로 글썽해졌다.

카츠시게는 이에야스의 말에 일단 안도했다. 그래서 지시도 하기 전에 또 촛불의 불똥을 잘랐다. 천주교 문제나 나가야스 사건을 말하려는 줄 알고 걱정하고 있었는데, 이번 전쟁의 일이어서 얼마간 마음이 가벼워졌다.

타다테루가 이번 전투에 늦게 참가한 일뿐이라면, 어떻게든 중재할 방법은 있을 터……

"카츠시게."

이에야스의 목소리에는 힘이 없었다.

"죄상은 이것 말고도 두 가지가 더 있어. 하나는 입궐을 하지 않고 고기잡이를 한 일, 또 하나는 쇼군의 가신을 죽인 일…… 표면상의 이유는 이 세 가지만으로도 충분할 것이야."

"그렇다면……"

카츠시게가 탐색하듯 말했다.

"처벌도 극히 가볍게 끝낼 수 있습니다."

"아니, 그렇지 않아."

이에야스는 고개를 저었다.

"타다테루가 이만 석이나 삼만 석의 다이묘라면 가볍게 처리해도 돼. 그러나 타다테루는 육십만 석의 태수…… 내 자식이라고 하여 기량이 부족하고 잘못도 저지른 자를 그대로 용서한다면 내 평생의 흠집이 될 것일세."

"그러나 그것은……"

"다음에는 또 오와리도 있고 토토우미노츄죠와 츠루치요鶴千代도 있어. 지금 엄하게 기강을 바로잡아놓지 않으면 안 돼. 내 마음은 이미 정해져 있네."

"정해졌다고…… 하시면?"

"현재 세이이타이쇼군은 내가 아닐세. 따라서 육십만 석이나 되는 태수에 대한 공식적인 처벌은 당연히 쇼군이 해야겠지. 그러나 쇼군은 자네도 알다시피 이번 전쟁이 아비의 뜻에 맞지 않았다는 것을 깨닫고 몹시 나에게 미안한 생각을 가지고 있어. 센히메의 일도 그랬지만, 카즈사노스케의 일도 마찬가지야…… 이 일을 그대로 둔다면 천하에 본보기를 보일 수 없어. 그러므로 은퇴한 나는 슨푸에 도착하는 즉시 우선 타다테루에게 영원히 나를 만나지 못하게 하겠어."

"영원한 대면금지를……"

"그래. 이 세상에서는 더 이상 타다테루를 만나지 않겠다…… 내가 그런 각오임을 쇼군에게 똑똑히 알리지 않으면 형제라는 이유 때문에 벌하기가 어려울 것일세. 내 마음은 벌써 결정되었네."

카츠시게는 대답할 말을 찾지 못했다.

영원한 대면금지…… 이미 여생이 얼마 남지 않았음을 잘 알고 있는 아버지가 그 자식과 이승에서는 만나지 않겠다…… 그런 자학이나 다름없는 부자연스런 인내가 무엇 때문에 필요하다는 말인가……?

"그래서 자네와 의논하려는 것인데."

이에야스는 아직도 자신의 뜻을 헤아리지 못해 어리둥절해하고 있는 카츠시게에게 단호한 어조로 말했다.

"이 영원한 대면금지의 지시는 내가 슨푸에 도착한 직후가 좋겠어. 타다테루를 데리고 간다면 생모도 슨푸에 있으니, 그 아이는 도착하는 즉시 인사하러 오려고 할 테지. 그때 사자를 보내어 명하겠어. 그 사자 말인데, 어째서 아비가 이런 일을 하는지 무언중에 그 괴로움을 전할 수 있는 사자…… 마사즈미는 안 돼. 나오카츠나 시게마사도 안 돼…… 웃지 말게, 카츠시게…… 나는 더 이상 그 아이에게 이성을 잃고 수치를 당하게 하고 싶지는 않아…… 그 사자로는 누가 좋을까, 이 일을 자네와 상의하고 싶네."

이에야스는 마침내 고개를 돌리고 울기 시작했다.

10

카츠시게는 온몸을 떨면서 이에야스가 한 말의 뜻을 생각하기 시작했다.

영원한 대면금지……

아버지로서 얼마나 슬픈 일인가 하는 것은 이에야스의 눈물이 잘 말해주고 있었다.

'무엇 때문에 그런 결심을……?'

이에야스가 이런 결심을 실행한다면, 당연히 히데타다는 그 동생 타다테루에게 60만 석의 영지를 몰수하고 할복을 명해야 하는 결과가 될지도 모른다.

히데타다로서는 그런 결단을 내릴 수 없음을 알고 이에야스는 먼저 자기의 의사를 표시한다…… 그렇게 하면 아버지가 그 아들을 극도로 증오하는 것처럼 보인다.

'아니, 그럴 리 없다!'

카츠시게는 갑자기 가슴에 뜨거운 철판이 와닿은 듯한 느낌이 들고, 코허리가 찡해졌다.

'아버지가 아들을 죽이려 한다…… 그러므로 사자 여하에 따라 타다테루는 미친 듯이 날뛸지 모른다. 그래서 아무나 사자로 보낼 수는 없다고 이 아버지는 분명히 말하고 있다.'

"황송하오나……"

카츠시게는 이마에 흐르는 비지땀을 의식하면서 다시 한 번 반문하려고 마음먹었다.

"그 처분을 재고해주셨으면……"

"그건 안 돼!"

"평소 주군의 말씀과는 너무 어긋나는 일…… 우선 몰인정합니다, 둘째로 부자연스럽습니다. 주군의 뜻은 이 카츠시게가 쇼군께 잘 말씀 드릴 것이니……"

"카츠시게."

"예."

"깊이 생각한 끝에 결심한 일이야. 묻는 말에나 대답하게. 사자로는 누가 좋다고 생각하나?"

"그럼, 어떤 일이 있어도 이승에서의 대면을……?"

"그래. 이 아비에게도 견딜 수 없는 고충이 있었네…… 그 점을 쇼군에게나 요시나오 등의 자식에게도…… 아니, 천하와 신불…… 이 세상의 모든 사람에게 증거로 보여야만 해. 이것은 히데요리를 죽게 만든 나 자신에 대한 천벌이야."

카츠시게는 깜짝 놀라 저도 모르게 주위를 둘러보았다.

'역시 그렇구나……'

아닌 게 아니라 시녀들 사이에서는 이에야스의 거실 근처에서 때때로 요도 부인의 망령이 나온다는 소문이 돌고 있었다.

'설마 그런 일을 겁낼 분은……'

인간으로서 양심의 고뇌는 종종 망령 이상의 망령과 스스로 만나게 되는 것인지도 모른다.

그러나 그렇게 되면 타다테루의 불행과 불운은……

타다테루는 자청해서 오쿠보 나가야스라는 사부를 가까이 하지 않았다. 타다테루 스스로 다테 마사무네의 딸을 아내로 택한 것도 아니었다. 모든 것이 이에야스의 생각과 정략에 따라 강요되었고, 여기에 불가사의한 저주의 싹이 자라 이렇게 된 것 아닌가……

"죄송하오나……"

카츠시게가 다시 입을 열었다.

"그것으로 신불에 대한 주군의 결백은 입증되겠으나, 카즈사노스케 님의 불운은 어떻게 되겠습니까? 이건 너무나도 일방적인…… 역시 주군은 자식에게 혹독한 분이었다는 비난을……"

"듣기 싫다, 카츠시게…… 그 보답이라면 벌써 이렇게 받고 있어. 지금은 자네도 악귀가 된 심정으로 내 상의에 대답해주게. 이에야스의 부탁일세."

그때까지도 카츠시게는 아직 이에야스의 진심을 몰랐다.

11

'자식을 귀엽다고 하면서도 역시 인간은 이기적인 울타리를 뛰어넘을 수 없는 것일까?'

카츠시게는 계속 망설였다.

같은 자식이라도 애정에 치우침이 있는 것일까?

사실 오와리의 요시나오 등 세 아들을 대하는 태도와 타다테루에 대한 이번의 처사는 너무나 차별이 심했다. 한쪽은 어리기 때문에 순종하고, 한쪽은 패기에 넘치는 성격 때문에 반항한 경우가 있었다. 그러나 어느 쪽이나 똑같은 자식이 아닌가.

'어째서 타다테루에게만 이처럼 엄하게?'

"카츠시게, 이해할 수 있겠지?"

이에야스가 힘없는 목소리로 말했다.

"그 아이가 다테 가문과 가까이하는 한 쇼군은 주위가 편안하지 못해. 마사무네와 타다테루……만으로도 쇼군의 측근을 다발로 묶어도 모자랄 만한 힘을 갖는다. 그러므로…… 타다테루의 이번 일은 천명이었다……고 생각하게."

"그건…… 그것은 이치에 맞지 않습니다. 카즈사노스케 님을 다테에게 접근시킨 것은 황송하지만 오고쇼 님이었습니다."

"카츠시게."

"예."

"접근시킨 것은 나였지만, 다테의 허수아비가 된 것은 타다테루야. 타다테루에게 형을 존경하고 형을 내세우는 마음이 있었다면 이렇게까지 되지 않았을 거야…… 깊이 생각하고 내린 결정이야. 타다테루가 사랑스럽다고 해서 겨우 여기까지 끌어올린 천하를 소란케 해도 좋다는 이유는 성립되지 않아."

"그럼…… 그럼, 주군은 카즈사노스케 님을 그대로 두시면 다테와 손을 잡고 난을 일으킨다…… 이렇게 보고 계십니까?"

"난을 일으킨다……고까지는 말하지 않았어. 그렇게 되면 큰일, 그러니 우선 내 자식부터 제거하려는 거야. 다테의 영지는 실질적으로 일백만 석 이상, 여기에 타카다의 육십만 석이 하나가 되어보게. 그야말로 나가야스 놈이 만든 연판장이 되살아나게 되는 거야. 표면상으로는 어쨌거나, 이번 전쟁상황으로 보아 천하의 모든 제후가 아직은 쇼군에게 충심으로 복종하고 있다고 할 수 없어."

이 말을 듣고 비로소 카츠시게도 입을 다물었다.

'거기까지 생각하신 끝의 결단이었던가……'

그것은 분명 파란을 일으킬 수 있는 하나의 화근이었다.

"알겠나, 가령 펠리페 삼 세가 군함을 파견해 일본을 공격한다……
고 하세. 다테가 궐기하고, 아직 신앙을 버리지 못한 천주교 다이묘들
이 호응…… 그렇게 되면 오사카 전투의 재판이 되는 거야. 나는 여기
에 대비하지 않을 수 없어. 어떤 불상사가 일어나더라도 우리 힘으로 진
압하겠어. 그렇게 하지 못하면 세이이타이쇼군의 책임을 다했다고 할
수 없어. 충분히 생각한 일, 자네도 마음을 독하게 가져주기 바라네."

카츠시게는 망연히 이에야스를 바라보았다.

"나는 히데요리 모자를 구하지 못했어. 내 자식이 다음 화근이 될 위
치에 있다…… 그것을 알면서도 이대로 내버려두면 그야말로 타이코
를 볼 면목도 없는 일…… 자네라면 이해할 수 있을 것일세."

"알겠습니다."

"알 수 있겠나……?"

"예."

카츠시게는 그만 두 손으로 얼굴을 덮었다. 온몸을 떨며 울고 있는
이에야스의 모습을 차마 그대로 볼 수 없어서였다……

12

"알았다면, 그 말을 전할 사자를 결정하세. 마사즈미는 안 돼. 마사
즈미는 지나치게 이론적이야. 그러면 타다테루의 성미로 보아 칼부림
을 하게 될지도 몰라."

이에야스는 잠시 몸을 떨다가 중얼거리듯이 말을 이었다.

"그렇다고 토시카츠(도이)를 보내면, 그 아이는 형이 자기를 증오한다고 받아들일 것이고, 나오카츠는 말솜씨가 부족해. 정情으로 말을 전하고 이치로 납득시킬 수 있는…… 나루세나 안도를 생각해보았으나 그들은 모두 아우들에게 딸린 중신…… 타다테루는 이 일을 형제들의 음모라고 생각할지도 몰라. 그래서 자네가 좋겠다……고 생각했으나, 자네는 당분간 쿄토에 있어야 할 사람이야. 자네 대신 일을 시끄럽게 만들지 않고 타다테루를 설득할 만한 사람……"

이에야스의 말을 들으면서 카츠시게는 이때 벌써 마음속으로 나름대로 인선을 하고 있었다.

'얼마나 괴로운 입장에 놓일 사자인가……'

이치를 따져서 통할 일이 아니었다. 정을 내세우고 할 수 있는 말도 아니었다.

영원한 대면금지……

이승에서는 대면할 수 없다……고 하는 기묘한 처벌을 생각해낼 수 있는 사람이 이에야스 말고 또 달리 있을 수 있을까……?

가신에게 잘못이 있었을 때 며칠 동안 대면을 허락하지 않은 경우는 다이난大楠 공이 그 예라고 할 수 있다. 그 처벌을 받은 가신은 안타까움을 견디지 못하고 두 번 다시 잘못을 저지르지 않았다고 한다.

그러나 지금 이에야스의 경우는 그러한 시정의 의미를 포함하는 조치가 아니었다. 앞으로는 잘못이 없도록 하겠다고 타다테루가 진심으로 말했을 때는 무엇이라 설명할 것인가……?

"어떤가, 적당한 인물이 있을까? 나와 같이 슨푸로 돌아갈 사람이어야 하는데……"

"죄송하오나 그 소임은 마츠다이라 시게카츠松平重勝 님의 다섯째아들 카츠타카勝隆˚ 님이 어떨까 합니다."

"으음, 이즈모出雲가 적당하다고 생각하나?"

"카츠타카 님이라면 전혀 남남지간도 아닙니다. 그리고 정치적인 일에는 관련이 없고, 연령도 비슷한데다 성품이 온화하여 서로 대화하기에는 가장 적당하지 않을까 생각합니다마는."

"으음, 시게카츠의 아들이라……"

마츠다이라 시게카츠의 다섯째아들 카츠타카는 토리이 타다요시鳥居忠吉의 외손자였다. 따라서 이에야스와 혈연관계이고, 나이도 타다테루와 거의 비슷했다.

"제가 먼저 카츠타카 님을 만나 사정을 잘 설명해놓으면 좋을 듯합니다."

"그래…… 자네가 수고해주겠나?"

"예…… 그렇게 하지 않으면 이 역할을 맡을 사람이 달리 있을 것 같지 않습니다."

"그럴 것 같군……"

이에야스는 문득 살찐 어깨를 늘어뜨리고 한숨을 쉬었다.

"나에게는 또 하나 어려운 일이 있네. 그 아이의 어미를 설득시키는 일이야. 챠아를 말일세."

"저도 알고 있습니다."

"타다테루는 사나이야. 하지만 그 어미는……"

"예…… 예."

"어쨌든 카츠타카에 대해서는 잘 부탁하네."

"기대에 부응하도록 하겠습니다."

"물론 은밀히 추진해야만 해. 세상에 알려지면 우리 가문의 수치……그 대신 다음부터는 절대로 내가 간섭하지 않겠어. 뒷일은 모두 쇼군의 뜻대로……"

이타쿠라 카츠시게는 점점 침착함을 되찾았다. 그러나 침착함을 되찾을수록 이에야스의 얼굴 보기가 더욱 어려웠다.

'얼마나 불행한 아버지인가……'

13

이에야스의 거실에서 나온 이타쿠라 카츠시게는 무거운 마음으로 성문 밖 진지로 마츠다이라 카츠타카를 찾아갔다. 밤중이었으나 이대로는 잠이 올 것 같지 않아 찾아가지 않을 수 없었다.

"단둘이 한잔하고 싶네. 오늘밤은 쇼시다이 집에서 쉰다는 생각으로 동행했으면 하네."

젊은 카츠타카는 두말없이 승낙했다. 카츠시게의 넌지시 청하는 말에 혹시 존경하는 선배에게 무용담을 들을 수 있을지 모른다고 여겨 기뻐했는지도 모른다.

"바쁘실 텐데…… 괜찮으시겠습니까?"

"으음…… 괜찮아."

나란히 쇼시다이 저택의 문을 들어서면서 카츠시게는 새삼스럽게 니죠 성을 돌아보았다.

"……실은 지금까지 오고쇼 님과 같이 있었다네. 그래서 숨을 돌리고 싶어서."

"아, 예. 오고쇼 님은 언제쯤 슨푸로 돌아가시려는지, 아직 말씀이 없었습니까?"

"아마 출발은 팔월 삼사일쯤이 될 것일세. 좌우간 한잔 마시면서 천천히 이야기하세."

"정말 뜻하지 않게 폐를 끼치게 되었습니다. 실은 저도 적적하던 잠이었습니다."

카츠시게는 거실로 들어가 곧 주안상을 준비시켰다. 그리고 술이 들어오자 사람들을 물리쳤다.

"자아, 편히 앉게. 서늘한 바람이 불기 시작하는 좋은 계절이야."

"그러나 서늘한 바람이 일면 고향 생각이 납니다. 전쟁이 끝나니 무료해지는군요."

"참, 자네는 이번에 이즈모노카미出雲守로 임관되었다지?"

"예. 대단한 전공도 없는데 부끄럽기만 합니다."

"아니, 그렇지 않아…… 그런데 자네는 카즈사노스케 님과 아주 친근한 사이라고 하던데……?"

"그렇습니다. 다 같이 마츠다이라 가문……이기 때문에. 그리고 제 어머니가 자주 아사쿠사의 저택에 가시곤 해서 저도 어릴 때부터 따라다녔습니다."

"최근에도 뵌 일이 있나?"

"최근…… 참, 대엿새 전에 손수 잡은 물고기를 주셨지요. 그 인사를 드리려고."

"아직도 고기잡이에 열중하고 계신가?"

"그러고 보니 카즈사노스케 님은 고기잡이 때문에 오고쇼 님에게 꾸중을 들으셨다고 하더군요. 함께 입궐해야 했는데 고기잡이를 나가고 안 계셨다던가 해서……"

그러면서 카츠타카는 태평스럽게 웃으면서 덧붙였다.

"카즈사노스케 님 말입니다. 그처럼 활달하신 분도 오고쇼 님이 무서운 모양입니다. 하하하……"

카츠시게는 묵묵히 상대의 술잔을 채워주면서 이디서부터 용선을 꺼낼까 망설였다.

"자아, 한잔 더 들게…… 그런데 이즈모 님은 케이쵸 십팔년(1613)에 일어난 오쿠보 나가야스의 사건을 기억하고 있나?"

"오쿠보 나가야스…… 약간은 알고 있습니다. 당시 아버지한테 이야기를 들었습니다."

"그럼, 그 사건이 실은 아직 완전하게는 해결되지 않았다는 사실도 알고 있나?"

"아니, 아직도 그 사건이……?"

"그래. 실은 그 일에 대해 이즈모 님에게 부탁할 일이 있어 초대한 것일세. 말하기가 좀 거북하기는 하지만."

카츠시게는 넌지시 귀띔을 했다. 그리고는 쉴 틈도 없이 다시 카츠타카의 잔에 술을 따랐다.

14

순간 카츠타카의 표정이 굳어졌다.

오쿠보 나가야스 사건이 아직도 해결되지 않았다는 말을 듣고 흠칫 놀라는 것은, 마음에 걸리는 일이 있어서인지도 모른다. 왜냐하면 숙부와 질녀 사이지만 그의 어머니는 질녀로서 연상의 누님처럼 타다테루와 친근하게 지내왔기 때문이다.

"그건 마음에 걸리는 말씀이군요. 오쿠보 사건이 아직 해결되지 않았다니……?"

"다름이 아니라……"

당시 사람을 다루는 데는 일본 제일……이라는 평을 듣고 있는 카츠시게, 그는 상대의 불안을 손에 쥔 듯이 잘 알고 있었다.

"결론부터 말하면, 이 일을 해결하기 위해 이즈모 님의 힘을 빌려야만 하겠네. 지금 말하려는 것은 결코 이 이가노카미의 독단이 아니네. 오고쇼 님이 피눈물을 흘리신 끝에 내린 판단이고, 은밀한 지시임을 알아주기 바라네."

카츠타카는 말없이 자세를 가다듬었다.

'어느 정도 예비지식은 가지고 있는 모양이다……'

카츠시게는 이렇게 생각했다.

오고쇼의 은밀한 지시……라고 했을 뿐인데도 카츠타카의 온몸이 긴장함을 알 수 있었다.

"그런데……"

다시 카츠시게는 술병을 들었다.

"이것은 단지 은밀한 지시를 전하기만 하면 되는 그런 간단한 문제가 아닐세. 어떻게 하면 이 일이 다시 세상에 소문이 나지 않고 조용히 마무리될까, 이에 대한 의논…… 제일안, 제이안, 제삼안 여러 가지로 생각해서 착수해야 할 중대한 일일세."

"으음!"

카츠타카는 나직이 신음하고 다시 잔을 들었다. 그리고 강하게 고개를 저어 자신의 망상을 뿌리치면서 ─

"말씀하십시오. 저는 아직 사려도 분별도 부족한 미숙한 젊은이, 그렇게 여기시고 말씀하십시오."

무겁게 덧붙였다. 그러한 모습에서 카츠시게는 문득 젊은 날의 고지식한 이에야스의 모습을 떠올렸다.

'역시 신중한 사람이다……'

"오쿠보 사건과 카즈사노스케 님의 관계를 이즈모 님이 어느 정도까지 알고 있는지 나로서는 잘 모르겠네. 그렇다고 그 사건에 대해 일일이 이야기를 한다면 한이 없겠지…… 그러므로 나는 먼저 이즈모 님에게 오고쇼 님의 결정부터 전하겠네. 듣다가 납득이 안 되면 지체 없이 질문하게."

"알겠습니다. 그런데 오고쇼 님의 결정이란?"

"오고쇼 님은 쿄토에서 일을 시끄럽게 만들지 않으시려고…… 슨푸에 도착하는 즉시 이 사건을 마무리짓기 위한 조치를 취하실 생각일세. 그래서 카즈사노스케 님에게 영원히 대면을 금지한다는 이상한 처벌을 결심하셨네."

"영원히 대면을 금지……?"

"이 세상에서의 대면은 안 된다, 아니, 영원히 아버지와 아들의 대면은 안 된다…… 그 정도로 큰 잘못이 아들로서의 카즈사노스케 님에게 있었다……는 해석일세."

"으음."

"그리고 이 말을 전할 사자, 자네 말고는 달리 사람이 없다, 그래서 이 카츠시게에게 사정을 설명하라고……"

"거절하겠습니다!"

"뭐, 뭐라고 했나?"

"이 카츠타카는 역량 부족, 카즈사노스케 님이 제 말을 납득하실 리가 없습니다. 그렇다면 베어야만 하는데 그만한 능력도 자신도 제게는 없습니다. 거절하겠습니다."

15

"하하하…… 그처럼 성급하게 단정하지 말게."

카츠시게는 웃으면서 술병을 들어 다시 술을 따라주다가 문득 웃어버린 자신의 태도를 후회했다.

'일단은 거절당한다……'

거절은 카츠시게도 예상하고 있던 일. 그러나 자칫 잘못하면 노회한 선배에게 말려들었다는 느낌을 카츠타카에게 줄 수도 있는 일, 그러나 그것만으로 끝날 일이 아니었다.

"오고쇼 님은……"

다시 진지한 얼굴로 돌아와 카츠시게는 말을 이었다.

"이 일을 그대로 두고는 눈을 감을 수 없다는 생각이신 모양일세. 말하자면 이것은 오고쇼 님의 유언, 이를 특별히 카즈타카 님에게 명하신 것이므로."

"아니, 뭐라고 하셨거나, 이 일만은……"

"카즈타카 님."

카츠시게는 언성을 높였다.

"이 문제에 개입하는 것은 나로서도 난처한 일…… 그러나 거절한다면 내년에는 다시 전쟁이 벌어질 것일세."

"아니, 전쟁이……?"

"그래. 이번에는 전쟁터가 에도 동쪽…… 아니 어쩌면 일본 전체로 파급될지도 몰라. 자네도 대강은 예감하고 있을 것일세."

"으음."

카즈타카는 다시 신음하며 잔을 들었다.

카츠시게는 곁눈으로 카즈타카의 모습을 살피듯 보면서 말을 이었다.

"오고쇼 님은 말일세, 이 전쟁을 어떻게 하면 일어나지 않게 하고 수습할 수 있을까 고심하시다가 마지막으로 당도한 결정이 카즈사노스케 님에 대한 영원한 대면금지…… 이것은 자기 자식과 자신이 고통을 나누어 가지고 천하의 안녕을 도모하시려는 보살 같은 마음…… 이렇게 보았다면 내가 잘못 생각한 것일까?"

"……"

"다른 일이라면 몰라도…… 그런 사정과 마음을 알고는 거절할 수 없었네. 그래서 실은 이 카츠시게가 자진하여 자네를 설득하겠다고 나선 것일세."

"……"

"물론 납득되지 않는 점에 대해서는 거듭 설명할 것이니 한마디로 거절하지 말고 밤새도록 깊이 생각하고…… 날이 밝을 때까지…… 마음을 결정해주게."

카츠타카는 얼굴의 근육을 실룩거리며 무언가 말하려다 다시 입을 다물었다.

"서두를 것은 없네. 자, 한 잔 더."

"그럼, 이가노카미 님은……"

"응, 무엇을 알고 싶나?"

"다……다……다테…… 님은 싸울 뜻이 있다는 말씀입니까?"

"물론일세. 뜻이 있고 없고의 문제를 떠나 처음부터 그분은 싸울 뜻을 버리지 않고 있다고 생각하네."

"으음."

"이번 전쟁만 해도 참으로 이상한 일. 도묘 사 어귀의 전투에는 늦게 나타나고, 차우스야마 공격 때는 같은 편인 진보 군을 전멸시켰네. 아니, 그뿐만이 아니지. 은밀한 묵계가 있던 포를로라는 신부가 진중에 뛰어들어 살려달라고 애걸하는 것을 죽이려다 놓쳐 하치스카 진영으로 달아난 일까지 있네."

"……"

"그 신부의 진술에 따르면 오쿠보 나가야스에게 그런 사건을 일으키게 한 장본인은 바로 다테…… 사건은 그 사람의 마음에 아직도 맥맥히 살아 있다…… 알겠나, 카츠타카 님?"

카츠타카는 비로소 힘차게 잔을 놓았다. 그리고 카츠시게를 향해 자세를 고쳤다.

16

"이타쿠라 이가노카미 님에게 여쭙겠습니다."

이상할 정도로 젊은 패기에 넘치는 말투였다.

"지금 그 말씀…… 다테 마사무네에게 반심이 있다는 단정은 오고쇼 님의 단정이신지 아니면 카츠시게 님의 의견이신지, 그것을 먼저 알고 싶습니다."

카츠시게는 엄숙히 대답했다.

"유감스럽게도 쌍방의 일치된 의견일세."

"그렇다면 다시 묻겠습니다. 카즈사노스케 님을 처벌하지 않으면 어째서 전쟁이 됩니까? 원래 전쟁이란 도발하는 자와 맞서는 자가 있어야 벌어집니다. 다테 쪽에서 도발하는 것이 먼저냐, 아니면 이쪽에서 토벌에 나서는 것이 먼저냐? 또 그 계기는 어떤 것인지?"

카츠시게는 무심코 미소를 띠려다가 얼른 표정을 굳혔다. 카츠타카가 물으려고 하는 뜻은 잘 알 수 있었다. 그렇더라도 이 얼마나 성급하게 얼어붙는 자세일까.

"질문은 세 가지인 듯한데, 그 어느 것도 일어나지 않도록 하기 위해 오고쇼 님은 카즈사노스케 님을 희생시키기로 각오를 정하셨다…… 이게 중요한 이야기의 핵심이니 잊지 않도록."

"으음."

"카즈사노스케 님의 기질은 알다시피…… 누가 보기에도 쇼군 님보다 거칠고 과격하신 분. 형님의 부하인 나가사카 아무개까지 베어버리셨네. 그 기질은 슬픈 천명의 하나일 것일세."

"천명……이란 말이죠."

"그런 기질이 다테 마사무네의 감화를 받으면 어떻게 되겠나? 오고쇼 님이 돌아가시면 형제의 싸움을 가장한 다테의 난으로 발전할 것일세. 실제로 포를로라는 신부는 다테를 오사카 쪽이라 믿고 그 진중으로 달려와 구명을 청했던 것이야."

"......"

"그래서 오고쇼 님은 카즈사노스케를 마사무네의 사위로 삼은 것을 일생 일대의 실수라며 우시고 있네. 무슨 일이 있어도 우선 카즈사노스케를 마사무네의 곁에서 떼어놓지 않으면 오사카 공격 이상의 비극적인 전쟁을 해야 할 것이라고……"

말하는 동안 카츠시게는 눈물이 쏟아졌으나 막을 수 없었다.

"알 수 있을 것일세, 카츠타카 님…… 일을 표면화시키지 않고 마사무네에게 난을 일으킬 틈을 주지 않으면서…… 평화로운 세상을 끝까지 이어가게 하기 위해서는 내 아들을 처벌하는 도리밖에 없다고 각오하셨네…… 지금 영원히 대면을 금지시키면, 영지가 몰수되고 근신하게 됨은 말할 나위도 없는 일…… 그래서 부인과 이혼시킨 뒤 다테 가문으로 돌려보낸다…… 카즈사노스케 님에게는 애석한 일이지만, 전란의 위험은 일단 사라지게 될 것일세."

카츠타카는 자기가 타다테루이기나 한 것처럼 심각한 표정으로 똑바로 카츠시게를 노려보았다. 그로서도 '영원한 대면금지'라는 이상한 처벌의 뜻을 차차 이해하게 되었다.

그러나 카츠타카로서는 감정적으로 납득할 수 없는 일이 몇 가지 마음에 남아 있었다.

'문제는 다테의 반심……'

이에 대해서는 그 역시 이상한 소문을 자주 듣고 있었다. 도요토미 타이코의 전법을 바보 같다고 비웃고, 오고쇼를 '운이 좋은 사나이'라고 조소하는 등…… 그러한 사람이니 어쩌면 사위를 부추겨 쇼군과 싸우게 하는 일은 충분히 있을 수 있다.

그렇더라도 이런 위험한 사나이의 존재를 오고쇼가 어째서 제거하

지 못하는 것일까? 어째서 자기 부자의 희생만으로 그냥 내버려두려는
것일까? 그것이 안타깝고 분했다……

17

"어떤가, 알았다면 거절하겠소……라고는 말하지 못할 텐데?"

카츠시게는 다시 말을 이었다.

"다음에 올 전쟁 하나를 없애기 위해서 내리신 명령. 충분히 일할 보
람이 있는 대장부의 역할이라 생각하는데."

"이가노카미 님, 한 잔 더 주십시오."

카츠타카는 식은 술을 꿀꺽 단숨에 들이켰다.

"오고쇼 님은 어째서 그토록 마사무네를 두려워하실까요? 어째서
대번에 정벌을……"

다급하게 묻는 말에 카츠시게가 비로소 웃었다.

"그것을 정말 모르시겠나?"

"모르겠습니다! 마사무네를 무사히 살려두기 위해 어째서 오고쇼가
울면서 자기 자식을 처벌해야만 하는지……"

"그렇다면 대답하겠네. 카즈사노스케 님이 사위이기 때문일세."

"그러면…… 그러면, 이혼시킨 후 다시 토벌하신다는 것입니까?"

"아냐, 토벌도 역시 전쟁이니 그렇게는 하시지 않아. 그보다 카즈사
노스케 님을 떼어놓으면 마사무네의 반심도 사라지겠지."

"으음."

"알겠나, 운명의 야릇함을……? 다테 마사무네에게 카즈사노스케
타다테루를 붙여놓으면 용이 구름을 불러 전쟁이 벌어지겠지. 그러나
구름을 떼어버리면 용도 못 가운데 주저앉을 수밖에 없는 것이야."

"그러면 한 가지 더…… 카즈사노스케 님은 영원히 대면이 금지된 후에 어떻게 되는 것입니까? 영지 몰수와 근신이라 하지만, 이혼 후에는 다시 등용을……?"

"그것은 나도 모르겠어."

카츠시게는 당황하며 손을 내저었다.

"여기까지가 오고쇼 님의 처분. 그 다음에는 쇼군 님의 생각에 달렸어. 할복을 명하실지 아니면……"

말하다 말고 카츠시게는 고개를 갸웃했다.

"영원한 대면금지라면 아마 추후에 등용하는 일은 없을 것일세. 아버님이 영원히 대면을 금했을 정도인 사람을 효성이 지극한 쇼군 님이 독단적으로 등용한다면 아버님 뜻에 거역하는 것이 되니까."

이 말을 듣는 순간 카츠타카는 얼굴을 찌푸리고 무릎을 움켜쥐며 고함쳤다.

"그렇다면 카즈사노스케 님이 불쌍합니다."

"그래서 오교쇼 님도 우신 것일세……"

"알겠습니다! 명령이시라면 저도 거절은 않겠습니다."

"맡아주겠나?"

"거절한다고 해도 승낙하지 않으시겠지요. 죽으면 됩니다. 죽을 각오라면……"

아마 취기가 돌았는지 카츠타카는 갑자기 한쪽 어깨를 치켜올리고 이를 갈았다.

"설득하지요! 납득이 되시도록…… 그러나 상대는 도도하시기로 이름난 카즈사노스케 님…… 알겠다거나 삼가 받아들이겠다고는 하시지 않을 것입니다. 그때는 이 카츠타카, 잠자코 카즈사노스케 님 앞에서 할복하겠습니다. 그것 말고는 어떻게도 할 수 없습니다. 그렇지 않습니까, 이가노카미 님?"

카츠시게는 빙긋이 웃었다. 그러나 끄덕이는 대신 ──

"죽을 각오라면 설득할 수 있네."

중얼거리듯이 말했다.

"아버님의 사자를 죽게 할 수는 없을 테니 울면서 승낙하시겠지. 아니, 승낙시킬 만한 기량을 자네는 가지고 있어…… 오고쇼 님도 믿으시고 나도 믿기에 부탁하는 것일세. 그런데 카츠타카 님! 이것은 생각하면 할수록 크나큰 보살로의 길, 대장부의 일일세."

이렇게 말하고 카츠시게는 온몸으로 치밀어오르는 오열을 참았다.

카즈사의 비

1

'앞으로 백 일 안에 전후 뒤처리를 끝내도록.'

이런 이에야스의 명령은 예정보다 열흘 가까이 앞당겨졌다. 그래서 이에야스가 쿄토를 떠난 것은 8월 4일 아침이었다.

7월 19일 후시미를 떠난 쇼군 히데타다는 같은 날 에도 성에 들어갔다. 그러므로 쇼군의 에도 도착과 동시에 이에야스는 쿄토를 출발한 셈이었다.

그 무렵에는 이미 각자의 부서에서 맡은 일을 끝낸 다이묘들과 그 군사도 속속 자기 영지를 향해 철수를 마치고 있었다.

마츠다이라 카즈사노스케 타다테루 또한 아버지에 이어 쿄토를 출발했다. 철수하는 에치고 군의 지휘에는 이타쿠라 카츠시게와 이에야스의 밀령을 전하게 된 마츠다이라 카즈타카의 아버지 마츠다이라 오스미노카미 시게카츠松下大隅守重勝가 맡았다.

오스미노카미 시게카츠는 오쿠보 나가야스가 죽고 사부인 미나가와 야마시로노카미가 해임된 후 타다테루에게 딸린 중신으로 이때는 에치고의 산죠 성三條城에 살고 있었다.

산죠는 타카다보다 훨씬 북쪽에 있어, 이를테면 다테 가문과 타다테루 사이의 에치고 가도의 연락로에 쐐기를 박는 듯한 위치였다. 시게카츠는 산죠 성에 있으면서 양자의 관계에 엄밀한 감시의 눈을 빛내고 있었을 것이 분명했다. 그러나 타다테루는 그러한 일에는 전혀 개의치 않았다.

타다테루는 오츠에서 오스미노카미 시게카츠와 헤어진 뒤 100명도 안 되는 부하들을 데리고 슨푸로 향했다.

그 일 이후 타다테루는 아버지 이에야스를 만난 적이 없었다. 아버지 쪽에서도 부르지 않았고, 타다테루 역시 아버지를 만나러 가고 싶은 마음이 나지 않았다.

'그처럼 호탕하시던 분도 나이에는 이기지 못하고…… 그저 푸념만 늘어놓으신다……'

그 푸념에 섣불리 대꾸하면 아버지는 화를 내거나 울거나 한다. 따라서 부르지 않는 한 그냥 가만히 있는 것이 효도라고 타다테루는 생각하고 있었다.

이러한 타다테루가 군사를 마츠다이라 오스미노카미에게 맡기고 토카이도東海道에서 슨푸로 갈 생각이 든 것은 실인즉 어머니를 만나고 싶어서였다. 어머니 챠아 부인은 앞으로도 계속 이에야스 곁에 있으면서 시중을 들게 될 것이 틀림없다.

"아버님은 연로하십니다. 불편이 없으시도록 어머님이 잘 돌봐드리십시오."

물론 아버지에게도 문안인사는 할 생각이었지만, 그보다 어머니에게 잘 부탁해두는 것 역시 효도라고 타다테루는 생각했다……

'오래 사시지는 못할 것 같다……'

사실 다테 마사무네도 쿄토에서 그 말을 자주 했다.

"앞으로 오고쇼는 그리 오래 사시지 못할 것이니 거역하면 안 됩니다. 아니, 오고쇼뿐만 아니라 오고쇼 생존 중에는 절대로 쇼군의 의견에 맞서는 듯한 말씀은 드리지 않도록. 비록 화나는 일이 있더라도 노여움은 적이라 생각하고 마음에 자물쇠를 잠가야 합니다."

노인을 상대로 언쟁을 벌여 뒤에 남는 쇼군에게 약점을 잡힐 구실을 주어서는 안 된다고 다테 마사무네는 말하곤 했다.

"오래가지 않을 것이오. 조금만 더 참고 있으면."

이 말은 듣기에 따라서는 아버지의 죽음을 바라고 있는 것 같아 불쾌했다. 그러나 타다테루는 장인 다테 마사무네의 태도에도 별로 신경을 쓰지 않았다.

'장인은 아직도 나를 오사카 성 주인으로 만들 꿈을 버리지 못하고 있는지도 모른다.'

타다테루는 가볍게 생각하고 나고야에 이르기까지 아버지의 행렬 뒤를 1, 20리 정도 거리를 두고 따라갔다. 아버지가 나고야 성에 들어간 뒤로 그곳에서부터 그는 앞서 나갔다.

2

아버지 이에야스가 요시나오, 요리노부 두 아들들을 데리고 나고야 성에 들어간 것은 8월 10일이었다.

'이삼 일 동안 피로를 풀며 쉬실 생각이겠지. 그것이 좋을 거야.'

타다테루는 스스로를 납득시켰다. 그러나 나고야 성에서 찬란하게 빛나는 황금 샤치鯱°를 보았을 때는 마음이 떨렸다.

'동생들에겐 저렇게 훌륭한 성을……'

가을 하늘이 활짝 개어 있어, 음산한 홋코쿠北國의 타카다와는 투명도가 다른 탓인지 황금 샤치는 한층 더 장엄하게 보였다.

'내 성과는 비교도 되지 않는다!'

역시 아버지에게 좀더 강경하게 밀어붙였어야 했다는 생각과 함께 타다테루는 문득 후회 비슷한 선망에 사로잡혔다.

오사카 성은 지금 타다테루의 희망과는 상관없이 마츠다이라 타다아키의 것이 되었다.

타다아키는 오쿠다이라 미마사카노카미 노부마사奧平美作守信昌의 넷째아들이었다. 어머니는 이에야스와 츠키야마築山 마님 사이에서 태어난 장녀 카메히메龜姬의 딸, 그러니까 타다아키는 이에야스에게는 외손자가 되었다.

오사카 성은 앞으로는 결국 바쿠후의 직할 영지가 될 터. 그렇더라도 자기 아들인 타다테루에게는 그토록 강력하게 거절한 성에 외손자인 타다아키를 들여보낸다는 것은 아무리 생각해도 기분 좋은 일이 아니었다.

'마츠다이라 타다아키는 지금 서른셋의 한창 일할 나이. 그에 비해 나는 아직 너무 어리다고 보인 거야……'

사실 타다아키의 활약은 타다테루가 보기에도 발군의 것이었다.

원래의 셋째 성(현재의 오사카 성과 그 동쪽 요코보리가와橫堀川 사이)에 후시미에서 하치쥬가마치八十ヵ町 사람들을 불러들여 시가지를 만들게 하고, 도톤보리道頓堀, 쿄마치보리京町堀, 에도보리江戸堀, 키즈가와木津川 등 중요한 수상 교통로를 정리했다. 또 성읍에 산재해 있던 사원을 텐마와 우에마치上町 한 모퉁이로 모으고, 토지대장을 만들어 구획정리를 하는 등…… 이는 홋코쿠에서 강물의 흐름과 수리水利 시설만 바라보며 농지개간을 하던 타카다의 일과는 하늘과 땅의 차이가 있는 수완을 발휘할 수 있는 장소로 보였다.

'나 같으면 오사카 성 가까이에 당당하게 외국의 큰 배가 들어와 무

역을 할 수 있을 정도로 큰 항구를 만들겠는데……'

그러나 이렇게 에도로 돌아가 타카다 성에 틀어박히게 되면 타다테루는 더 이상 오사카와는 아무런 인연도 없어지게 된다……

나고야 성의 위용을 자랑하는 황금 샤치가 적지않게 타다테루의 마음에 상처를 준 것은 사실이었다.

'그렇다, 어머니에게 다시 한 번 아버지가 기분 좋을 때 내 희망을 말씀 드려달라고 해야지.'

타다테루는 얼굴을 돌리듯이 하고 아츠타熱田에서 나루미鳴海 관문을 급히 빠져나갔다.

아버지 이에야스라면 이 일대에서 오카자키岡崎에 걸쳐 잊을 수 없는 수많은 추억이 깃들여 있을 것이었으나, 타다테루는 그냥 지나치는 나그네에 지나지 않았다. 세대의 차이는 아버지와 아들 사이를 잇는 감각도 정감도 깨끗이 떼어놓고 있었다.

타다테루는 아버지보다 사흘 먼저 슨푸의 저택에 도착했다. 도착해 보니 뜻밖에도 기쁜 소식이 그를 기다리고 있었다. 그가 없는 동안 타카다 성에 있던 소실의 몸에서 아들이 태어났다고. 초이레에는 도착하지 못하겠지만, 서신 받는 대로 이름을 지어 보내기 바란다고 했다.

이 소식은 나고야에서부터 우울했던 타다테루의 마음에서 그늘을 없애주었다. 타다테루는 흐뭇한 마음으로 첫아들을 '토쿠마츠德松'라 부르도록 서신을 쓰고 즐거운 술잔치를 벌였다……

3

타다테루 저택으로 어머니 챠아 부인이 찾아온 것은 그 이튿날.

친어머니와 아들 사이이므로 타다테루가 먼저 성안으로 찾아가도

되었으나, 당시 관습으로는 이 역시 조심스러웠다.

마츠다이라 카즈사노스케 타다테루는 오고쇼 이에야스의 아들, 그러나 그의 어머니 챠아 부인은 이에야스의 소실이었다. 그래서 챠아 부인에게는 '모권母權'이 없었다. 배는 빌리는 것⋯⋯이라는 이상한 말로 표현되고 있듯 챠아 부인은 타다테루의 어머니인 동시에 하녀였다. 따라서 자기 자식을 찾아가는 데도 주인인 고귀한 분에게 '문안한다'는 형식을 취하지 않으면 안 되었다.

코쇼인 타무라 키치쥬로田村吉十郎로부터 ──

"성에서 챠아 부인이 문안 드리러 오셨습니다."

이렇게 전갈을 받았다. 아직 취기가 가시지 않은 타다테루는 다시 술상 준비를 지시하고 어머니를 거실로 맞이했다.

"어머니, 타카다 성에서 아들이 태어났습니다."

표면적인 형식은 어떻든지 만나면 반가운 모자였다. 거실의 문을 활짝 열어놓고 두 사람은 환한 웃음으로 마주앉았다.

"토실토실하게 살이 쪘더군. 다시 한 번 축하하겠어."

"오, 알고 계셨군요. 그래서 토쿠마츠라 부르도록 서신을 써서 보냈습니다."

"그래? 그럼, 그 사자는 에도 저택에서 타카다로 연락하는 건가?"

"예. 여기서는 그렇게 하는 편이 가까우니까요."

이때 챠아 부인이 문득 미간을 찌푸렸다. 에도 저택에 있는 정실인 다테 부인에게 아직 아들이 없다는 점이 마음에 걸렸기 때문. 그러나 흐뭇해 있는 타다테루는 그런 데까지는 신경이 쓰이지 않았다.

"오랜만입니다. 한잔 올리지요. 그동안 건강하셨습니까?"

문자 그대로 오붓한 술자리였다.

챠아 부인으로서는 무언가 걱정되는 일이 있는 듯 ──

"주군은 어째서 오츠에서 오사카로 나가지 않고 굳이 이세에서 이가의 산을 넘어 야마토 가도를 지나는 먼길을 택했지?"

이렇게 물었다. 그러나 그때도 타다테루는 대수롭지 않게 흘려넘기고 말았다.

"아버님이 명령하셨기 때문이지요. 아무리 나이가 들어도 아버님은 무서우니까요."

이것은 실로 중대한 일이었다. 이에야스는 그런 명령을 내린 적이 없었다. 그런데도 마츠다이라 가문 사람은 모두 이를 이에야스의 명령이라 믿고 있었다. 이렇듯 묘한 차질, 곧 타다테루에게 아버지로부터 그런 명령이 있었다고 믿게 만든 것은 다테 가문의 카타쿠라 코쥬로片倉 小十郎였다.

챠아 부인이 이런 질문을 한 것은, 당시 슨푸에서도 타다테루가 길을 우회했기 때문에 전쟁터에 늦게 도착했다는 소문이 돌고 있었다. 평소의 챠아 부인이었다면, 다시 한 번 다짐을 받았을 것이지만, 부인도 그 날은 오랜만의 대면이었으므로——

"아버님의 명령……이라면 별일 없겠지."

기쁨에 들떠 그만 화제를 센히메에 대한 일로 옮기고 말았다. 센히메가 풀이 죽어 토카이도를 통해 에도로 내려간 것은 7월 초…… 그때의 모습이 챠아 부인의 마음에 아프게 새겨졌던 모양인지 곧 그쪽으로 이야기가 돌려지고 말았다……

4

"타카다에서는 아들이 태어났다고 하는데, 센히메 님은 여간 침울하지 않아. 무리가 아니지. 여자인 나는 잘 알 수 있어……"

챠아 부인은 눈물을 글썽이면서, 타다테루가 생각지도 않았던 말을 꺼냈다.

"그야 침울해질 수밖에 없겠지요. 센히메에게는 오사카 성이 자라난 고향과도 같은 곳. 출가하기 전의 기억은 거의 없을 테니까요."

"그렇지 않아, 좀더 뿌리깊은 여자의 슬픔이 있어."

"그럼, 히데요리가 그리워 식사도 못 한다는 것입니까?"

"아니, 이미 히데요리 님에 대해서는 체념한 것 같아…… 그러나 뱃속에 있는 태아만은 목숨과 바꾸는 한이 있어도 키울 각오라고 나는 보았어."

"뭐, 뱃속의 태아……?"

"그래. 센히메 님은 임신하고 있었어. 물론 아버님은 모르시지만."

"모르고 계십니다. 그랬군요, 임신하고 있었군요……"

"그런데…… 무리한 여행을 하여 슨푸에 도착하자마자 뜻하지 않은 복통을……"

"허어!"

"즉시 의사를 부르고, 나도 잠을 자지 않고 간호했지만…… 아무 보람도 없이 태아는 그만…… 그만 유산되고 말았어."

이렇게 말하고 마치 유산으로 고통받고 있는 센히메가 옆에 누워 있기나 한 것처럼 합장을 하고 눈물을 닦았다.

"그래서 어머니는 타카다의 이야기가 나오자 곧 센히메 생각을 하셨군요……"

"응. 이쪽은 무사하게 순산…… 그 행운에 비해 센히메 님은……"

"그런 뒤 다시 무슨 일이 생겼습니까?"

"자……자……자결하려고 했어. 이제 세상에는 아무런 희망이 없다고 하면서……"

"으음, 과연."

"그 심정은 여자가 아니면 몰라. 나도 주군의 형을 유산했을 때는 정말 죽고 싶었어."

"허어, 나에게 유산된 형님이······"

"어머, 내가 공연한 말을 했군······ 내가 센히메 님의 손에서 단검을 뺏고 말리는 말을 했지. 센히메 님은, 제발 말리지 마라, 사실은 밤마다 히데요리 님 망령이 나타나서 도쿠가와 가문의 여자에게 내 자식을 낳게 할 줄 아느냐고 저주의 말을 했다고······"

타다테루는 일부러 유난스럽게 몸서리를 쳤다.

"어머니, 그게 사실입니까?"

"물론 마음의 피로 때문일 것······이라고 센히메 님은 말했어. 무슨 일이 있어도 반드시 낳아 내 손으로 키우려 했는데 이렇게 유산되고 말았다, 제발 못 본 체하기 바란다, 그리고 내가 죽은 후에는 머리카락을 이세에 있는 여승의 사찰인 케이코인慶光院에 안치하여 히데요리 님과 더불어 명복을 빌어달라고······"

타다테루는 상당히 취기가 오른 상태에서 —

"가엾은 여자로군요. 모두 히데요리를 그리워하는 마음에서 나온 망상······ 그것을 어머니가 살려주셨군요."

앞질러 말하고 자기 자신도 울고 있었다.

챠아 부인은 센히메의 자결을 만류하는 데 10여 일이나 걸린 모양이었다. 부인은 한동안 그 이야기에서 벗어나지 못하고 계속 눈물을 닦으며 말을 이어나갔다.

5

챠아 부인은 그날 저녁때까지 타다테루의 저택에서 시간을 보냈다.

이틀 후면 이에야스가 돌아온다. 이튿날부터는 이에야스를 맞을 준비로 바빠지게 된다.

"나중에 다시 성안에서 만나기로 하자."

챠아 부인은 일어서려다 다시 생각난 듯이 이에야스에게 들은 오래 전의 타케치요竹千代 시절 이야기를 꺼냈다.

"이 부근은 쇼쇼少將의 미야마치宮町라 부르는데, 아버님이 어렸을 때 사시던 곳이라고 하더군. 그 무렵 아버님은 모두로부터 미카와三河의 고아라고 조롱을 받던 인질의 몸…… 그러나 지금은 이렇게 되었다면서 성안을 돌아보며 말씀하셨어. 사람의 일생이란 정말 알 수 없는 것인 모양이야."

이는 챠아 부인 자신의 감회이기도 했다.

챠아 부인은 옛날 엔슈遠州 카나야金谷 마을의 대장장이 하치고로八五郎의 아내였다. 그런데 그 미모에 반한 지방관이 그녀를 빼앗으려고 하치고로에게 엉뚱한 죄를 씌워 살해했다고……

그때 부인은 현재 하나이 토토우미노카미의 아내가 된 세 살짜리 어린 딸을 안고 하마마츠 성濱松城의 이에야스에게 달려와 고발했다. 그것이 인연이 되어 꿋꿋한 여자라는 인정을 받고 이에야스의 총애를 입어 지금은 60만 석 다이묘인 타다테루의 어머니가 되었다. 이처럼 기구한 자신의 신세와 비교하여 술회했음이 틀림없다.

"내가 굳이 말할 필요도 없는 일이지만, 오고쇼 님의 은혜를…… 깊이 명심하고 효도하도록……"

타다테루가 웃으면서 가로막았다.

"염려 마십시오. 효도를 하지 말라고 해도 하겠습니다."

"그럼, 나중에 성안에서."

"그보다도 어머님이야말로 아버님을 잘 돌보십시오."

"아, 잘 알고 있어."

이렇게 말하면서 챠아 부인이 돌아가려고 할 때 신발 끈이 툭 끊어졌다. 이것은 무슨 암시였는지도 모른다. 사실 이 어머니와 아들과의 만남은 그것으로 이 세상에서는 마지막이었으니까……

타다테루는 술김에 현관까지 어머니를 배웅했다.

"조심하십시오…… 인사를 드릴 것까지도 없이 지척에 계시군요. 이곳은 슨푸, 새삼스레 인사하는 것이 우습군요. 하하하……"

기분 좋게 웃는 바람에 챠아 부인은 신발 끈이 끊어진 것을 타다테루 몰래 얼른 감추고 가마에 올랐다.

타다테루는 그 후에도 계속 술을 마셨다. 그는 슨푸의 저택에서는 거의 기거하지 않았다. 따라서 여자들을 고용하지 않았기 때문에 어머니가 돌아가자 유곽에서 기녀들을 불렀다.

"내일은 아버님이 돌아오신다. 그리고 인사를 끝내면 다시 여행이야. 오늘밤은 모두 취해도 좋다."

앞으로 성안에서 다시 한 번 어머니를 만나, 그때 자기의 희망을 넌지시 전하고 떠날 작정이었다.

"타다테루는 일이 년 동안 더 역량을 기른 후 오사카 성에서 일본을 위해 일할 생각입니다."

이 말을 어머니가 아버지에게 살짝 귀띔한다면, 그 후 아버지가 무엇을 생각하고 있는지, 반응을 알 수 있으리라는 계산이었다. 타다테루는 흡족한 마음으로 슨푸에서 사흘째 밤을 맞이했다……

6

"키치쥬로, 아버님이 무사히 도착하셨느냐?"

타다테루는 아직 취기가 깨지 않은 채 코쇼에게 물었다. 이미 사흘째 저녁으로, 타다테루는 한잠 자고 난 다음이었다.

"예. 무사히 도착하셨습니다. 축하 드립니다."

"그래, 참으로 다행한 일이다. 나는 내일 아침 일찍 성에 들어가 인사 드리겠다. 오늘밤은 푹 잘 것이니, 모두 술을 마시는 것은 좋지만 공연한 일로 나를 깨우지는 마라."

이렇게 명하고 다시 깊은 잠에 빠져들었다.

전날 밤에 부른 기녀들은 아직도 남아 있는 듯했으나, 타다테루가 자고 있으므로 북도 피리도 삼가고 있었다.

몇 시각이나 지났을까…… 주위가 조용해지고 머리맡에서 싸늘한 밤바람을 느끼고 타다테루가 눈을 떴을 때였다.

"아룁니다, 주군! 기침하십시오."

키치쥬로가 초롱불을 들고 들어와 낮게 깔린 목소리로 불렀다.

"뭐야…… 깨우지 말라고 하지 않았느냐? 지금 시각은?"

"아직 초저녁입니다마는 성안에서 사자가 오셨습니다."

"뭐, 성안에서……? 어머님의 사자냐?"

"아닙니다. 오고쇼 님의 사자로 산죠 성의 아드님이신 마츠다이라 이즈모노카미 카츠타카 님이 오셨습니다."

"중신들 중에서…… 누가 대신 나가 만나라고 하여라."

"그런데, 주군을 직접 만나야겠다, 오고쇼 님의 중요한 사자이니 깨우라고 하셨습니다."

"오고쇼 님의……?"

비로소 타다테루는 몸을 일으켰다. 충분히 잔 셈이었으나 몹시 취했었기 때문에 아직도 머리가 맑지 않았다.

"좋아. 접견실로 안내해라, 곧 나갈 테니."

일어나서 크게 기지개를 켜고 재빨리 옷을 갈아입기 시작했다.

마츠다이라 카츠타카는 이에야스의 측근, 정신 없이 취해 있더라고 고하면 큰일이라는 생각에서였다.

'혹시 무언가 내리시려는 것이 아닐까?'

옷을 갈아입으면서 타다테루는 생각했다. 서자이기는 하지만 아들의 출생, 그 말을 어머니에게 듣고 일부러 축하하기 위해 사람을 보냈는지도 모른다.

"내 아들은 바로 아버님의 손자니까."

그렇다! 분명히 그럴 것이다.

인간의 상상이란 항상 자기에게 유리한 방향으로 이어지는 것. 타다테루는 아직 보지도 못한 갓난아이의 환상을, 술이 덜 깨어 멍한 머릿속에 그리면서 접견실로 나갔다.

마츠다이라 카츠타카는 중신의 반열에 있는 사람이다. 마음을 놓을 수 있는 상대는 아니었다.

"오, 카츠타카. 수고가 많군. 그런데 어쩐 일이지, 아버님께서?"

가벼운 기분으로, 그러나 아랫자리에 앉으며 말했다.

"자, 어서 말하게."

그때 타다테루의 뇌리에는 아직 갓난아기의 환상과 눈을 가늘게 뜨고 있는 늙은 아버지의 웃는 얼굴이 느긋하게 겹쳐 있었다. 그래서 마츠다이라 카츠타카가 촛대의 불빛 너머에서 자세를 바로 하고 이에야스의 말을 전했으나, 그 말이 지닌 복잡한 의미가 정확하게는 그의 가슴에 와닿지 않았다.

7

카츠타카는 엄한 표정으로—

"주군의 명령이오!"

딱딱한 어조로 말해나갔다.

"첫째…… 오사카 출전 때, 고슈江州 모리야마守山 부근에서 쇼군의 코쇼 나가사카 치야리의 동생 로쿠베에六兵衛 및 이타미伊丹 아무개를 무례하다는 이유로 죽인 뒤 보고조차 하지 않은 것은 무엄하기 짝이 없는 일. 둘째…… 쿄토에서 입궐할 때 이런저런 이의를 제기하며 수행치 않고 사가嵯峨 부근에서 고기잡이를 한 것은 용서받을 수 없는 방자한 일. 셋째…… 육십만 석 영지를 가졌으면서도 불평을 터뜨리는 것은 사치스러운 일, 참으로 괘씸하고 무엄한 일이므로 이제부터 영원히 대면금지를 명한다. 겐나 원년(1615) 팔월 십일. 이상."

다 읽고 나서 두루마리를 말기도 전에 ──

"카츠타카, 그게 무슨 뜻이냐?"

타다테루는 고개를 갸웃하며 물었다.

카츠타카는 대답 대신 자기가 읽었던 두루마리를 말아 조용히 타다테루 앞에 놓았다.

"대답을 못하겠느냐? 뭐, 첫째는 치야리의 동생을 벤 것이 잘못이었다고 했나?"

"그렇습니다."

"둘째는 고기잡이를 나간 것이 방자한 일이라고?"

"그렇습니다."

"셋째는 뭐라고 했나? 육십만 석 영지를 가졌으면서도……"

"부족하다고 불평하는 것은 부모의 은혜를 은혜로 생각지 않는 무엄한 일이라고 오고쇼 님은 매우 화를 내셨습니다."

"으음, 그럼 축하의 사자인가 여겼더니 그대는 나를 꾸짖으러 온 사자였던가?"

"그렇습니다."

"그렇다는 대답만으로는 모르겠어. 그대가 말한 세 가지 조복에 대해서는 내가 니죠 성에서 입이 닳도록 아버님께 사과를 드렸고, 그것은 이미 끝난 일이야. 그런데 어째서 또……?"

말하다 말고 두루마리를 폈다.

"영원히 대면금지……란 무슨 뜻이냐?"

"평생 동안 뵐 수 없다고 하신 말씀입니다."

"뭐, 평생…… 누가 말이냐?"

"카즈사 님이 아버님이신 오고쇼 님을 말씀입니다."

"멍청한 놈."

"……"

"아버지가 아들을 평생 동안 만나지 않는다고? 아버지와 아들이……
아니, 아들이 아버지를…… 눈앞에 있는 아들이 그 아버지를……?"

타다테루는 몹시 말을 더듬었다. 그러는 동안 그의 얼굴은 점점 창백
해졌다.

"카츠타카!"

"왜 그러십니까? 먼저 그 두루마리를 받아주시지 않으면 카츠타카
개인으로서의 응대는 할 수 없습니다."

"음, 그래. 그대는 아버님의 사자였지. 좋아, 분명히 이것을 받았어,
내가 받았어. 자, 어서 말해라. 이…… 영원히 대면금지라는 것은 무슨
뜻이냐?"

"그 대답은 이미 드렸습니다. 이 세상에서는 두 번 다시 나를 대면할
수 없다, 이대로 아사쿠사에 돌아가서 쇼군으로부터 무슨 지시가 있을
때까지 근신하도록 하라……는 취지인 줄로 압니다."

"허어, 이것 참 재미있군! 그럼 다시 묻겠다. 아버지가 아들을 평생
동안 만나지 않는다…… 이 세상에 있을 수 없는 그런 처벌은 아버님이
망령들어 하신 말씀, 그런 것은 내가 받아들일 수 없다고 한다면, 그대
는 어떻게 하겠느냐?"

카츠타카는 심각한 표정으로 흰 부채를 배에 세웠다.

8

"뭐, 그랬을 때는 할복하겠다고?"

타다테루가 물었다. 카츠타카는 침착하게 대답했다.

"그렇습니다."

"이거 더욱 재미있군. 아직껏 들어보지도 못한 영원히 대면금지란 말…… 어림도 없는 말을 꺼낸 노인도 노인이지만, 그것을 전하러 온 그대도 얼이 빠졌어. 도대체 일단 끝난 일을 누가 또 노인에게 불을 붙였느냐? 쇼군은 이미 에도로 떠나고…… 그렇다면 이건 오와리가 아니면 토토우미…… 그 아이들에게 이 타다테루가 원한을 살 만한 일은 없어. 그렇다면……"

생각났다는 듯이 타다테루는 무릎을 쳤다.

"이것은 타다아키의 짓이로군. 타다아키란 놈, 내가 오사카 성을 탐낸다는 말을 듣고……"

이번에는 카츠타카가 타다테루의 말을 끝까지 듣지도 않고 흰 부채로 무릎을 탁 치며 말했다.

"모든 것은 오고쇼 님의 뜻에서 나오신 말씀, 경솔한 추측은 도움이 되지 않습니다."

"뭐, 뭐라고?"

"오고쇼께서 망령이 드셨다는 것은 무엄한 말씀. 오고쇼 님은…… 오고쇼 님은 오늘도 눈물을 흘리며 울고 계셨습니다."

"멍청한 녀석!"

타다테루는 참지 못하고 찻잔을 장지문에 내팽개쳤다.

"나는 말이다, 이 세 가지 조목 모두에 대해 아버님의 양해를 받았어. 그 첫째 조목에 대해서는 에도에 가서 형님에게 다시 사과하려고 해. 나만으로 부족하다면 센다이仙臺 님(다테 마사무네)도 함께 가서 사과하겠다고 하셨어. 그 둘째는 아버님의 사자가 왔을 때 나는 이미 진지에 있지 않았어…… 알겠나? 셋째 조목은 내가 오사카 성을 원했다는 점을 지적한 모양인데, 물론 나는 오사카 성에 들어가고 싶다는 말을 했어. 그러나 육십만 석이 부족하다고 불평한 것은 아니야. 천하를 위해 세계의 바다로 진출하고 싶다, 그러자면 오사카가 지리적으로 유리하다고…… 그러나 아버님이 반대하시는 것 같아 자진해서 철회했어. 그런데 이제 와서 대면금지…… 좋아! 나는 지금부터 아버님에게 달려가 이 따위 두루마리는 찢어버리고 말씀 드리겠어."

"……"

"그러면 되겠지, 카츠타카? 경솔하게 할복 따위를 하면 다다미가 더러워져. 안 돼, 성급한 짓은."

"아닙니다, 잠깐."

"말리지 마라, 천치 같은 녀석! 잘못한 일이 있어 벌을 받는다는 말은 들은 적이 있어. 그러나 이게 뭐란 말이냐, 영원히 대면을 금지하다니…… 나도 어엿한 에치고의 태수야. 그런 말도 안 되는 소리가 세상에 알려지면 문밖에도 나가지 못해."

"말씀을 삼가십시오, 카즈사 님!"

"뭐, 뭣이?"

"여기 기록된 세 가지 조목, 단지 그것만으로 오고쇼 님이 이러한 처분을 내리신 줄 알고 계십니까? 이는 다만 표면적인 이유일 뿐……이라고는 생각지 않으십니까?"

"아니, 카츠타카, 이상한 소리를 하는군."

"이것은 형식적인 통고…… 우시면서 다시는 아드님을 만나지 않겠다고 하신 데는 깊은 이유가……"

"말하라, 그대는 어째서 아직 그 말을 하지 않느냐? 그렇다면 진짜 이유는 무엇이냐?"

"모르겠습니다."

"몰라? 모르는 자가 어떻게 이것은 표면적인 이유이고 깊은 내막이 있다는 건방진 소리를 지껄이느냐?"

드디어 타다테루는 몸을 앞으로 내밀고 카츠타카의 뺨을 때렸다.

9

카츠타카는 단단히 각오를 하고 왔던 모양인지 뺨을 맞고 비틀거리기는 했으나 화는 내지 않았다.

"내막이 있다고 한 까닭을 어서 말하라!"

"말할 수 없습니다."

"뭣이, 아까는 모른다. 이번에는 말을 못 한다…… 어째서 그렇게 말을 바꾸느냐?"

"모르겠습니다."

"또 딴전을 피우느냐? 그렇다면 이것은 그대의 아버지 시게카츠와 관련이 있겠군."

카츠타카는 움찔 놀라 머리를 들고 이번에는 세게 고개를 저었다.

"어찌 그런…… 아버지는 아직 아무것도 모르고 계십니다."

"그렇지 않아. 그대의 아버지는 산죠 성에 있으면서 나를 감시하고 있어. 타다테루가 모반이라도 꾸미지 않나 고양이처럼 눈을 번뜩이고 있어…… 맞아, 그대의 아버지가 뭐라고 아버님에게 말했을 거야."

"카즈사 님!"

"뭐냐, 그 눈초리가. 네놈까지 들개 같은 눈으로 나를 보다니."

"그처럼 남을 의심하시고도 부끄럽다고 생각지 않으십니까?"

"뭐, 부끄럽다고……?"

"예. 남을 의심하기 전에 먼저 자신의 일을 조용히 돌아보실 수는 없겠습니까?"

"그, 그것은⋯⋯"

말하다 말고 타다테루도 입을 다물었다. 방자하기는 했으나 결코 천성이 어리석지는 않았다.

'자신의 일을 조용히 돌아보라고⋯⋯?'

아버지의 이 기묘한 처벌은 자기가 과거에 저지른 사건에 원인이 있다⋯⋯ 이런 뜻으로 하는 말을 듣고 맨 먼저 떠오른 것은 오쿠보 나가야스 사건이었다.

타다테루는 나가야스가 하치오지八王子 저택에 막대한 금은을 횡령하여 숨기고 있었다는 말은 들었으나, 그 이상 자세한 내용은 알지 못하고 있었다.

"그럼, 오쿠보 나가야스의 비리와 관계가 있다는 말이냐?"

"모르겠습니다."

"또 모르겠다는 거냐⋯⋯ 모른다는 말은 하지 마라."

그러자 카츠타카가 반박했다.

"무사는 알고 있어도 모르겠습니다⋯⋯ 하고 말해야 하는 경우가 있다는 것을 모르십니까?"

"뭣이, 알고 있어도⋯⋯ 그럼, 그대가 말한 모르겠습니다는 그렇다는 뜻이냐?"

"모르겠습니다."

"좋아, 그렇다면 나가야스의 비리는 이 타다테루의 명령으로 저질러진 사건이란 말이냐?"

"그처럼⋯⋯"

카츠타카는 고개를 저었다.

"그처럼 간단한 일이 아닙니다."

"뭣이, 그처럼 간단한 일이 아니라니······?"

"카즈사 님은 오사카 성이 함락될 때 천주교 신부 하나가 다테 가문의 가신들에게 죽을 뻔했다가 이웃에 있는 하치스카 진영으로 도망친 사실을 모르고 계십니까?"

"천주교 신부가······? 알게 뭐냐, 그 따위 일을."

"그 신부가, 다테 마사무네는 비밀이 누설될 것이 겁나 나를 죽이려 했다고 한 말을 모르고 계십니까?"

"비밀이 누설될 것이 겁나서······?"

"예. 그 비밀이란 천주교 신도와 다테 마사무네, 그리고 마츠다이라 카즈사 님이 협의하여 오사카 쪽 편을 들어 오고쇼나 쇼군을 제거할 계획이었다고."

10

"뭐, 뭐가 어째!"

타다테루는 저도 모르게 몸을 앞으로 내밀었다가 마침내 입을 크게 벌리고 웃기 시작했다.

"와하하하······ 정말 웃기는군! 으음, 그런 소문이 퍼지고 있었군. 내가 천주교 신도나 센다이 님과 손을 잡고 아버님이나 쇼군을······"

"웃으실 일이 아닙니다, 카즈사 님."

카츠타카는 정색을 했다.

"카즈사 님은 실제로 전쟁터에 늦게 도착하시고······ 더구나 다테 군은 오사카 쪽 유격대인 아카시 군에 대항하고 있는 아군 진보 스케모치의 군사를 배후에서 습격하여 전멸시켰습니다······ 의심스러운 것은 그뿐만이 아닙니다. 그 신부의 말에 따르면······"

"잠깐, 카츠타카!"

타다테루는 격한 소리로 중단시켰다.

"그럼, 아버님은 내가 전쟁터에 지각한 것은 그 음모를 성취하기 위해서라고……?"

"그렇습니다."

"또 그렇다……란 말이냐. 답답한 놈이로군. 그대도 아버님의 의심이 터무니없는 것이라고 생각지 않는다는 말이냐?"

"모르겠습니다."

"으음, 좋아. 그렇다, 모르겠다, 멋대로 대답해도 좋다. 그러나 나는 물을 만한 것은 모두 묻겠어. 다테 군의 착각으로 진보 군을 친 것은 이미 센다이 님이 아버님과 쇼군에게 말씀 드려 양해받은 일."

"모르겠습니다."

"그때는 알았다고 양해했으면서도 이제 와서 그 일로 이 타다테루에게 트집을 잡다니. 비겁하다고 생각지 않느냐?"

"모르겠습니다."

"그럴 테지. 알고는 차마 그런 말을 못할 테지. 그렇더라도 터무니없는 일이야. 가령 나가야스나 센다이 님에게 어느 정도의 야심이 있었다 해도 이 타다테루가 거기에 말려들 리는 없지 않느냐?"

"죄송합니다마는."

카츠타카는 고개를 저었다.

"카즈사 님은 다테 가문의 사위입니다."

"사위가 어쨌다는 거야? 장인과 사위의 관계, 부자 관계 중 어느 편이 더 가깝다고 생각하느냐?"

"그 말씀에 대해서는 하치스카 진영으로 달아난 신부가 그 일에 대해 자세히 진술했습니다."

"또 신부냐…… 그 신부가 뭐라고 말했느냐?"

"다테 님은 오쿠보 나가야스에게 거금을 횡령케 하고 그 돈으로 천주교 다이묘들을 조종해 쇼군 님을 제거한 뒤 자기 사위에게 천하를 손에 넣게 하고 자신은 다음 대의 오고쇼가 될 생각이었다고."

"와하하하…… 또 꿈과 같은…… 비록 그런 일을 생각했다고 해도 이 타다테루가 승낙했으리라 보느냐? 그리고 센다이 님은 그런 배신을 할 분이 아니야."

"그러나 신부는 증거를 제시했습니다."

"증거……?"

"예. 다테 님이 소텔에게 신신당부한 서한의 사본 말입니다."

타다테루는 혀를 찼다.

"센다이 님이 소텔에게 어떤 부탁을 했다는 거냐?"

"에스파냐에 가거든 반드시 펠리페 삼 세의 해군을 파견하도록 주선하라고. 군함만 도착하면 다테 님은 신도와 더불어 오사카 성을 근거로 즉시 에도 정벌을 시작하겠다, 아무쪼록 대왕의 해군을……이라고. 오고쇼 님도 어렴풋하게나마 아셨기 때문에 계속 히데요리 님에게 성에서 나오라고 재촉하셨다고 합니다……"

카츠타카는 마침내 자기가 조사한 한도에서 모든 것을 털어놓기 시작했다……

11

"제가 말씀 드리는 것은 이 자리에서만…… 흘려버리시기를……"

타다테루가 갑자기 입을 다물었다.

카츠타카는 다시 말하지 않을 수 없었다.

"사건의 뿌리는 역시 오쿠보 나가야스 사건…… 꿈이라 하신다면 그야말로 꿈…… 그러나 이 꿈이 사실은 여기저기서 엉뚱한 일과 연결되어 있습니다."

"으음."

"실제로 나가야스는 거금을 은닉하고 있었습니다. 뿐만 아니라 히데요리 님도 서명하신 연판장이 나왔습니다. 물론 여기에는 다테 님의 서명이 없습니다. 그러나 유키 님을 위시하여 카즈사 님도 서명하셨습니다. 그 중 원로는 오쿠보 사가미노카미 타다치카大久保相模守忠隣……라고 한다면 쇼군 님의 측근도 가만히 있을 수 없는 것이 도리…… 더구나 사가미노카미는 오고쇼 님이 에도에서 슨푸로 돌아가실 때를 기다렸다가 도중에 생포해 오다와라에 감금하고 쇼군 직을 누군가에게 이양하라고 강요할 예정이었다고 합니다."

"……"

"오고쇼 님은 부득이 사가미노카미를 처벌. 아니, 그뿐만 아니라 카가에 있던 타카야마高山, 나이토內藤 두 사람도 외국으로 추방하셨습니다. 문제는 꼬리가 밟히지 않은 다테 님 한 사람…… 다테 님은 카즈사 님이라는 사위를 인질로 확보하고 있습니다. 소텔에게 부탁한 것처럼 펠리페 삼 세의 군함이 오기를 손꼽아 기다리고 있었다면 이번 여름의 오사카 전투에 조금이라도 결전을 늦추고 싶은 것이 사람의 마음, 전쟁터에 지각한 일까지 이상할 정도로 이치에 맞습니다."

타다테루는 눈을 감고 카츠타카의 말을 귀담아 듣기 시작했다. 벌써 취기는 달아나고 전신이 떨리고 있었다.

카츠타카는 말을 이었다.

"오고쇼 님은 카즈사 님에게 나쁜 마음이 없다는 것을 잘 알고 계시겠지요. 그러므로 오늘도 이 두루마리를 저에게 주시면서 우셨습니다. 카즈사 님! 이 카츠타카가 드릴 수 있는 말씀은 이뿐입니다. 표면상의 이유는 여기에 적힌 세 조목이지만 이면에는 깊은 생각이……"

"그런가…… 그랬었구나."

타다테루는 다시 중얼거리며 눈을 감았다.

오쿠보 나가야스, 오쿠보 타다치카, 타카야마 우콘高山右近을 비롯하여 나이토 죠안內藤如安, 진보 데와 스케모치와 다테의 일까지 얽혀 있는 사건이라면 과연 간단하지 않았다.

'그렇구나…… 이렇게 되면 지금은 아버지를 만나지 않고 에도로 돌아갈 수밖에 없겠다.'

"카즈사 님, 이 카츠타카가 너무 많은 말을 지껄였습니다. 제 말씀을 한두 마디 더 들어주시겠습니까?"

"그래, 해도 좋아."

"감사합니다. 이 카츠타카가 생각하기에 오고쇼 님은 카즈사 님에게 다테 님과의 인연을 끊게 하시고 나서 다테 정벌을 단행하실 생각이 아닐까 하고……"

"뭐, 센다이 님을?"

"예. 그러므로 에도에 가시면 곧 마님과의 이혼 이야기가……"

"……"

"그 다음 일은 저로서는 알 수 없습니다. 할복을 명하실지, 다테 정벌의 선봉을 명하실지. 어쨌든 카즈사 님 신상에 큰 변화가…… 그 각오를 단단히 하시는 편이 좋으리라 생각합니다."

눈을 감은 타다테루의 입에선 아무런 대답도 들을 수 없었다.

12

타나베무로서는 벼락과 해일이 한꺼번에 덮쳐온 듯한 사건이었다.

'방심했다……'

오쿠보 나가야스 사건 같은 것은 벌써 완전히 세상에서 잊혀진 과거의 일…… 이렇게 생각하고 있었는데 끈질기게 이어지고 있었을 줄이야……

아닌 게 아니라 타다테루의 생활은 지금까지 너무 남에게만 의지해왔었다. 아버지도, 형도, 장인도, 아내도, 자기 주위의 사람은 모두 자기에게 호의를 가지고 있다…… 이렇게 믿고 방심하고 있었다.

그런데 세상의 사정은 그 반대였다.

형에게는 형의 입장이 있고, 아버지에게는 아버지의 이상이 있다. 다테 마사무네가 자신을 희생하면서까지 사위를 위해 도와줄 리도 없었고, 더더구나 세상이 타다테루를 위해 있는 것도 아니다……

그렇더라도 이 일은 너무 가혹하다. 카츠타카의 말대로 이는 단지 아버지와의 대면금지만으로 끝날 일이 아니었다.

'다음 문제가 있다……'

카츠타카는 할복이냐, 아니면 다테 정벌의 선봉이냐 했지만, 그 전에 아직 무수한 의혹과 문제가 개재될 터.

아버지와는 영원히 대면금지.

현재의 주군인 쇼군의 처벌은 도대체 무엇일까?

다테 마사무네는 과연 소텔에게 펠리페 3세의 원군 파견을 지시했을까……? 그런 일이 있었다면 원군이 도착했을 때 어떤 소요가……?

아니, 그 소요를 예측하고 있었기 때문에 아버지는 '다테 토벌'이라는 말을 꺼냈는지도 모른다.

'나의 불찰이었다……'

어느 틈에 타다테루는 눈을 감은 채 울고 있었다.

이런 문제가 생긴 줄도 모르고 기녀들을 불러 술판을 벌이고 있었던 자신의 어리석음! 서자이지만 아들이 생겼다고 기뻐하며 어머니에게 다시 오사카 성의 일을 묻게 하려 했던 멍청한 자신……

지금 생각해보니 니죠 성에서 아버지와 심하게 언쟁을 했을 때 아버지는 그를 용서한다는 말은 한마디도 하지 않았다. 그뿐 아니라 왕도와 패도의 차이를 아느냐고 실은 꾸중을 들었을 뿐.

그런데도 타다테루는 지레짐작을 했다. 하고 싶은 말을 다 했으므로 끝난 줄로만 알고 있었다.

'나는 그것으로 끝났으나 아버지의 마음은 조금도 풀리지 않았던 모양이다……'

"카츠타카."

잠시 후 타다테루는 매달리듯이 말했다.

"그대는 형님의 처벌에 대해서는 듣지 못했나?"

"예. 아니……"

"들었겠지. 어떻게 될까?"

"글쎄요, 쇼군 님은 오고쇼 님에 대한 배려가 계시므로 되도록 가볍게……라고 생각하시겠지요. 아니, 그것을 아시고 오고쇼 님이 먼저 처벌을 말씀하셨다…… 여기에 바로 부모의 자비가 있다……고 저는 생각합니다."

"으음, 무거우면 할복, 사정에 따라선 바뀔 수도 있다는 말인가?"

"예. 쇼군 님으로서는 동생인 카즈사 님, 미워하실 리는 없다…… 그러나 측근들의 마음까지는 알 수 없습니다. 사실 그들은 오고쇼 님의 의사를 무시하고 히데요리 님을 할복시켰을 정도니까요……"

13

나시 숨막히는 침묵이 이어섰다.

'타다테루는 이제 완전히 사정을 파악했을 터……'

카츠타카가 이렇게 생각했을 때 타다테루는 손뼉을 쳐서 코쇼를 방으로 불렀다.

"부르셨습니까?"

불러들이고 나서 타다테루는 카츠타카에게로 향했다.

"그대는 이것으로 용무가 끝났지?"

"그렇습니다."

"그 그렇습니다……라는 말은 이제 그만두게. 그런 딱딱한 말은 나와 그대 사이에는 어울리지 않아."

"예. 그러면 분부대로…… 하겠습니다."

"그러니 지금부터는 단둘이 오붓하게 한잔 마시고 싶어. 이별의 잔이라 생각해도 좋아. 어떤가, 받아주겠나?"

"예…… 예. 감사히 받겠습니다."

카츠타카가 머리를 조아렸다. 타다테루는 비로소 불러놓은 코쇼에게 턱으로 지시했다.

"어서 가져오너라."

"예."

"그런데 카츠타카, 용건은 이미 끝났어. 지금부터는 나와 그대 사이야. 내가 묻는 말에 솔직하게 대답해주게."

"예."

"가령 내가 이 처분에 승복할 수 없다고 성으로 달려간다면 아버님은 어떻게 하실까?"

"예, 절대로 만나주시지 않을 것입니다."

"아무리 억지를 써도?"

"그렇게 되면 카즈사 님이 실성하셨다……고 취급당할 것이 분명합니다."

"실성이라……"

타다테루는 쓸쓸히 웃었다.

"그렇게 하면 어머니에게도 누가 미친다……는 것이 아버님 생각이 겠지?"

"바로 그렇습니다."

"그럼, 또 하나. 내가 화를 냈다. 아버님 분부를 이 타다테루는 도저 히 납득할 수 없다. 비록 다테나 나가야스, 그 밖의 자들에게 야망이 있 었다 해도 이 타다테루만은……"

"죄송합니다마는."

카츠타카가 가로막았다.

코쇼들이 술상을 가져왔기 때문이다.

"그래, 허물없는 술자리라고 했어. 하하하하…… 자, 술상을 가져왔 으면 너희들은 물러가거라. 나는 반한 여자의 일로 카츠타카와 담판할 일이 있다."

타다테루는 이런 말로 코쇼들을 물러가게 하고, 우선 직접 한 잔 따 라 마신 뒤 카츠타카에게 잔을 건넸다.

"이 타다테루로서는 전혀 뜻밖의 일이어서 도저히 화를 참을 수 없 게 되었다. 그래서 할복했다……고 하면, 카츠타카…… 그 다음에는 어떻게 될까?"

"죄송하오나, 쇼군 님과 그 측근에게 미움을 받아 가신과 챠아 부인 께도 누가 미칠 것이라고……"

"그래…… 역시 그렇게 생각하는군. 좋아, 카츠타카 그대도 한 잔 더 하게. 나도 마실 테니."

그러면서 다시 한 잔을 깨끗이 비우고 타다테루는 큰 소리로 웃기 시 작했다.

"나는 말일세, 카츠타카. 이 자리에서 그대를 죽이고 그 칼로 내 배 를 갈라 창자를 꺼내서 방안에 뿌리고 죽었으면 하는 심정이야. 그러나 단념하겠어. 그대가 그런 각오로 왔다는 것을 알기 때문에. 나는 선수를 뺏겼어, 그대와 아버님에게…… 하하하하……"

14

"그 심중은 충분히 이해할 수 있습니다."

카츠타카는 상대의 얼굴에서 시선을 떼지 않은 채 잔을 입으로 가져갔다.

'이별의 술잔……'

타다테루가 한 말이 깊이 머리에 박혀 잠시도 방심할 수 없는 심정이었다.

결코 우둔하지는 않았다. 그러나 남달리 격정적인 성격이라 아차 하는 사이에 배에 칼을 댈지도 모른다.

'만약 타다테루에게 자결할 기색이 보이면 내 편에서 먼저……'

처음부터 그런 결심으로 찾아온 카츠타카였다.

타다테루는 웃을 만큼 웃고 나서 다시 연거푸 두 잔을 마셨다.

"카츠타카."

"예."

"나에게는 마음을 허락할 수 있는 참다운 친구가 없었던 것 같네."

"그럴까요?"

"그런데 오늘밤 찾아냈어. 바로 자네일세. 마츠다이라 이즈모노카미 카츠타카."

"황송합니다."

"그래서 자네에게 의논하고 싶은데, 이의 없겠지?"

"어찌 이의가…… 이 카츠타카는 분에 넘치는 영광으로 알고 감사

드립니다."

"그럼, 말하겠네. 나는 묵묵히 할복하고 싶어…… 식중독으로 죽었다고…… 그런 구실을 대도 좋아. 그러므로……"

다시 희미하게 웃었다.

"자네는 할복을 단념하게, 어떤가?"

카츠타카는 여전히 노려보듯 시선을 타다테루에게 못박은 채 조용히 고개를 저었다.

"그런가, 내가 죽으면 자네도 할복하려는가?"

"제게 그런 각오가 없었다면 결코 오늘밤의 사자를 맡지 않았을 것입니다."

"으음, 하하하…… 그럼, 다음 질문일세."

"예."

"그대가 만일 나였다면 어떻게 하겠나? 아버지의 꾸중을 받은 타다테루였다면?"

"예. 순순히 내일 아침 일찍 몰래 슨푸를 떠나 에도로 가겠습니다."

"억지로 등성하지는 않겠다는 것이로군."

"그렇습니다."

"으음. 모든 것을 아버님에게 맡기라는 말인가…… 그리고 에도에 도착하면 어떻게 하겠나?"

"아사쿠사의 저택에 들어가 문을 걸고 근신하겠습니다."

"형님이 무슨 조치를 내릴 때까지 나는 움직이지 않는다, 그러니까 도마 위의 잉어가 되라는 말이군."

"그렇습니다……"

"그런데 형님으로부터 아무런 조치도 없을 때는?"

"없을 리 없습니다. 아마 쇼군으로부터는 맨 먼저 마님과의 이혼 이야기가 있을 것입니다."

"그것도 순순히 받아들여야 하나?"

"예."

"하지만 그녀는 내가 아니야. 만약에 자결하겠다고 하면……?"

"자결은 하시지 않을 것입니다."

"어떻게 내 아내의 마음을 자네가 알 수 있단 말인가?"

"마님은 열성적인 천주교 신자, 신자는 신으로부터 자결이 금지되어 있다고 합니다."

"그렇군…… 신자라면 자결해서는 안 된다, 이렇게 말하면서 제지하는 방법이 있었군……"

타다테루는 에도에서 자신이 돌아오기를 기다리고 있을 이로하히메 생각을 하고 있는 모양이었다.

15

카츠타카는 겨우 안도했다.

'위기는 벗어났다. 이대로 가면 타다테루는 성급한 분노를 억제하고 일단 에도로 갈 것이다……'

사실 타다테루가 순순히 슨푸에서 떠나면 카츠타카는 짐을 벗게 된다. 그 다음 일은 쇼군과 그 측근이 대책을 강구할 터.

'어쨌거나 불운하신 카즈사 님……'

타다테루는 다시 얼마 동안 직접 자기 잔에 술을 따르며 생각에 잠겨 있었다.

돌풍 같은 격정의 파도가 물러가고, 다음의 일에 대비하려는 냉정한 사람이 되려고 애쓰고 있었다.

"이 경우……"

다시 카츠타카가 입을 열었다.

"끝까지 노여움은 삼가십시오."

"으음."

"말하자면 이것은 뜻하지 않은 운명의 함정, 저항하면 할수록, 화를 내면 낼수록 그 함정의 입은 크게 벌어진다고 생각합니다."

"카츠타카."

"예…… 예."

"자네가 한 말은 하나도 어기지 않겠어. 지당한 말이야. 그래서 말인데…… 성에 돌아가 이 타다테루가 슨푸를 떠났다는 것을 알았을 때 어머니에게 한마디만 전해주게."

"알겠습니다. 무슨 말씀이신지요."

"이렇게 전하게. 센히메는 불행했다고."

"저어, 센히메 님 말씀입니까……?"

"그래. 남편도 성도 잃고 게다가 어머니가 될 뻔하다가 실패했어. 그러나 언젠가는 행복이 찾아올 날이 있을 거야. 타다테루는 그것을 믿고 있다. 어머니도 너무 상심하지 마시라고……"

카츠타카는 비로소 그 시선을 돌리고 나직하게 흐느껴 울기 시작했다. 센히메를 비유로 자기의 신세를 말하고 있다. 이런 생각이 들면서 카츠타카도 그만 창자가 끊어지는 것 같았다.

"센히메를…… 어머니로, 아기 어머니로 만들어주고 싶었다…… 그러나 그것도 천명. 이에 비해 타다테루는 얼마나 운이 좋았는지 몰라. 타카다 성에서 아들이 태어났어. 타다테루로서는 어머니의 마음은 헤아릴 수 없으나 아버지의 마음은 알 것만 같다…… 이렇게 전해주게. 알겠나, 아버지는 자식을 위해 자중하며 살아가야 한다는 것을."

"알았습니다!"

카츠타카는 울먹이는 소리로 대답하고 두 손을 짚었다.

"갓 태어난 아기에게 무슨 죄가 있겠습니까. 아니, 죄는커녕 그야말로 쇼군 님에게는 조카, 오고쇼 님에게는 손자…… 그 사실을 잘 깨달아주셨습니다."

"카츠타카."

"예."

"내게 만일의 경우가 생겼을 때는 자네에게 아들을 부탁하겠어."

"새삼스럽게 말씀하실 필요도 없는 일. 제 아버지도 그것을 망각할 리 없습니다."

"하하하…… 우스운 것이야, 인생이란. 내가 이 슨푸에서 아버지의 꾸중을 들었다…… 이 성급한 내가 아직 보지도 못한 젖먹이에게 마음이 끌려 자중한다. 생각해보면 이처럼 우스운 일도 없어. 이제, 결심했어! 한 잔 더 들고 돌아가게. 나는 내일 일찍 떠나겠어."

"고마우신 말씀입니다."

"혹시 나중에 다시 만날 날이 있을지도 몰라. 그때까지 잘 있게."

어느 틈에 밖에서는 조용히 비가 내리고 있었다……

——32권에서 계속

《 주요 등장 인물 》

다테 마사무네伊達政宗

오사카 세력과 펠리페 3세의 군함 도착을 기다리는 천주교도 세력을 등에 업고 일본을 차지하려는 야심가. 이에야스의 아들이며, 자신에게는 사위인 마츠다이라 타다테루를 이용해 다음 오고쇼가 되려 한다. 그 때문인지 오사카 여름 전투에 늦게 출전할 뿐만 아니라, 결정적인 도묘 사 전투에서는 진군하지 않는다.

도쿠가와 이에야스德川家康

결국 도요토미 가문은 몰락하고, 이후의 처리 문제로 괴로워한다. 센히메를 살리기 위해 아들 히데타다를 설득하는 한편, 장차 다테 마사무네와 함께 쇼군 히데타다의 큰 적수가 될지도 모를 아들 타다테루에게 영원한 대면금지라는 벌을 내림으로써 부자의 연을 끊으려 한다.

도쿠가와 히데타다德川秀忠

이에야스의 대를 이은 쇼군으로, 항상 아버지 이에야스의 뜻에 순종한다. 하지만 히데요리와 요도 부인 문제만은 결국 아버지의 뜻을 어겨 죽게 만들고, 모범을 보이기 위해 딸 센히메마저도 자결시켜야 함을 주장한다.

마츠다이라 카츠타카松平勝隆

마츠다이라 시게카츠의 다섯째아들로, 토리이 타다요시의 외손자. 타다테루와도 친분이 깊다. 이에야스의 영원한 대면금지 명령을 타다테루에게 전하고, 타다테루를 설득하여 조용히 에도로 돌아가 근신토록 한다.

마츠다이라 타다테루松平忠輝

아명은 타츠치요. 이에야스의 여섯째아들로 다테 마사무네의 장녀 이로하히메와 결혼한다. 어머니는 챠아 부인. 다테 마사무네의 야심을 이루기 위한 수단으로 이용되지만 정작 본인은 그 사실을 깨닫지 못한다. 아버지 이에야스로부터 영원한 대면금지 명령을 받고 분노한다.

오쿠하라 토요마사奧原豊政

야규 무네노리의 목숨을 건 부탁을 받고 요도 부인과 히데요리, 센히메의 신변 보호를 위해 오사카 성에 들어가지만, 끝내 요도 부인과 히데요리는 자결한다. 무사로서의 자신의 고집을 세우지 못한 것을 자책하며 오구가하라에서 같이 온 그를 따르는 부리늘과 작별하고 다시는 고향으로 돌아가지 않는다.

카타기리 카츠모토片桐且元

한때 오사카 성의 행정 책임자였지만, 임무를 다하지 못하고 물러난다. 이후 이에야스의 칸토 군으로서 오사카 성 공격을 담당한다. 오사카 성이 함락되고, 히데요리와 요도 부인의 구명을 위해 히데타다를 찾아가지만 히데타다와 가신들은 그의 간청을 묵살한다. 이에야스에게 봉지를 받지만, 쿄토에 머물며 곡기를 끊고 편안하게 죽기를 거부한다.

코다이인高臺院

히데요시의 정실 부인으로, 키타노만도코로. 히데요시 사후 출가하여 코다이 사에 머물며 히데요시의 명복을 빈다. 카타기리 카츠모토가 히데요리의 아들 쿠니마츠의 처형 소식을 알리며 쿠니마츠의 명복을 빌어줄 것을 부탁하자, 그와 함께 쿠니마츠가 참형당하는 로쿠죠 강변으로 나간다.

혼아미 코에츠本阿彌光悅

혼아미 코지의 아들로 미술 공예 부문에 금자탑을 쌓은 예술가다. 오사카 전투에서의 히데요리와 요도 부인의 죽음, 전후戰後 오사카 잔당 색출과 히데요리의 아들 쿠니마츠의 처형 등에 분노하여 목숨을 걸고 이에야스를 찾아가 자신의 불만을 토로한다. 아녀자를 죽임으로써 얻는 평화는 진정한 평화가 아니라고 이에야스를 힐문하지만 정작 이 생각은 이에야스의 그것과 같았다. 이에야스는 코에츠에게 타카가미네의 광대한 토지를 하사하고, 그곳에 예술가 마을을 세우도록 한다.

《 에도 용어 사전 》

겐지 이야기源氏物語 | 헤이안平安 시대의 궁중 생활을 묘사한 장편소설.

겐페이源平 | 전국이 겐지源氏와 헤이시平氏로 양분되어 싸우던 것을 가리킴.

군다이郡代 | 에도江戶 시대에, 바쿠후幕府의 직할지를 지배하던 직명으로, 우리 나라의 고을 원에 해당한다. =슈고다이守護代.

남만南蠻 | 무로마치室町 시대에서 에도江戶 시대에 이르기까지 해외 무역의 대상이 된 동남아시아나 그곳에 식민지를 가진 포르투갈·스페인을 일컫는 말. 또, 그 시대에 건너온 서양 문화(기술, 종교). 네덜란드를 홍모紅毛라고 한 데 대한 말.

니치렌日蓮 대선사 | 니치렌 종日蓮宗을 창시한 불교 선사. 니치렌 종은 일본 불교 12대 종파의 하나로『법화경法華經』을 기본 경전으로 삼는다.

다다미疊 | 일본식 주택의 바닥에 까는 것으로, 짚으로 만든 판에 왕골이나 부들로 만든 돗자리를 붙인 것. 일반적으로 크기는 180×90cm이며, 일본에서는 지금도 방의 크기를 다다미의 장수로 나타내는 경우가 많다.

다이묘大名 | 넓은 영지와 많은 부하를 둔 무사의 우두머리.

라쿠슈落首 | 시사와 인물을 풍자하는 익명의 노래.

로죠老女 | 쇼군이나 영주의 부인을 섬기는 시녀의 우두머리.

마스가타桝形 | 성의 첫째 문과 둘째 문 사이에 있는 평평한 땅. 여기서 적군을 저지한다.

마키에蒔繪 | 금이나 은가루로 칠기 표면에 무늬를 놓는 일본 특유의 공예.

바쿠후幕府 | 무신 정권 시대에 쇼군이 집무하던 곳, 또는 그 정권.

부교奉行 | 행정, 재판, 사무 등을 담당하는 무사의 직명.

산쥬롯카센 회권三十六歌仙繪卷 | 가인歌人 36명의 초상에 와카和歌, 약력 등을 곁들인 그림으로 지금도 전해지고 있다.

상황上皇 | 양위讓位한 천황天皇의 존칭.

샤치鯱 | 머리는 호랑이 같고 등에는 가시가 돋친 물고기 모양의 장식물.

세이이타이쇼군征夷大將軍 | 무력과 정권을 장악한 바쿠후의 실권자. 쇼군의 정식 명칭.

쇼시다이所司代 | 에도 시대에 쿄토의 경비와 정무를 맡아보던 사람.

야마토에大和繪 | 일본화의 한 유파. 헤이안 시대에 비롯된 유파로 중국풍의 카라에唐繪에서 벗어나 제재, 수법이 일본풍인 그림.

오고쇼大御所 | 은퇴한 쇼군이나 그의 거처.

와카和歌 | 일본의 고유 형식인 5음, 7음을 바탕으로 하여 만들어진 정형시. 5·7·5·7·7의 5구 31음으로 된 시.

우다이진右大臣 | 다이죠칸의 장관. 사다이진 다음의 직위.

우마지루시馬印·馬標 | 전쟁터에서 대장의 말 옆에 세워 그 위치를 알리는 표지.

인세이院政 | 왕이 양위한 뒤에도 계속 정권을 쥐고 다스리는 정치.

지세이辭世 | 임종 때 지어 남기는 시가詩歌.

카노 파狩野派 | 노부나가, 히데요시를 섬기면서 성의 벽화를 그린 카노 에이토쿠狩野永德의 화풍을 이어받은 일파.

칸파쿠關白 | 천황을 보좌하여 정무를 담당하는 최고위의 대신.

캇파河童 | 일본의 상상의 동물. 서너 살 정도의 어린이 크기만 하고, 뭍과 물에 살며 정수리에 물이 담긴 접시가 있는데, 다른 동물을 물로 끌어들여 그 피를 빤다고 한다.

코소데小袖 | 옛날 넓은 소매의 겉옷에 받쳐입던 속옷으로 현재 일본옷의 원형이다.

코쇼小姓 | 주군을 측근에서 모시며 잡무를 맡아보는 무사.

키나이畿內 | 옛날의 행정 구역. 쿄토 근방의 야마시로, 야마토, 카와치, 이즈미, 셋츠 지방의 총칭.

키요모리 뉴도淸盛入道 | 미나모토源 가를 대신하여 정권을 잡은 타이라平 가문의 무장으로, 딸을 황후로 들여보내 외척으로서 전횡을 일삼았다. 타이라노 키요모리平淸盛.

타이코太閤 | 본래 셋쇼攝政 또는 다죠다이진太政大臣의 경칭敬稱. 나중에는 칸파쿠의 직위를 그 자식에게 물려준 사람에 대한 높임말로 쓰였다. 여기서는 히데요시를 가리킨다.

토자마外樣 | 카마쿠라 시대 이후의 무가 사회에서 쇼군의 일족이나 대대로 봉록을 받아온 가신이 아닌 다이묘나 무사.

하타모토旗本 | (진중에서) 대장이 있는 본영. 또는 그곳을 지키는 무사.

해자垓字 | 성밖으로 둘러서 판 못.

홍모인紅毛人 | 붉은 머리털을 가진 서양인을 가리키는 말. 구체적으로는 네덜란드 인을 기리킨다.

후다이譜代 | 대대로 같은 주군, 집안을 섬기는 일이나 또는 그 사람.

《 도쿠가와 가문의 계보 》

· 숫자는 에도 바쿠후 쇼군의 순서
· ( )는 도쿠가와 가문의 분가 이름

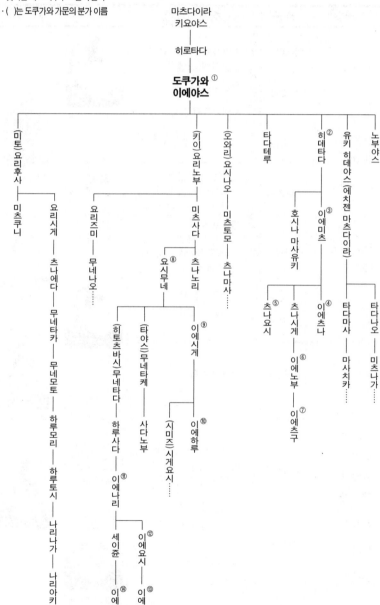

마츠다이라
키요야스

히로타다

**도쿠가와 ①
이에야스**

《 에도 시대의 간략 연보 》

연호		쇼군		정치 ○타이로 ●로 쥬	
케이쵸	1603 05	이에야스	바쿠한 체제 확립기 (무단정치)	도쿠가와 권력의 확립 · 콘치인 스덴 오사카 전투	초대 이에야스
	16	히데타다			2대 히데타다
겐나	23			지배기구의 정비	
칸에이	32	이에미츠		· 마츠다이라 노부츠나●	
케이안	51		안정기 (문치정치)		
메이레키		이에츠나		문치 정치로 전환 · 호시나 마사유키 · 사카이 타다키요○	3대 이에미츠
텐나	80				
죠쿄		츠나요시		겐로쿠 시대 · 홋타 마사토시○ · 야나기사와 요시야스 (소바요닌)	4대 이에츠나
겐로쿠	1709				
	12	이에노부		쇼토쿠의 정치 · 아라이 하쿠세키	5대 츠나요시
쇼토쿠	13	이에츠구			
	16				6대 이에노부
쿄호		요시무네		쿄호의 개혁	
	45 51	이에시게	동요기		7대 이에츠구
호레키	60				
메이와		이에하루		타누마 시대 · 타누마 오키츠구	8대 요시무네
안에이					
텐메이	86 87			칸세이의 개혁 · 마츠다이라 사다노부●	
칸세이		이에나리			
분카				오고쇼의 시대	9대 이에시게
분세이	1837				

연호		쇼군	정치	
텐보	41	이에요시	텐보의 개혁 · 미즈노 타다쿠니	
카에이	53		페리 내항	10대 이에하루
안세이		이에사다	안세이의 개혁 미일화친조약 · 아베 마사히로 · 홋타 마사요시	11대 이에나리
	58		이이 나오스케 의 바쿠후 독재 미일수호통상조약	12대 이에요시
분큐		이에모치	안세이의 큰 옥사 사쿠라다 몬가이의 변	13대 이에사다
			사카시타 몬가이의 변 분큐의 개혁	14대 이에모치
케이오	66	요시노부	타이세이 봉환 왕정복고의 대호령	15대 요시노부
메이지	67			

붕괴기

《 바쿠한幕藩 체제의 성립 》

● 바쿠한 체제: 에도 시대 바쿠후幕府를 중심으로 한 중앙집권적인 정치 지배 체제.
바쿠후는 다이묘大名들에게 영지를 주어 한藩을 구성시켜 통제하고, 다이묘들은
백성들에게 연공을 바치게 하여 그 한을 성립시키는 봉건 사회의 체제.

● 바쿠한 체제의 구조

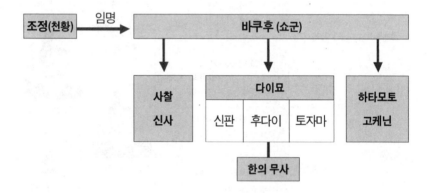

고케닌ご家人 : 카마쿠라, 무로마치 시대에 쇼군과 주종 관계인 무사. 에도 시대에
쇼군 직속의 무사.

다이묘大名 : 넓은 영지와 많은 부하를 둔 무사의 우두머리.

바쿠후幕府 : 무신 정권 시대에 쇼군이 집무하던 곳, 또는 그 정권.

신판親藩 : 도쿠가와 가문 출신의 다이묘.

토자마外様 : 세키가하라 전투 이후 도쿠가와 가문에 복속한 다이묘.

하타모토旗本 : (진중에서) 대장이 있는 본영. 또는 그곳을 지키는 무사.

한藩 : 에도 시대, 다이묘가 지배한 영지, 인민, 통치 기구의 총칭.

후다이譜代 : 처음부터 도쿠가와 가문의 가신이었던 다이묘.

《 무사의 구성과 통제 》

무가 제법도武家諸法度

· 겐나 령元和令 13개조(1615) ··· **히데타다**
　　 텐카이 · 콘치인 스덴이 기초
· 칸에이 령寬永令 19개조(1635) ··· **이에미츠**
　　 하야시 라잔이 개정
　　 산킨코타이 제도화
이후 쇼군이 바뀔 때마다 공포

통제

다이묘 ··· 녹봉 1만 석 이상, 쇼군 직속

바쿠후 정책의 범위 내에서 독자적인 지배
· 군역 ··· 녹봉에 따라 병마兵馬를 상비.
　　　　 1만 석에 235명의 무사(1649년)
· 테츠다이부신手傳普請 ··· 바쿠후가 부과하는 토목공사
· 산킨코타이參勤交代 등
한藩의 무사 ··· 지방의 토지 및 녹봉의 지급

(의무)

제사법도諸士法度

통제

하타모토 · 고케닌 ··· 녹봉 1만 석 미만, 쇼군 직속

· 하타모토 ··· 오메미에お目見え 이상. 군역으로서 200석에 5명의 가신을 상비
　　　　　　 (1649년 규정)
· 고케닌 ··· 오메미에 이하
　　· 야쿠카타役方(행정 부문) ―부교, 다이칸, 요리키, 도신 등
　　· 반카타番方(군사 부문) ―오반, 쇼인반 등
　　· 무야쿠無役(요리아이구미寄合組 · 고부신구미小普請組로 편성)

(조직)

《 다이묘의 배치도 (1664) 》

성명 신판 · 후다이 다이묘
성명 토자마 다이묘
● 주요 직할도시
○ 성읍

소 요시자네
○후츄

마츠에
마츠다이라 나오마사
이케다 미츠나카
○톳토리
사카이 타다나
●마야즈

모리 초나히로
○하기
모리 나가츠구
아사노 미츠아키라
○츠야마
이케다 미츠마사
○히로시마
후쿠야마○ 오카야마○
○아카호
사카키바라 타다츠구
히메지

오가사와라 타다자네
쿠로다 미츠유키
○코쿠라
미즈노 카츠타네
혼다 마사카츠 코리야마
●오사카

●후쿠오카
타카마츠
마츠다이라 요리시게
●사카이

사가
나베시마 미츠시게
○쿠루메
○아리마 요리토시
마츠야마○
토쿠시마
하치스카 미츠타카
와카야마

●나가사키
○야나가와
●히타
타치바나 타다시게
마츠다이라 사다나가

쿠마모토
호소카와 츠나토시
○우와지마
코치○
야마노우치 타다요시

키이 도쿠가와 가
이에야스의 열번째
아들 요리노부부터
시작되는 도쿠가와
가문의 분가

○카고시마
시마즈 미츠히사

히로사키

아키타
사타케 요시타카

모리오카
난부 시게나오

쇼나이
사카이 타다아키

아이카와

무라카미
마츠다이라 나오노리

요네자와
우에스기 츠나노리

센다이
다테 츠나무라

마츠다이라 미츠나가
타카타

아이즈
호시나 마사유키

니혼마츠
니와 미츠시게

마에다 츠나노리
카나자와

토야마
마에다 토시츠구

시라카와

후쿠이
마츠다이라 미츠미치

마츠시로
사나다 유키미치

마에바시

닛코

혼다 타다히라
오쿠다이라 타다마사

우츠노미야
도쿠가와 츠나요시

타테바야시

코가
도이 토시시게

미토

토다 우지노부

오가키

코후
도쿠가와 츠나시게

카와고에

이와츠키
아베 마사하루

에도

코네
나오즈미

나고야

쿠와나

마츠다이라 사다시게

오다와라
이나바 마사노리

아노즈
토도 타카츠구

야마다

아라이
하마마츠

슨푸

시모다

미토 도쿠가와 가

이에야스의 열한번째
아들 요리후사부터
시작되는 도쿠가와
가문의 분가

비 도쿠가와 가

스의 아홉번째
요시나오부터
는 도쿠가와
분가

《 신분제도 》

● 에도 시대의 신분제도는 사농공상士農工商(여기서 사士는 무사 계급을 가리킴) 외에, 그 아래에 에타 · 히닌非人이라 불리는 천민 계급이 있었고, 또 각각의 신분도 세 분화되어 있었으며 각자 맡아야 할 역할이 명확하게 구분되어 있었다.

● 신분별 인구 구성

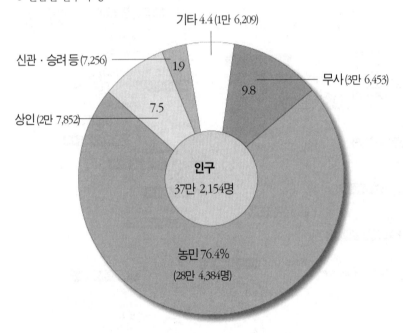

기타 4.4 (1만 6,209)

신관 · 승려 등 (7,256) — 1.9

무사 (3만 6,453)

9.8

상인 (2만 7,852) — 7.5

인구
37만 2,154명

농민 76.4%
(28만 4,384명)

1849년 에도 후기의 아키타한秋田藩의 예

≪ 도쿠가와 이에야스 관련 연보(1615) ≫

◈ ─ 서력의 나이는 도쿠가와 이에야스의 나이
◈ ─ 케이쵸 20년 7월 13일에 겐나 1년으로 개원改元

일본 연호		서력	주요 사건
케이쵸 慶長	20	1615 74세	5월 8일, 전 우다이진 정2품 도요토미 히데요리(23세), 생모 요도 부인(49세)이 오사카 성에서 자살한다. 오노 하루나가, 하야미 모리히사, 모리 카츠나가, 오쿠라 부인 등이 순사한다. (오사카 여름 전투) 같은 날, 이에야스가 니죠 성으로 개선한다. 5월 9일, 히데타다가 안도 시게노부 등을 오사카 성의 금은金銀 점검을 위해 머물게 하고, 야마시로 후시미 성으로 개선한다. 5월 10일, 이에야스가 여러 다이묘들을 니죠 성으로 불러, 아사노 나가아키라, 마츠다이라 타다나오 등의 전공을 포상한다. 5월 11일, 히데타다가 니죠 성으로 가서 이에야스와 비밀 회담을 한다. 5월 12일, 바쿠후는 오사카 잔당 색출을 명한다. 5월 13일, 바쿠후는 늦게 온 다이묘들에게 오사카 부근의 도로 공사를 명한다. 5월 15일, 쵸소카베 모리치카가 야마시로 하치만에서 체포되어 로쿠죠 강변에서 참형을 당한다. 향년 41세. 5월 23일, 바쿠후는 히데요리의 아들 쿠니마츠를 쿄토 로쿠죠 강변에서 참형한다. 또 히데요리의 딸은 카마쿠라 토케이 사東慶寺에 들여보낸다. 5월 24일, 바쿠후는 고토 미츠츠구에게 명하여 오사카 성의 금은을 점검하게 한다. 5월 28일, 야마토 타츠타 성주 카타기리 카츠모토가 사망한다. 향년 60세. 6월 2일, 안도 시게노부가 고토 미츠츠구와 함께 오사카 성의 금은을 거둬 쿄토로 가다. 6월 8일, 바쿠후는 이세 카메야마 성주 마츠다이라 타

일본 연호	서력	주요 사건
케이쵸 慶長		다아키를 오사카 성으로 이주시키고, 5만 석을 더해 10만 석을 준다. 6월 11일, 바쿠후는 후루타 오리베(70세)를 자살하게 하고, 가산을 몰수한다. 6월 15일, 이에야스가 입궐하여 공물을 헌상한다. 6월 18일, 이즈미 사카이 부교 하세가와 후지히로가 사카이의 도시계획을 확정한다. 6월 27일, 오사카 쪽 장수 오노 도켄이 쿄토에서 체포되어 사카이에서 참형된다. 윤6월 3일, 히다 타카야마 성주 카나모리 요시시게가 야마시로 후시미에서 사망한다. 향년 58세. 윤6월 13일, 바쿠후는 여러 다이묘에게 각 거성 이외의 성곽을 부수도록 명한다.(일국일성—國—城 제도) 윤6월 19일, 에치젠 키타노쇼 성주 마츠다이라 타다나오, 무츠 센다이 성주 다테 마사무네, 카가 카네자와 성주 마에다 토시미츠가 산기參議로 등용된다. 윤6월 21일, 히데타다가 입궐하여 일국일성—國—城 제도 제정을 보고한다. 또 개원改元할 뜻을 아뢴다. 7월 7일, 이에야스가 콘치인 스덴 등에게 명하여 여러 법도를 제정하게 한다. 이날, 히데타다는 여러 다이묘를 야마시로 후시미 성으로 불러모아 무가 제법도武家諸法度를 제정한다.
겐나 元和	1	7월 14일, 바쿠후는 여러 다이묘들을 각자의 영지로 돌려보낸다. 7월 17일, 궁정 공경 가문이 지켜야할 법도를 정하고, 전 사다이진 니죠 아키자네, 히데타다, 이에야스가 여기에 연서한다. 7월 19일, 히데타다가 야마시로 후시미를 출발하여 에

일본 연호	서력	주요 사건
겐나 元和		도로 향한다. 같은 날, 바쿠후는 미카와 카리야 성주 미즈노 카츠나리를 야마토 코리야마로 옮기게 하고, 3만 석을 늘려준다. 7월 20일, 이에야스는 산기參議 나카노인 미치무라의 『겐지 이야기源氏物語』 강의를 듣는다. 7월 24일, 이에야스가 여러 종교의 본산과 본사의 제법도를 정한다. 7월 28일, 타카츠카사 노부히사가 칸파쿠에서 물러나고 니죠 아키자네가 칸파쿠에 재임된다. 7월 30일, 히데요리의 부인 센히메가 에도로 돌아간다. 8월 4일, 이에야스가 쿄토를 출발하여 슨푸로 향한다. 같은 날, 히데타다는 에도에 도착한다. 8월 10일, 이에야스가 오와리 나고야에 도착한다. 도쿠가와 요시나오(요시토시)에게 미노의 땅 3만 석을 준다. 8월 23일, 이에야스가 슨푸에 들어간다. 8월 24일, 치쿠젠 하카타의 상인 시마이 소시츠가 사망한다. 향년 77세. 8월 28일, 다테 마사무네가 매사냥을 빙자하여 돌연 영지로 돌아간다. 9월 8일, 이에야스가 히데타다의 사자인 코쇼 미즈노 타다모토를 알현한다. 9월 10일, 이에 앞서, 이에야스가 에치고 후쿠시마 성주 마츠다이라 타다테루의 방자함에 분노하여 슨푸 오반가시라大番頭인 마츠다이라 카츠타카를 에치고로 보내 타다테루를 견책하고 영원한 대면금지를 명하였는데, 이날, 카츠타카가 슨푸로 돌아와 복명復命한다. 이로 인해 타다테루는 거성 후쿠시마로 떠나고, 무사

일본 연호	서력	주요 사건
겐나 元和		시 후카야에 칩거하다, 훗날 거듭 코즈케 후지오카로 옮긴다.

옮긴이 **이길진**李吉鎭

1934년 황해도 출생. 1958년 서울대학교 사회학과를 졸업하였다.
일본 문학 작품 및 일본 문화에 관련된 많은 책들을 유려한 우리말로 옮겼다.
주요 역서로는 가와바타 야스나리의 『설국』, 이마이 마사아키의 『카이젠』,
오에 겐자부로의 『사육』, 기쿠치 히데유키의 『요마록』,
야마오카 소하치의 『오다 노부나가』, 『사카모토 료마』 등이 있다.

│ 부록의 자료 제공 및 감수는 고려대학교 일어일문학과 최관 교수님께서 해주셨습니다.

도쿠가와 이에야스 제31권

1판 1쇄 발행 2001년 7월 20일
2판 3쇄 발행 2023년 5월 1일

지은이 야마오카 소하치
옮긴이 이길진
펴낸이 임양묵
펴낸곳 솔출판사

주소 서울시 마포구 와우산로29가길 80(서교동)
전화 02-332-1526
팩스 02-332-1529
이메일 solbook@solbook.co.kr
홈페이지 www.solbook.co.kr
출판 등록 1990년 9월 15일 제10-420호

ISBN   979-11-86634-56-1   04830
ISBN   979-11-86634-22-6   (세트)

• 잘못된 책은 구입한 곳에서 바꿔드립니다.
• 책값은 뒤표지에 표시되어 있습니다.

「헤이케 이야기平家物語 병풍도」